ヘンリー・ジェイムズ 著

Henry James

# アメリカ人（上）

The American

マテーシス 古典翻訳シリーズ IX-I

高橋昌久　訳

風詠社

# 目次

## 凡　例

一．本書はヘンリー・ジェイムズ（1843-1916）による *The American* を Henry James, *The American*, Penguin Classics, Kindle Edition, 1981. を底本として高橋昌久氏が翻訳したものである。

二．表紙の装丁は川端美幸氏による。

三．読書の助けとするため、本書末尾に編集部が脚注を施した。

四．小社の刊行物では、外国語からカタカナに置換する際、原則として現地の現代語の発音に沿って記載している。例外的に、古代ギリシアの文物に関しては訳者の意向により古典語の読みで記載している。

五．本文の前の文言は、訳者が挿入したものである。

六．本書は京緑社の kindle 版第三版に基づいている。

Culture itself is neither education nor law-making: it is an atmosphere and a heritage.

Henry Louis Mencken

文化それ自体は教育でも法律制定でもない。それは空気であり遺産である。

ヘンリー・ルイス・メンケン

# 第一章

一八六八年の五月の快晴のある日に、ある紳士が安逸とした様子で、ルーヴル美術館のサロン・カレという場所の中心部に当時まだ置かれていた大きな円形の長椅子にもたれかかっていた。この居心地良く便利な長椅子は、足の弱い美術愛好家にとっては非常に残念なことに、今では撤去されている状態にあった。だが、ともかくこの紳士はその長椅子の一番座り心地の良い場所を落ち着いた様子で占有した状態にあり、頭を後ろにそらして両足を伸ばしたような状態で、その姿勢に安逸とした様子でスペインの画家ムリリョ[1]が描いた、月に乗って運ばれていく美しい聖母マリアの絵画をじっと見つめていた。彼は頭から帽子を取り除け、赤色の表紙の薄いガイドブックとオペラグラスを傍に投げ出していた。この日は暑い日であり、そんな中歩き回っていた彼は体が火照っている状態にあり、何回もハンカチで自分の額をどこか疲労した様子をしながら拭った。とはいえ、この男が普段なら疲労を覚えるような人間ではないのは明らかであり、その背丈が高く、痩せてはいるものの筋肉質的な体格は世間でいう「タフさ」を感じさせるものがあったのである。しかし、この特定の日における運動はいつもとは違う趣なのであり、いつもなら目を見張るような肉体的な運動をするこの男もルーヴル美術館を静かに徘徊するだけで疲労を覚えてしまったのである。ほとんどのページに小さい活字がびっしりと印刷されているベデカー案内書[2]で星印がついている絵を全て直で見たわけなのだが、彼は緊張がずっと続いていた状態なのであり、それによって目がクラクラしてしまい、美的な頭痛を感じながら腰を下ろしたのであった。とはいえ彼が見て回ったのは何も絵画全部だけというのではなく、フランスにおいて傑作群を流布させようと完璧とも言える身なりをした若い女性たちが書き上げている無数の模写まで全て見て回ったのだから、疲労を覚えるのも無理はないと言える。そして正直に言ってよいのならば、彼は原画よりも女たちの模写の方に感心を覚えることの方が多かった。抜け目のない有能な輩であることはその顔つきをみればすぐにわかることだが、実際に山のように積まれた計算書を一晩中書き分けては調べながらも、あくび一つすることなしに雄鶏の早朝の時を告げる鳴き声を聞いたことが何度もあった。しかし今取り組んでいる、ラファエロ、ティツィアーノ、ルーベンスは新たな類の計算書を相手にしているとも言え、我らの友であるこの男は生まれて初めて、漠然とながら自信がなくなるのを感じたのであった。

　国民性というものを多少なりとも洞察できるだけの眼力を持った観察者は、この未熟な美術鑑識者の出身地を見抜くことになんの困難も感じないだろうし、そしてそのような観察者ならば間違いなくこの男がその国民性の型を完全に殆ど理想的な状態で満たしているのを見て取ると、面白い深い味わいを感じたことだろう。長椅子に座っているこの紳士は、まさしくアメリカ人として第一級の人物だったのである。しかし単に彼が優れたアメリカ人であったというのではない。肉体的にも第一級の人物だったのである。完全な状態にあるならば他人に強烈な印象を与える肉体と健康、つまりその所有者は「訓練する」ことなしに維持できる肉体資本を持っているように思えた。そしてそれだけの逞しさをこの男は自覚していない様子であった。彼はどこか遠く離れた箇所へと歩く必要があり、実際に歩き終わっても、自分が「運動した」とは微塵も思っていない。冷水浴や棍棒体操というものについては何一つ知らない。彼はボートを漕ぐわけでも、ライフルを撃つわけでも、フェンシングをやるというのでもない。そういった娯楽をするだけの時間がなかったのだが、同様に乗馬においても消化器官にとって良いものだということも全く知らないときているのである。気質的には穏やかな人間であったが、ルーヴル美術館を訪ねる前夜に、カフェ・アングレに赴いて夕食をとった（誰かがそこは絶対に行くべきだと推奨したからである）のであり、そしてそれでもいつもとなんら変わらぬ様子で熟睡することができたのである。日常的な姿勢や振舞いはどちらかというと気取らない、緩んだようなものであったが、ある時何かの特別な霊感を受けると彼は身を引き締め、まるで観兵式に参加している兵士であるような様相を呈した。タバコを吸ったことは一度もなかった。よく言われるように、彼もタバコは健康に欠かせないと幾度となく聞かされていて、自分でもそうなのだとかなり同意していたのだが、それでもタバコについては同毒療法と同じくらいの知識しか知らない、つまり殆ど何も知らないということである。頭部については前頭部と後頭部が対称的な均衡バランスを整然として有している具合に発達しており、見栄えがよく、豊かな鳶色の髪の毛はややサバサバしていて縮れ毛が全くない。顔色は茶色がかっていて、鼻はくっきりとして目を引く弓形であった。目は冷たくて澄んだ灰色であり、やや豊かに生えている口髭以外は、髭は全て剃り上げられている。顎が平で、首筋が逞しいのは典型的なアメリカ人と言ってよい。だがその人間の国民性の痕跡を感じさせるのは、顔の形以上に表情に出るものであり、この点において我らのこの紳士の国民性を非常によく見て取ることができるのである。しかし私がここで想定している優秀な観察者をもってしても、彼の表情を完璧に見て取ることはできたとしても、それを描写するとなると途方に暮れてしまうことだろう。その表情は典型的な捉え所のなさがありながらも決して虚というわけではなく、また無表情でありながらも単純さや愚かさとは無縁のものである。何か特定のことだけに身を没入させるのではなく、人生において遭遇する機会には殆ど好意を示すのであり、それでいて自分の思うように振舞うという多数のアメリカ人の顔によく見受けられるような表情をしているのである。遍歴を語るのは主にその目であった。無垢さと人生経験が奇妙に織り混ざっていたその目である。矛盾めいた事をいっぱいに語っているようで、決して物語の主人公のような熱意に燃えているような目では決してなかったが、知りたいことは全てそこに宿っていた。厳しいが好意的でもあり、率直ながらも警戒しており、抜け目ないながらも信じやすく、肯定的ながらも懐疑的で、自信あり気ながらも恥じらい、極めて知性的で愛想が良く、相手に譲歩することはあってもそれにはうっすらとした反抗心が伴い、それによって逆に安心感を他人に与えるのである。さらに口髭の整え方、そしてその上にある頬の若いながらも見られる二つの皺、そして露わになっている前シャツと水色のネクタイが、目を引きすぎるかもしれぬその衣服の様式が外貌の説明の全てである。しかしどうも我々はあまり好ましくない時間にこの紳士とお近づきになったようだ。彼は決して肖像画のモデルとしてそこに座っているのではない。だが美学的な問題について若干たじろぎ、作品の価値とその作品の作者の価値を混同する（なにぶん、描いている少年のような三つ編みをした若い女性自身が並々ならぬ魅力を持っていたゆえに、目を細めている聖母マリアに感心しているのだから）という忌々しい過失（この点はすでに私たちは知っているのだが）を犯しながら、物憂げな状態で椅子にもたれているのだが、実際に彼と知り合いになってみれば十分に脂の乗った交際を行えるだろう。決断、健康、陽気、繁栄が彼の周囲に舞っているかのようである。明らかに実践的な男ではあるが、この紳士自身は実践的という考え方において厳密な境界線があるのではなく漠然としており、この紳士を見る人はこの人物に対して想像力を働かせないではいられないのである。

若き模写画家が自分の作品の筆を進めていくにつれ、彼女は時々自分の感嘆者に応えるように一瞥を与えた。美術の発展には本筋とは関係ない脇芝居が大いに必要なのだと考えているらしく、自分の作品を見てくれと言わんばかりにその場から離れ、腕を組みながら頭を左右に傾け、手でえくぼのある顎を叩き、ため息をつき、顔を顰め、足を踏み鳴らし、乱れた髪の毛でヘアピンを探したりしている。

彼女のこの一連の行動は絶え間ない一瞥が伴い、特に今しがた描写したこの紳士に対して一番長く投げかけられた。そしてついに突然この紳士は立ち上がり、帽子を被り、この若い女性に近づいた。彼女の絵の前に身を置きそれをしばらく見ていたが、その間彼女は彼の注視に意識を払っていないような振りをしていた。そして彼は自分のフランス語の語彙力の力量を成す一つの言葉をかけた。「*Combien?*[3]」といきなり尋ね、その意味を強調するかのように指を一つ上げた。芸術家はしばらく彼を見つめ、口を尖らせ肩をすくめ、絵の具のパレットと筆を下ろし、手を擦りながら立った。「いくらだ」と我らの主人公は英語で言った。

「*Combien?*」

「ムシューはこれを買いたいので?」と若い女性はフランス語で答えた。

「とても美しく*splendide*ですね。[4] *Combien?*」とアメリカ人は繰り返した。

「私のこの小品がお好みで?とても美しいものを題材にしています」と若い女性は言った。

「そうですな、聖母マリアですな。私はカトリックではないが、買いたいと思う。*Combien?*ここに値段を書いてくれ給え」。そして彼はポケットから鉛筆を取り出し、案内書の見返しを見せた。彼女は彼を見ながら立ち続け、鉛筆で顋を掻いていた。「販売品ではないのかね?」と彼は尋ねた。そして彼女がじっと考え込んで立ち、芸術家へのこの申し立てをごくありふれた物として取り扱いたいにもかかわらず、相手の胸を打つ程の信じられないという目つきを彼女がしていたため、彼は彼女の気分を害してしまったのではないかと不安になった。彼女は単に無関心な素振りをしながら、どこまで値段を釣り上げられるのかを単に考えていただけであった。「何か間違いとか、*pas insulté*[5]ですよね」と彼女の話し相手は続けた。「少しくらいなら英語もお分かりになるでしょう?」

若い女性の僅かな時間で演技を繕う力量は驚くべきものがあった。探るような鋭利な目つきを彼に注ぎ、フランス語を話せるかどうか尋ねた。そして「*Donnez!*[6]」と彼女は手短にいい、開いた案内書を取った。見返りの上の隅っこにすぐに非常に綺麗な筆跡で数字を書いた。そして案内書を彼に返し、またパレットを手に持った。

我らが主人公はその数字「二千フラン」を読み上げた。しばらく何も言わず、立ち上がり女性の絵をみた。一方で女性の方は、忙しく絵を塗り始めていた。

「模写にしては随分と高くないかね?」とついに尋ねた。

「*Pas beaucoup?*[7]」と若い女性はパレットから目を上げ、彼を頭から足へとじろじろ見下ろし、彼の妥当な返答に驚くような知恵を思いついたのであった。

「そうね、高いでしょうね。でも私の模写は素晴らしい品質なの。それだけの価値はあるわ」

我々が興味あるこの紳士はフランス語が皆目わからなかったが、非常に知性的であるというのは申し上げたとおりで、今がそれを証明するいい機会というわけである。彼は本能的にこの女性の言葉の意味を察知し、彼女は正直者でありことを知り彼は喜んだのである。美、才、徳。

彼女はそれら全てを織り交ぜたというわけだ！「だが、作品は終わらせないとな」と彼は言った。「終わらせるんだ。分かるよね？」そして彼は人物のまだ描かれていない方の手を指した。

「ちゃんと完全な形で仕上げるわよ。この上ないほどの完全な形でね」とこのお嬢さんは叫んだ。そして約束を保証するために、聖母マリアの頬に薔薇色の染みを残した。だがしかめ面をしながらアメリカ人は言い返した。「赤い、赤過ぎる！彼女の顔色はもっと繊細なはずだ」と聖母マリアを差しながら言った。

「繊細？ええ、繊細であるべきね。セーヴルの *biscuit*[8] ほどに繊細にね。もう少し調子を和らげましょう。私は自分の芸術については何でも分かっているの。それでどこに送付すればいいの？住所は？」

「私の住所？ああ、そうだな！」そして紳士は紙入れからカードを一枚取り出し、そこに何かを書き込んだ。そして少し躊躇してから言った。「完成したのをみて気に入らなかったら、受け取りを拒否する権利はあるのですよね？」

若い娘はこの紳士と同じくらい、勘が鋭いみたいだった。

「私はあなたがそんな気まぐれではないと確信していますよ」とぎこちない笑みを浮かべて言った。

「気まぐれ？」そして我らが紳士は笑い始めた。「いや、私は気まぐれではありませんよ。私は非常に誠実な人間です。そうそう気持ちが移ろったりはしませんよ。*Comprenez?*[9]」

「誠実ね。実によくわかります。それは滅多にない徳ですね。そのお返しとして、できる限り一番早い時間に作品をあなたにお届けましょう。来週、絵の具が乾いたらすぐにあなたのカードを受け取りますね」。そして彼女は彼の名前が書かれたカードを受け取り、彼の名前を読んだ。「クリストファー・ニューマン」。そしてもう一度声に出して読んでみて、自分のひどいアクセントに笑った。

「イギリス人の名前って、ほんと可笑しいわね」

「可笑しい？」とニューマンも笑いながら言った。「クリストファー・コロンブスを聞いたことがないのか？」

「*Bien sûr!*[10] 彼はアメリカを発明した人ですよね？とても偉い方です。それでその人物があなたのパトロンというわけですか？」

「パトロン？」

「あなたの聖なるパトロン、暦にも出てくる」

「ええ、確かにその通りですよ。私の名前をつけた両親は彼にあやかってつけたのです」

「ムシューはアメリカ人？」

「説明しないといけないですか？」とムシューは尋ねた。

「そして私の些細な作品をわざわざ向こうのアメリカまで持っていくと言うのです？」と身振りを交えながら彼女は説明した。

「ええ、私はたくさん絵を買うつもりでいます。*beaucoup*[11]、*beaucoup*」とクリストファー・ニューマンは言った。

「それでも私にとっての光栄の気持ちは変わらないわね。ムシューは美的嗜好が大いにあると確信していますからね」と若い女性は答えた。

「しかしあなたの名前をいれたカードももらう必要がありますが」とニューマンは言った。「あなたのカード、分かりますよね？」

若い女性はしばし厳しい表情をしたが、その後にこう言った「父が来ます」。しかし今回はニューマン氏の察知力は機能しなかった。「あなたの名前、あなたの住所ですよ」と彼は単純に繰り返した。

「私の住所？」と娘は言った。そして少して肩をすくめてこう言った。「あなたはアメリカ人ですからね、とても幸運ですよ！私は紳士に名前付きカードを渡すのはこれが初めてです」。そしてポケットからやや手垢のついた小銭入れを取り出して、そこから照りのついた小さな訪問カードを取り出し、そのカードを自分のこのパトロンに渡した。それには鉛筆でたくさんの花の絵を添えながら「マドモワゼル・ノエミ・ニオシュ」と書かれていた。しかしニューマン氏は相手とは違って、その名前を非常な重々しさで読んだ。彼にとってフランス語の名前は全て等しく滑稽に映っていたのだ。

「ああちょうど私の父が来ましたわ。父は私を連れ帰りに来ました」とノエミ嬢は言った。

「父は英語を話せます。ですから父が全てやってくれます」。そして彼女は振り向き、眼鏡の上からニューマンを覗くように見て、足を引きずりながらやってきた小柄な老紳士を迎えた。

ニオシュ氏は色が不自然な艶々した鬘をつけていたが、それが上から覆い被さっており、その小作りで柔和で、白く虚な顔は、鬘を美容院の陳列窓に並べておくのに使う目も鼻もない鬘台と同じくらいに、表情らしい表情はなかった。みずぼらしい紳士を格好の形にしたのが彼というわけである。やたらめったらブラシをかけた粗末に仕立てられているコート、繕った手袋に必要以上に磨かれた靴、形は整っているが色褪せた帽子が彼の「損失を被った」身の上を語っており、すでに絶望的なまでにその文字は消え褪せたが、それでも上品な習慣を維持しようと必死に努めている様を呈していた。ニオシュ氏は多くのものを失ったが、中でも勇気を喪失していたのだった。単に災難が彼をボロボロにしただけでなく、恐怖を染み込ませ、災厄の女神を呼び起こさないように残りの人生を忍び足で過ごそうとしていたのは明らかだった。もしこの見知らぬ紳士が何か自分の娘に不適切なことを言っていたら、ニオシュ氏は特別にお願いする形で嗄れた声でやめて頂きたいとお願いはするだろう。その一方自分のような存在がそのようなお願いをするのは厚顔無礼なことだということも同時に認めるだろう。

「この人が私の絵を買ってくれたの」とノエミ嬢は言った。「絵が完成したら、馬車で送り届けて頂戴」

「馬車だって！」とニオシュ氏は叫んだ。そして困惑したような状態であたかも深夜に太陽が昇るのをみた具合に見つめた。

「あなたがこの若い女性の父親ですか？」とニューマンは言った。「彼女が言うには、英語を話されるみたいですが」

「英語を話す、ええそうです」と老人はゆっくりと手を擦りながら言った。

「馬車でお届けします」

「それなら何か言って頂戴」と娘は叫んだ。「少しお礼をして、そこまではしなくていいけどね」

「少し、少しだね」とニオシュ氏が困惑しながら言った。「どのくらい？」

「二千よ！」とノエミ嬢は言った。「騒がないで頂戴。購入をやっぱり辞めてしまうかもしれないからね」

「二千フランだと！」と老人は叫び、タバコ入れを手探りで探した。彼はニューマンを頭から足まで見て、そして娘を見て、さらに絵も見た。「ちゃんと成功させるように気をつけるんだぞ！」と崇高とも言っていいほどに大声を出した。

「もう家に帰る時間です」とノエミ嬢は言った。「今日は仕事が充実した一日だったわ。気をつけて運んで頂戴」。そして彼女は絵の道具を片付け始めた。

「どう感謝していいのやら」とニオシュ氏は言った。「私の英語ではとても表せません」

「私もフランス語に堪能でしたらな。娘さんは非常に賢いです」とニューマンは気前よく言った。

「ええ、あなた」。ニオシュ氏は涙を浮かべながら眼鏡越しに彼を見つめ、悲しさいっぱいで数回うなずいた。「我が娘は教育を受けたのですな――*très-supérieure*[12] 教育を！」。惜しみなくその教育のために全てを注ぎました。パステル画のレッスンで毎回十フラン、油画のレッスンで毎回十二フラン払いました。当時はフランの金額などどうでも良かったのです。彼女は *artiste*[13] なのですよ、お分かりで？」

「災難があったという理解でよろしいですかな？」とニューマンは尋ねた。

「災難ですって？…ええ、不幸なこと、恐ろしいものですな！」

「ビジネスがうまくいかなったわけですかね？」

「とてもうまくいきませんでしたね」

「恐れることなんてありませんよ。また立ち直れます」とニューマンは陽気に言った。

老人は頭を元気なく傾げ、痛みを伴うようにして彼を見た。あたかも彼の言ったことが残酷な表現だという具合に。

「彼はなんて？」ノエミ嬢は尋ねた。

ニオシュ氏はタバコをひとつまみして言った。「また財産を取り戻せるだって」

「もしかするとこの人が助けてくれたりして。他には？」

「お前がとても賢いだって」

「実にあり得そうなことだわ。お父さんもそう思ってくれるわよね?」

「信じるか、だって? これだけの証拠があるのに信じないなんてあり得るか?」そう言って老人は画架の上にある大胆に殴り描きした絵の方に振り向き、感嘆しきった様子で敬意を表した。

「それじゃあ、この人がフランス語を習いたいかどうか聞いてみたら?」

「フランス語を学ぶだって?」

「レッスンを受けるかどうかよ」

「レッスンを受けるかって、娘よ? お前から?」

「お父さんからよ!」

「私からだって? どうやってレッスンを授けるのかね?」

「*Pas de raisons!*[14] すぐにこの人に聞いて頂戴!」とノエミ嬢は柔和な調子で簡潔に言った。

ニオシュ氏は呆然と立ち尽くしたが、娘の目線の下、頭を働かせ出来る限り愛想のよいスマイルをしながら、娘の命令に従ったのであった。

「私たちの美しい言語の教義をお受けしたいとは思いませんか?」と彼は訴えるように声を震わせながら尋ねた。

「フランス語を学ぶということですかな?」とニューマンは相手を見つめながら尋ねた。

ニオシュ氏は指先を合わせながら、ゆっくりと肩を上げた。

「会話を少しばかり」

「会話、それだわ」とノエミ嬢は言葉の意味を理解して囁いた。「上流社会の会話ね」

「我々のフランス語の会話は名高いものでしてね、ご存知でしょう?」とニオシュ氏は続けようとした。「素晴らしい才能なので」

「でもひどく習得が難しいのではないですかね?」とニューマンは非常に簡潔に尋ねた。

「あなたのような、ムシュー、あらゆる形の美を敬愛するような *esprit*[15] の男にとっては違いますよ!」とニオシュ氏は述べて、娘のマリアの絵の方に意味ありげな目線を投げかけた。

「私がフランス語で会話しているなんて自分でも想像できませんな!」と笑いながらニューマンは言った。「とはいえ、人間というのは知識が多いに越したことはありませんがね」

「実に上手いことをおっしゃる。*Hélas, oui!*[16]」

「パリを徘徊して、フランス語を知っていれば実に大きな助けとなるでしょうな」

「ムシューには言いたくてうずうずしていることがたくさんあるでしょうな。難しいことがね!」

「私が言いたいことは全て難しいことです。しかしあなたがそのために教えてくださるというわけですな?」

哀れなニオシュ氏は当惑していた。そして訴えかけるように微笑み、「私は正規の教師ではありませんので」と彼は白状した。

「どうしても教師とはこの人に言えんな」と彼は娘に言った。

「この人にそれはまたとないチャンスだって伝えて」とノエミ嬢は答えた。「ある *homme du monde*[17]、紳士と紳士が会話する、って！お父さんが今誰か、昔誰であったかを思い出して頂戴！」

「どっちにしろ語学の教師じゃないじゃないか！昔はそれ以上だったし、今はそれ以下だというわけさ！そしてもしレッスン料について訊いてきたら？」

「訊かないわよ」とノエミ嬢は答えた。

「じゃあ、彼のお気に召す価格で、ということかい？」

「だめよ！それは悪手だわ」

「では、訊いてきたどうするのだ？」

ノエミ嬢はボンネットを被りリボンの紐を結んでいた。そして柔和な小さな顎を前に突き出して、リボンの皺を伸ばした。「十フランよ」と彼女は素早く言った。

「そんな値段、言えるわけがないじゃないか」

「じゃあ別にいいわよ。レッスンの終わりまでは彼は料金のことを訊かないだろうから、終了後に私が料金について担当するわ」

ニオシュ氏は再び信頼し切っている外国人の方に目を向けて両手を擦りながら立っている状態で、いつも慢性的に行っているからこれ以上は大袈裟にしたくてもできないような罪に服しているかのような様子だった。ニューマンにおいては教師をしてくれる際のスキルについての保証を求めようとは全く考えてもいなかった。もちろんニオシュ氏が自分の言語を知っていることは当然と思っていたし、相手のその侘しく訴える様が漠然とした理由からアメリカ人がレッスンを与える階級に属する年老いた外国人の様子と完全に一致していたからだ。ニューマンは言語の働きについて考えてみたことは一度もなかった。このパリという尋常ではない街における自分の親しい英語との不思議な関連性について確かめようとしていた第一の印象は、不慣れでどちらかというと滑稽な筋肉上の働きを自分の方でやればいい、ということだった。

「いつ英語を習得なさったので」と老人に尋ねた。

「わしが若く、不幸な目に遭う前にですな。ああ、その時はわしの目は開いていたものじゃった。わしの父は *commerçant*[18] として卓越していましたし、わしをイギリスへと派遣してある会計事務所で一年ほど働かせました。当時覚えた英語のうち頭にこびりついたものもありますが、もう忘れてしまいました」

「一ヶ月だと私はどのくらいフランス語を習得できるでしょうか？」

「彼はなんて？」とノエミ嬢は聞いた。それに対して、ニオシュ氏は説明した。

「天使みたいに話せるようになるのよ！」と娘は言った。

だが商売上の繁栄を確保するためにニオシュ氏に働きかけたものの無駄であった生まれつきの誠実性が再びニオシュ氏において燃え盛った。

「*Dame*[19]、ムシュー！」と彼は答えた。「出来る限りのことはお教えしましょう！」と彼は言ったが、娘の合図に彼は我に返って、「そちらの宿泊しているホテルへと伺います」

「ええ、そうです。フランス語を私は是非習いたいのですよ」とニューマン氏は民主的な信頼性を示しながら続けた。「今までフランス語を学ぼうとは思ったことがないのですからね！無理なものと当然に思っておりました。しかしあなたが私の言語を学んだというのなら、私があなた方の言語を学ばない理由なんてあるでしょうか？」と彼は言ったのだが、彼の素直で好意的な笑いがその冗談に含まれている棘を抜き取った。「ただもし私たちが会話をするというのなら、その題材で何か楽しいものを会話として取り上げないといけませんね」

「非常にご親切ですな。恐れ入りました！」とニオシュ氏は両手を前に差し出して言った。

「しかしあなたは陽気と幸福を二人分持っておられる！」

「いいえ」とニューマンはより真剣になって言った。「あなたも明るく生き生きとしていなければなりませんよ。それも契約の一部ですのでね」

ニオシュ氏はお辞儀をし、手が胸に当てていた。「ええ、結構ですとも。あなたはすでに私を生き生きとしてくださっております」

「それでは私のホテルへと来て、絵を届けてください。その代金を払い、その後この点についてお話ししましょう。実に楽しい話題になることでしょうな！」

ノエミ嬢は絵のための小道具を集めて、その大切な聖母マリアを父に預けると、父は腕を伸ばしてそれを掲げ、何度も頭を下げて引き下がって見えなくなってしまった。若い女性は生粋のパリ人らしくショールを身に纏うと、パリ人らしい笑みを浮かべながら、彼女の買い手に別れを告げた。

# 第二章

彼は長椅子のところへとぶらぶら戻って、カナの婚礼[20]の饗宴を描いたパオロ・ヴェロネーゼ[21]の偉大な絵を眺めることができる反対側の方に腰掛けた。疲れてはいたが、その絵を興味深く鑑賞した。彼に対して一つの幻想を与え、壮麗な饗宴とは如何なるべきものかについての野心的な考えを満足させたからである。絵画の左側の隅に描かれた一人の若い女が、黄色い髪の毛を束ねて金色の髪飾りをつけており、饗宴に参席した魅力的な婦人らしい微笑みを浮かべつつ、隣の人の話を聞くべく体を乗り出している。

ニューマンは彼女を大勢の中から見つけ出してその美しさに感嘆していたが、彼女に関してもある髪を逆立てている男が熱心に模写しているのを見つけた。突然、「収集家」としてのマニア熱が湧いてくるのを意識した。そして第一歩をすでに踏み出しているのだから、どうしてさらに踏み出してはだめなのか？人生で初めて絵画を購入したのはたった二十分ばかり前なのであり、それでももう芸術家のパトロンになるのを魅力的な職務だと考えていたのであった。彼がそのことを考えていると気前の良さはさらに加速し、またその男に近づいて「*combien?*」と声をかけたい誘惑に駆られていたのだった。この関係において二、三の事実が、その関係性において論理的なつながりはあまり完全ではないにしても注目すべきものがある。彼はノエミ嬢の要求する値段が高すぎることには気づいていた。しかし、そのことでニューマンは彼女を恨んでいるというのではなかった。とはいえこの男の絵画に対しては妥当な値段しか払わないと決めていた。しかしこの瞬間、彼は他の部屋からやってきた男に注意が逸れてしまった。その男は案内書もオペラグラスも持っていないにも関わらず、振る舞いから美術館には慣れていない人物であるのが見て取れた。彼は裏が青い絹地でできた白い日傘を持っており、パオロ・ヴェロネーゼの前をうろうろしながらそれを漠然と見てはいたが、あまりに近づきすぎているが故に画布の粒状の部分しか見ていないだろうことは間違いないことであった。クリストファー・ニューマンのいる場所の反対側で彼は止まって振り向き、彼を観察している我らの主人公は、彼の顔を完全には見なかったにしても抱いていた疑念を確かめようという機会が訪れたのであった。彼をまじまじと観察していたが、いきなり立ち上がり、部屋を横切っていき、片手を差し伸ばした上で、青い裏うちをした日傘の紳士を捕らえたのであった。手を差しだされた方も驚きはしたものの、思い切って彼も差し出したのであった。彼は恰幅がよく、血色も良かったのであった。そして真ん中で分けられていて両端が外側に垂れるようにブラシがかけられている美しい亜麻色の口髭のある容貌は、表情豊かというのではなかったが、少なくとも誰とでも喜んで握手をする人物だと思わせるものがあった。ニューマンがこの人物の顔についてどう思ったかは知らぬが、相手が握手を返して欲しいと思っていることは見出したのであった。

「おいおい、俺が誰だかわからないなんて言うなよ」と彼は笑いながら言った。「俺が白い日傘を持っていないからといってもさ！」

彼の声によって記憶が呼び覚まされると、その人の顔は大きく広がり、相手もまた笑い始めた。

「ああ、ニューマンじゃないか、呆れたよ、全く！一体全体ここにお前がいるなんて誰が考える？君は変わったんだからね」

「お前は変わってないな」とニューマンは言った。

「まあいい方には変わってないな。それは間違いない。一体いつからここに？」

「三日前」

「どうして知らせなかったんだ？」

「いや、お前がここにいるとは考えもしなかったよ」

「俺はここにもう六年もいるんだぜ？」

「最後にあってから、八、九年経過したよな？」

「確かにそれくらいだな。あの時は俺らすごく若かったよな」

「戦争中で、セントルイスだったな。お前は軍隊に服役していたよな」

「いや、俺は違うよ。でもお前はそうだったよな」

「確かにそうだったな」

「それで、無事に戦争を切り抜けることができたんだな」

「まあ五体満足で抜けられたよ。そして満足感も覚えてさ。しかしそれももう相当前な感じに思えるな」

「それで、ヨーロッパにはどのくらいからいるんだ？」

「十七日前から」

「初めてかい？」

「そうだよ、実にその通りだよ」

「残りの人生のための財産を築いたとかかい？」

クリストファー・ニューマンはしばし沈黙して、落ち着いた笑みを浮かべながら答えた。

「そうだな」

「そしてその財産を使うためにパリにきたというわけだな」

「まあ、今にわかるさ。ところでここでは皆お前の持っているような日傘を持ち運ぶのかい、男なのに？」

「そうだよ、もちろん。彼らは素晴らしい奴等でここでの楽しみ方についてはよく知っているのさ」

「そういった日傘はどこで買うんだい？」

「どこでも、どこでだって買えるよ」

「そうか、お前を捕まえることができて良かったよ、トリストラム。ぜひ俺を案内してくれよ。お前ならパリの裏も表もご存知だろ?」

トリストラム氏は自己満足したかのように陽気に微笑んだ。

「まあ、確かに俺が知らないようなところへと連れて行ける人なんてそう多くはないだろうね。いいよ、案内するよ」

「ここに数分前にいなかったのは残念だな。ちょうど絵を買ったばかりでさ。お前がいたらその際に助けとなったかもしれないのに」

「絵を買っただって?」とトリストラム氏は辺りの壁を見回しながら言った。

「ここの絵は売られているのか?」

「模写のことだよ」

「ああ、そうか。こいつらのことだね」とトリストラム氏はティツィアーノやファンダイクの絵を顎で示しながら言った。「これらの絵は本物だろうな?」

「だといいがな」とニューマンは叫んだ。「模写の模写なんて欲しくないからな」

「そうだな、実際はどうなのかはわからないが」とトリストラム氏は意味ありげに言った。

「彼らは非常に巧みに模写するからな。ちょうど偽ものの宝石を売る宝石商人みたいなもんさ。向こうのパレ・ロワイヤルにでも行ってみろよ。窓にあるものの半分は『模写』だぜ。法律によれば『模造品』という札を貼っておくべきだかな。実際は本物かどうかなんて分かったもんじゃない。正直に言うと」。トリストラム氏は顔を顰めながら続けた。「俺は絵にはそこまで精通しているわけではない。全部妻に任せているのさ」

「ああ、結婚しているのか？」

「言わなかったかい？彼女はとてもいい女だぜ。彼女を知っておくといいよ。イエナ街にいるのさ」

「じゃあすっかり身を落ち着けたんだな。家も子供もあるってわけだ？」

「ああ、とても上等な家で子供が二人さ」

「いいな」とクリストファー・ニューマン氏は腕を少し差し出してため息をついて言った。「羨ましいよ」

「いや、そんなことはないよ」とトリストラム氏は日傘で相手を少し突いて言った。「失礼かもしれないが、本当に羨ましいんだよ」

「いや、そうは思わないだろう。もし、もし……」

「もし俺がお前の家庭を見たら、羨ましがらないという意味じゃないだろうな？」

「もしお前がパリを見回ったら、という意味さ。ここだと自分勝手に振る舞いたくなるんだよ」

「ああ、それならそもそも俺は人生の間中、ずっと自分勝手さ。そしてそれにはうんざりしているんだ」

「そうかい、じゃあパリで試してみたらどうだ？ 年齢はいくつだ？」

「三十六だ」

「*C'est le bel âge*[22]、ってここの人なら言うな」

「どういう意味だ？」

「料理をたらふく食うまでは皿を片付けさせるな、ってことさ」

「それだけ？ 俺はたった今フランス語のレッスンを受けるための話をつけてきたところだ」

「ああ、レッスンなんかいらないよ。勝手に覚えていくからな。俺はそんなもの一回も受けたことがない」

「お前は英語と同じくらいにフランス語を話せるんだよな？」

「フランス語の方がもっと上手く話せるさ！」とトリストラム氏ははっきりと言った。「大した言語だよ。どんな気のきいたこともこの言語で言えるんだからな」

「だが、そのためにはこっちがまず気を利かせないといけないだろ？」とクリストファー・ニューマンは旺盛な知識欲から尋ねた。

「そんなこと全くないよ、それこそがいい所なのさ」

二人の友人はこういった挨拶を交わした後、出会った場所で立ったままでいて、絵を保護している手すりに寄りかかったのである。トリストラム氏はついに疲れたので、座りたいと言った。

ニューマンは自分が今まで寛いでいた大きな長椅子を最上級の言葉で推薦し、お互い座ろうとした。

「ここはすごい場所だな、そうだよな?」とニューマンは熱心に言った。

「すごい場所だよ、本当にすごい。世界で最も立派な場所じゃないかね」

すると突然トリストラム氏は躊躇して、辺りを見回した。

「ここでタバコ吸ってはいけないよな?」

ニューマンは彼を見つめた。

「タバコ?さぁな。お前なら俺よりここの規則について詳しいと思うのだが?」

「俺?俺は今日ここに来たの初めてだぜ!」

「初めて?六年もパリに住んでいるのに?」

「確か俺の嫁がこの場所に初めてパリに着た時に引きずり込まれた気がするが、その後はからっきしさ」

「しかしお前はパリをよく知っているって言ったじゃないか!」

「俺はここをパリなんて認めないね!」とトリストラム氏は強く断言した。

「行こう。パレ・ロワイヤルの方へ行ってそこでタバコを吸おう」

「俺はタバコ吸わないんだよ」とニューマンは言った。

「じゃあ、何か飲もう」。そしてトリストラム氏は自分の連れを案内してその場を離れた。

彼らはルーヴルの壮麗な広間を通っていき、階段を降りて、彫刻が並べてあるひんやりとした薄暗い展示室を歩き、最後は異様に大きい広間へと出た。ニューマンは辺りを歩きながら見回していたが、何も言わなかった。そして外に出て初めてニューマンは友人に行ったのであった。

「もし俺がお前だったらここに一週間に一回は来るだろうな」

「いや、そんなことはあり得ないよ！」とトリストラム氏は言った。「そう思うだろうが、そんなことはないんだよ。というのもそれだけの時間の余裕がないからな。行こうとはいつも思っているが、最終的には絶対行かないんだ。パリにはそんなものより楽しいことなんていくらでもあるからな。イタリアは逆に絵を見るための場所さ、そこにいくまで美術館巡りはとっておくんだな。そこだと絵とか見に行かないといけない。イタリアでは他に何もすることがないからな。ひどい国さ、あそこは。上等な葉巻一つ手に入れられないんだから。俺はどうしてルーヴルのようなところへと今日来たのかはわからないんだ。ただ市内をうろうろしていて、面白いことがなくうんざりしていたんだ。歩いている時ルーヴルを通り過ぎているのを認めて、入って何があるのかを確かめたかったのさ。とはいえお前をここで見つけなかったら、がっかりしただろうな。俺にとって絵なんてどうでもいい。俺は現実で楽しみたいのさ！」とトリストラム氏は「教養」なるものを過剰に摂取して苦しんでいるような無数の人々が羨望してしまうようほどの確信を以て、この結構な信条を吐き出したのである。

二人の紳士はリヴォリ通りを進んでいきパレ・ロワイヤルへと入っていったが、そこで彼らは広々とひらけている四角い庭の中にまで飛び出しているカフェの出入り口の近くにある小さなテーブルに腰掛けた。その場所は混雑していて、噴水が迸っていて、楽隊が演奏していて、菩提樹の下に椅子が多数集められていて、ベンチには白い帽子を被った恰幅の良い乳母たちが座っていて、自分たちが担当している子供に栄養分を惜しみなく与えていた。辺り一帯は気楽な家庭的な陽気さが漂っており、クリストファー・ニューマンはこれこそがいかにもパリらしいものだと思った。

「さあ、今度は」と二人が頼んだ飲み物を一口飲んでからトリストラム氏が言い始めた。「お前のことについて聞かせてくれ。お前はどういうことを考えていて、これからどういうことをするつもりで、どこからきて、どこにいくつもりだ？まず、今どこに泊まっているんだ？」

「グラン・ホテルに宿泊しているよ」とニューマンは言った。

トリストラムはふくよかな顔を顰めた。

「そいつはダメだ！ホテルを変えないと」

「変える？」とニューマンは尋ねた。「俺が今まで泊まったことのあるホテルで一番いいところなんだぜ」

「お前は『いいところ』に泊まる必要なんてないいんだよ。こぢんまりとしていて静かで優雅で、ベルを鳴らせばすぐに返事が来て、お前の、お前の存在を認めてくれるところがいいんだ」

「今宿泊しているところだって、俺がベルを触る前から走ってくるんだぜ。そして俺という人間に対してもだよ、彼らはいつもお辞儀をして額をこすりつけているんだぜ」

「多分お前はいつもチップを払っているんだろうな。そいつはよくないやり方だよ」

「いつも?　全然払ってないよ。昨日ボーイが俺に何か運んできて、どこか乞うような仕草でぼーっと立っていたので、そいつに椅子を差し出して座ったらどうかと訊いたんだ。それがよくないやり方だとでも言うのかい?」

「非常にな!」

「しかしそいつはすぐに逃げ去ってしまったんだよ。いずれにせよ、そのホテルを俺は気に入っているんだ。いくら優雅なところだって、それが退屈するならいやだよ。昨夜、俺は午前二時までグラン・ホテルの中庭に座っていたんだが、人々が出入りしたりぶらぶらしているのを眺めていたんだ」

「お前は簡単に満足してしまうんだな。まあそういう立場なんだろうな。相当な財産を作ったみたいだな?」

「十分に作ったよ」

「そんなことを言えるなんてお前は幸せ者さ!　どのくらい十分なんだ?」

「しばらく身を休めて、面倒なことを忘れるくらいだな。自分自身を見つめ、世界を見て回り、いい時間を過ごし、自分の精神を向上させ、そして気が向いたらだが、奥さんと結婚しようと考えている」。ニューマンは淡々として途切れ途切れに、ゆっくりと言葉を進めていった。彼の言葉の進め方はいつもこのような具合だが、その特徴は今述べた言葉に特に顕著に現れている。

「こいつは驚いたな！大した計画だ」とトリストラム氏は叫んだ。「全く、どれもこれも金のかかるものだな。特に結婚するのなら。もちろんお相手が金を出すってのなら話は別だろうがな。俺の妻のようにな。それでどういう身の上だ？どうすればそれだけの金を作り上げられるんだ？」

ニューマンは帽子を額から後ろへとずらし、手を組み、足を伸ばした。彼は音楽を聴き、ざわめいている群衆や水飛沫をあげている噴水や乳母とその乳児たちを見回した。

「働いたんだよ！」そして彼はこう答えたのであった。

トリストラムは彼をしばらく見つめたが、彼の穏やかな目を友人の豊かな長身に向け、彼の心地よさげな物思いに耽っている顔に目を止めた。「どんな仕事をしたんだ？」彼は尋ねた。

「まあ、いくつかね」

「お前はできるやつなんだろう？」

ニューマンは乳母と乳児を見続けた。彼らはその場において一種の原始的で、田園的な素朴さを醸し出していた。

「ああ」とついに彼は言った。「おそらくそうなのだろうな」。そして友人に問われるままに最後に互いに別れた時からの自分の身の上の話について簡潔に答えた。彼が語るのは極めて西部的なものであり、様々な事業があったわけなのだが、その詳細をここでわざわざ読者に伝える必要はないだろう。ニューマンは陸軍准将に名誉昇進して無事に戦争を切り抜けることができたのだが、彼の場合その名誉は、不当な比較を行う必要もなく、彼が担うのにふさわしい形でその肩にのしかかった。しかしいざ必要に迫られたら戦闘を行うことはできはしたが、ニューマンは戦争というものを心の底から嫌った。彼の軍隊における四年間の服役は、人生と時間と金銭と「抜け目なさ」、更に若さにおける新鮮さという貴重なものを無くしたことに関する腹立たしく苦々しい気持ちを抱かせるようになった。そして彼は平和の追求に対して強い情熱と精力を向けたのであった。肩章を取った時は、それをつけた時と同様に無一文であり、その時に持っていた自由に使える唯一の資本と言えば揺るぎない決意と目的と手段に対する鋭い洞察力であったが、努力と活動は彼にとって息を吸うほどに自然なことであった。実際に西部の弾力的な土地に踏み入れて彼ほど健康的な人間は誰もいなかった。彼の経験は、彼の能力と同じくらいに広大なものであった。彼が十四歳の時、必要な事情から自分の細くて若い肩によって街の通りへと押し出され、その日の夕食代を稼がないといけなかった。それを稼ぐことができなかったのである。だが翌日の夕食は稼ぐことができ、その時から夕食を食べなかった時があるにしても、それは何かもっと楽しいことやもっと多い利益をもたらす別のことのために金を払うために使用したからであった。彼は頭を使いつつ、多くのことに手を突っ込んだ。最も卓越した意味合いで、彼は事業を企て冒険し、無謀に試みすらして、輝かしい成功と同時に苦々しい失敗というものを味わったのである。しかし彼は生まれつき敬虔主義者であり、差し迫ったプレッシャーの中でも、譬えそれが中世の修道僧が馬の毛を下着として用いなければならないほど耐え難い時でも、何か楽しいものを常に見出したのであった。ある時は、失敗というのは自分と切っても切り離せない一部だと思い、不運と一緒に寝るのであり、彼が触るものは全て金ではなく灰に変わってしまうことがあった。世界の出来事を左右する人為を超えた超自然的な要素に関しての彼は活き活きとした概念を、しつこいくらいの不運が極限にまで高まったのを味わった時に抱くようになった。人生には自分の意志よりも何か強いものが働いているように思えた。しかし、そのような摩訶不思議なものは悪魔以外ないと思い込み、この傲慢極まりない力に対して、相応の激しい個人的な敵意を抱かずにはいられなかった。信用を完全に失ってしまい、一ドルも稼げず、見知らぬ街の夕暮れに一人でいるのを見出し、疎外感を和らげるために一銭もないのがどういうことなのかを知ったのであった。このような境遇の下、彼は最も大きな幸運を味わうことになるサンフランシスコへとやってきたのである。フィラデルフィアにいるフランクリン博士のように安物のパンを齧りながら通りを歩いて行かなかったのは、その安パンを買うだけの金すら持ち合わせていなかったからに過ぎなかった。彼の最も暗雲とした日は彼の唯一の単純にして実践的な衝動、つまり彼の言葉を借りれば物事をやり通すという欲望だけは抱いていた。そして最後には実際に世の荒波へと入り物事をやり通したのであり、膨大な財産を築いたのであった。クリストファー・ニューマンのそれまでの人生における唯一の目標が資産を築くことにあることは、そのままの事実として認めなければならない。

彼自身の考えでは、自分がこの世界に生まれてきたのは反骨心からできるだけ多くの財産をもぎ取ることであると捉えていた。このような考えは完全に彼の視界を満たし、己の空想力を満足させた。財産の使用において、黄金の流れを注ぎ込むのに成功した人生においてはどうするべきかについては、彼は三十五になるまではほとんど考えたことはなかった。人生とは彼にとっては誰もが参加可能な試合と看做しており、豪勢な賞を得るために彼も参戦していたのであった。そしてついには勝ったのであり、賞を獲得したのであった。しかしその勝利の金をどうしようというのか？遅かれ早かれこの疑問に直面することになるような類の男なのであり、その答えがこの物語というわけである。自分の抱いている人生哲学から抱いていた夢よりも更に多くの答えがあるのだという漠然とした思いがすでに彼に取り憑いていたのだったが、彼が自分の友人とパリのこの絢爛な一隅で寛いでいるとその考えがより柔和に快適に深まっていくかのように思えた。

「白状しなければならないのだが」と彼はやがて言葉を続けた。「ここでは全く自分が利口な人間だと思えないいな。俺の卓越した力量もここでは役に立たないようだ。まるで自分が小さな子供のように素朴な存在と思え、譬え別の小さな子供が自分の手を握ったとしてもそこについていくような気がするんだ」

「ああ、なら俺がその小さな子供になるよ」とトリストラム氏は陽気に言った。「俺がお前の手を引っ張るよ。信じて欲しい」

「俺は仕事はよくできる人間なんだが」とニューマンは続けた。「ぶらぶらしたりするのはあまり性に合わないんだ。自分を楽しませるためにわざわざ海外からやってきたのだが、結局楽しみかたも分からないいんじゃないかと考えている」

「そんなもの、簡単に身につくよ」

「まあ身につくかもしれないが、無意識的にまで行えるかどうかはわからないな。確かにそうなりたいという意欲は極めてあるんだがね、だが俺の才能はそっち方面には向いていないいんだ。ぶらつく者としては君のように独創的な存在にはなれないよ」

「そう」とトリストラムは言った。「確かに俺は独創的だな。ルーヴルの不滅の作品のようにな」

「それに」とニューマンは続けた。「仕事で遊びたくないように、遊ぶことを仕事にしたくないんだ。気楽にやりたいいんだ。俺はとても心地よくのんびりした状態にあり、今のような状態で半年過ごしたいんだ。樹の下に座って楽隊の演奏を聴きながらね。一つだけ望んでいることがある。俺はいい音楽を聴きたいいんだ」

「音楽と絵！そいつはまた随分と洗練された趣味だな！お前は俺の妻が言う知性的な人間なんだな。俺はそんなんじゃこれっぽちもないんだ。しかし木の下で座るよりもっとましなことは見つけ出してあげられるだろうよ。それでその手始めとして、まずはクラブに行かないといけない」

「なんのクラブだ？」

「『オクシンデタル』ってクラブだ。そこにアメリカ人の連中は皆行くんだ。少なくとも最上級のアメリカ人はな。ポーカーはできるよな？」

「おいおい」とニューマンは力を込めて叫んだ。「クラブに行って、トランプの机の前に強制的に座らせるってじゃないんだろうな？そのためにわざわざここまでやってきたんじゃないんだぞ」

「一体なんのためにここにきたんだ！セントルイスでは俺の記憶が正しければポーカーを遊んで俺を無一文にしただけで十分に楽しそうだったじゃないか」

「俺はヨーロッパを見にきたんだ。そこからできるだけのことを自分に吸収しようと思ったんだ。偉大なもの全部見たいし、聡明な人々がやることと同じようなことをやりたいんだ」

「聡明な人々？それだと申し訳ないが、俺だとなんの役にも立てないな」

ニューマンは横を向きながら座っていて、腕を椅子の後ろに回していて頭を手にもたれさせていた。動かないまま彼は連れからしばらく目を離さず、無味乾燥で警戒して、何か教えた気であるがそれでも総じて好意的な微笑みを浮かべていた。

「お前の妻を紹介してくれよ！」と彼はやがて言った。トリストラムは椅子で座りつつ弾んだ。

「誓って言うが、紹介なんてしないよ。彼女は俺やお前を小馬鹿にするようなことなんてしたくないのさ。二人ともね」

「俺はお前に対して小馬鹿になんてしないよ、なあ？それどころか誰にも何にも小馬鹿なんてしないさ。俺は思いあがってなんていないさ。思いあがってなんかいないことは保証するよ。だから聡明な人々から範を取ろうとしているのさ」

「まぁ、ここの人々が言うように俺は最高の中の最高の人物ではないが、そういった人物の近くに今まで住んできたからな。何人かのそういった聡明な人々をお前に見せることもできるね。パッカード将軍を知っているかい？C・P・ハッチは？ミス・キティ・アップジョンは？」

「そういう人たちとお近づきになれるなら実に嬉しいよ。人付き合いの質を洗練させたいな」

トリストラムは落ち着かず疑念を持っているかのようだった。彼は友人を横目で見てそして言った。「一体目的は何なんだ。本でも書くつもりか？」と彼に尋ねた。

クリストファー・ニューマンは髭の片端をしばらく黙りつつ捻ったが、やがて相手に答えた。

「数ヶ月前のある日、何か凄い興味を惹くことが起きたんだ。俺はニューヨークにとても重要なビジネスの件でいたんだ。結構話すと長くなるな。株式市場で競争相手を特定の方法で出し抜くことに関することだが。相手方が一度俺に卑怯な手段で陥れようとしたんだ。それでそいつを恨み、当時は相当ムカついていてチャンスがあればそいつをつまりやっつけてやろうと俺は心に決めていたんだ。六万ドル分のお金が絡んでいたんだ。俺がそいつを出し抜いたらあの野郎にとっては大きなショックだろうし、あいつはその四分の一の金も受けるに値しないやつだったのさ。そして俺は馬車に乗って仕事に取り掛かったんだが、この馬車に、不滅で歴史的なこの馬車に、俺の言っている不思議なことが起きたんだ。とはいっても普通の馬車ではあるがね。単に他よりも少し汚く、あたかもアイルランド人の葬式に何度も使ったかのようにくすんだ茶色のクッションの上に脂っぽい筋がついていたんだ。そこで多分俺は寝ていたんだろう。一晩中旅行していて、仕事で興奮していたこともあり、眠たかったんだ。そして突然俺は覚めたんだ、睡眠というより夢見心地な気分から目覚めたわけだが、その時はこれ以上にないくらい異常な感覚だったんだ、つまりこれから俺がやろうとすることに関する激しい嫌悪感を抱いていたわけさ。そんな具合に俺は突如そんな感覚に襲われたんだ（ニューマンは指をパチンと鳴らした）！まるで古傷が疼き始めたような感じさ。その意味するところは理解できなかった。ただ俺はやろうとしていること全部が大嫌いになり、そこから足を洗ってしまいたかったんだ。あの六万ドルを失い、それがどこかに消えてしまいもう二度とそれについて関わることがないことが、この世界で最も幸せなことだと思うようになったのだ。こういったことは俺の意思とは無関係に起こり、あたかも劇場での演劇を観賞するかのようにそれを座って見ていたんだ。

それが俺の内部で進行しているのを感じた。自分はほとんど理解していないのに心の中で何かが生じているようなことが世の中にはあるのだということが実際にあるんだ」

「やめてくれ！たまげるじゃないか！」とトリストラムは叫んだ。「それで、お前が馬車の中に座り、その劇とやらを見ているときに、相手の男が入ってきて君の六万ドルをそのまま運び去ったとでもいうのか？」

「さあな、全くわかりゃしないね。かわいそうな奴だからな、そうであっても欲しいな。結局はわからずじまいだがな。馬車は俺が行こうとしていたウォール街のその場所の前で停まったが、俺は座ったままだった。そしてやがて御者が自分の馬車が霊柩車にでもなったんじゃないのかと確かめるとめに御者台から降りてきたんだ。俺は死体になっていたのと同じくらい外に出ることができなかったんだ。一体俺に何が起きていたんだ？一時的に白痴状態になったとお前なら言うだろうな。俺は馬車よりもウォール街から出て行きたかったんだ。俺は御者に対してブルックリンの川へと走りその橋を超えていくように言った。そして実際に超えた時、その郊外へと走って行けと更に命じたんだ。最初はダウンタウンへと急いで走れと命じていたから、御者のやつは俺のことを気が狂った奴だと思っただろうな。もしかすると実際にそうかも知れないが、もし実際にそうだったならば今も俺は気が狂っているということになる。俺は朝をロング・アイランドの新緑を見ながら過ごした。俺はビジネスが嫌になっていた。そんなもの全部投げ捨ててしまって、さっさと手を切りたかった。金は十分持っていたし、もしそうでなくても作ればいいだけだった。俺の古い皮膚の下で新しい人間がいるのを感じ、新しい世界を切望するようになったんだ。もしどうしても欲しいものがあるというのなら、それは自分で調達しないといけないのだ。俺は自分に起こっていることが全くわからなかったが、古い馬の手綱を放しそれには行きたいところへ行かせた。そして勝負から手を引けたら俺はヨーロッパへと船出した。俺がここに座っているのはこういった経緯なわけさ」

「その馬車を買い上げてしまうべきだったな」とトリストラムは言った。「そんな乗り物は安全な代物ではないからな。なら君は本当に商売をやめビジネスの世界から足を洗ったんだな?」

「仕事の手札は友人に委ねたよ、もし戻りたい気分ならまたそのカードを返してもらえるさ。一年もすれば事の進行は逆へと向かうと言っていいだろうな。振り子はまた戻るんだ。俺はゴンドラかヒトコブラクダの上にでも座っていて、突然またそこから立ち去りたい気分になるんだろうな。だが今のところは俺は完全に自由だ。仕事に関するメッセージを受け取らないように交渉すらしたんだからな」

「ふーむ、実に *caprice de prince*[23] ってわけだな」とトリストラムは言った。「俺は手を突っ込みたくないかな。俺のような小物はお前のようなそんな壮大な休暇をおくるにあたって助けることなんてできそうにないからな。王冠でも被っている人々に紹介してもらうのがいいと思うぜ」

ニューマンは彼を少し見つめて気楽な笑みを浮かべて尋ねた。「どうすれば紹介してもらえるんだ?」

「おお、その態度はいいな!」とトリストラムは叫んだ。「真剣だってのがわかる」

「そりゃあ真剣に決まっているじゃないか。最上級のやつを味わいたいって言わなかったかい? そういう最上級なのは単に金だけでは得られないだろうが、それでも大いに役に立つとは思うがね。それに、手間も相応にかけても構わないつもりだ」

「恥ずかしがり屋じゃないよな、お前は?」

「さあな、全くわからんよ。俺は人が味わえる中でも最大の娯楽を味わいたいのさ。人々、場所、芸術、自然、全部だ! 最も高い山も見たいし、最も青く澄んだ湖も見たい。最も素晴らしい絵画も見たいし、最も見栄えのいい教会も見たい。そして最も有名な男、最も美しい女性も見たいんだ」

「だったらパリにいるんだ。俺が知っている限りでは山なんてなく、湖もブローニュの森にあるのくらいしか知らないよ。そしてそれも大して青く澄んでいないしな。だが他のものは全部ある。絵画や教会は山ほどあるし、有名人なんて腐るほどいるし、美女もいくらかはいる」

「しかし夏がもう時期やってくるから、この時節にパリにずっといるなんてできないよ」

「ああ、夏ならトルーヴィルへといけばいいいさ」

「トルーヴィルって?」

「アメリカの避暑地であるニューポートのいわばフランス版さ。ここにいるアメリカ人の半分はそこに行く」

「アルプスの近くにあるのかい？」

「ニューポートがロッキー山脈の近くにあるのと同じくらい近いさ」

「ああ、モンブランをぜひ見てみたいものだ」とニューマンは言った。「そしてアムステルダムも、ライン川も、他の多くの場所もな。ヴェネツィアも特に行きたいな。ヴェネツィアでは過ごすための優れた計画を考えているんだ」

「なるほどな」とトリストラム氏は立ちながら言った。「どうやら俺の妻を紹介する必要があるみたいだな！」

# 第三章

この儀式は翌日に執り行われた。クリストファー・ニューマンは予約を取りトリストラム夫妻と夕食を共にした。彼らは凱旋門の近くでオスマン男爵により仕立てられた大通りと同じ具合の豪勢さで飾られている白亜色の外見を持った建物の一つに住居を構えていた。その住居は現代的な利便性を十分に備えていて、トリストラムは自分の訪問者が来たら直にガス灯と暖房炉という主要な家財に対して注意を向けさせた。

「もしホームシックにかかるような時があったら」と言った。「ここにいつでも来るんだな。暖房炉の痛風装置の前に来させるぜ。そして……」

「そしてあなたはホームシックなんてもう感じなくなるわ」とトリストラム夫人が言った。夫は彼女を見つめた。妻の口調にはよく理解し難いようなものが込められているのをよく見出すのである。ふざけているのか真剣なのか、夫には判別がつかないのであった。真実としては、トリストラム夫人の今まで置かれていた環境が彼女の皮肉的な傾向を養ったのであった。物事に対する捉え方は、その多くが夫のそれと異なっていた。確かに彼女は譲歩することもしばしばあったが、その譲歩の仕方も上品なものとは言えなかったのを白状する必要がある。何かとても積極的なことと、多少情熱的なことを何かいつかしようという漠然とした計画を彼らは立てていた。それが何なのかは彼女も分からないので誰にも分からないものなのだが、それでもなお、分割払いで良心を買い取っていたのであった。

しかし同時に、誤解を抱かぬように彼女の独立しようという小さな企みは決して他の人、特に異性の助けを必要とするものでは決してなかったことは付け加えておかねばならない。つまりちょっとした情事を賄うために美徳を貯め込んでいたわけではなかったのである。まず、彼女は極めて普通の要望をしており、自分でもその外見についてありのままに受け取っていた。髪の毛一本に至るまで自分を正確に把握しており、自分の最悪な点と最良の点についても承知していて、それをそのまま自分で受け入れていた。もちろんその際は苦悩を感じなかったというものではなかった。若い女の子として何時間も鏡に背を向けたまま、涙に咽んでいた。その後、絶望と虚栄から自分がこの世界で一番醜い女だということを公言する習慣を取るようになった。そういえば、世間一般の礼儀ではそうならざるを得ないわけだが、相手がそれを否定し激励してくれるからで

ある。このことについて哲学的に捉えるようになったのは、彼女がヨーロッパで暮らすようになってからである。この地で鋭利に働かせたその洞察力の結果、女性の第一の義務は美しくあるじの良い存在であることなのだと気づいた。美しさなしに好感を与える多数の女性と出会い、それにより自分のなすべきことを見出したのであった。彼女は一度情熱的な音楽家の曲を

聞いたが、才能あるがあまりに不器量なために愛想をつかした。それにより美しい歌声は適切に歌唱するのに却って邪魔だということを悟ったのである。そして同様に美しい顔も好感を与える振る舞いをするにあたっては邪魔なものになるのではないだろうかと訝ったのである。トリストラム夫人は、それにより極力好意的な存在になるように努め、その努力に対して他人を感動させるほどに身を注いだのである。どのくらい目標を達成できたのかは私には分からないが、不幸なことにその努力を途中で辞めてしまったのである。身近な存在に励ましてくれる人がいないというのが唯一の言い訳であったが、私としてはその目標に対して本当の意味での素質を有していなかったからではないかと考えている。もしその素質を持っていたのならその魅力ある技術そのものを追求して続けたはずだからである。この哀れな女は不完全なのであった。彼女は完全に理解していた化粧の調和に頼るようになり、完璧な服装に自分を仕立てることに満足したのである。毛嫌いするふりをしつつパリに住んでいたのであり、それはパリのみが唯一自分の様相と正確にピタリと合うような服装等を見つけられる場所だからである。それにパリ以外ではボタンが十個ついた手袋を見つけるのは大なり小なりの苦労を伴うのを常としていた。この利便性のある街について毒づくというのなら、ではいったいどこに住めたらいいんだと聞いた時の彼女の答えは、かなり予期せぬ意外な答えであった。彼女はクブンハウン[24]、あるいはバルセロナと答えるのであった。ヨーロッパを周遊していた時に、それらの街で各々数日間過ごしたのである。全体として、詩的さも感じられる服装の装飾をしていて、不格好ではあるが知性的で小さな顔をした彼女と実際に会ってみれば、確かに興味深い女であると思わされる。恥ずかしがり屋の性分であり、もし彼女が美貌を持って生まれたのなら、恥ずかしがり屋のままであっただろう（いかなる虚栄もなしに）。今では内気であると同時にしつこいところもあった。自分の友人たちには極めて控え目ながら、余所者には極めて遠慮せずに振る舞うことがある。彼女は夫を軽蔑しており、あまりにも大きな度合いで軽蔑していた。というのもその男と結婚しなくてもなんら問題はなかったからである。ある賢い男と恋に落ちていたが、その男は彼女を捨ててしまい、その結果彼女はこの愚かな人間と結婚することとなったのである。その理由は、自分を捨てたあの忘恩な賢しい奴が、彼女は何一つとして価値のない女であり、自分の価値を認めてくれていたのは単なる俺の思い上がりだったと後になって反芻してくれるのを期待してのことだった。いつも忙せわしなく、不満げで、空想的で、個人的な野心はないが想像力はある種旺盛であり、以前述べたように彼女は極めて不完全なのであった。彼女は、悪しきことにしろ良きことにしろ、色々なことを始めようとするが結局何かを達成することはない。しかしそれでもなお、道徳的な観点から、胸中にはある聖なる火による輝きを放っていた。

ニューマンはどのような状況においても女性との付き合いを求めたが、今では本来の自分から離れていていつも抱いていている興味も無くなっているわけであるから、その埋め合わせを求めていたのであった。トリストラム夫人に大いに興味を引き、夫人方もそれに素直に応じたので、最初の会合のあとは彼女の客間において何時間も過ごすようになっていた。二、三言話した後、互いにすでに友人になっていた。ニューマンの女性との接し方には独特なところがあって、彼女に感嘆していることに気づくのに女性方がある程度の知性を有することが必要であった。平時用いられる意味での慇懃なところはなかったのだ。お世辞もなく、奥ゆかしいところもなければ、雄弁を弄するようなこともなかった。いわゆる「冷やかし」を同性と交際する際は好んだのだが、異性の側で一緒にソファに座った場合、非常な真剣さを感じないことはなかった。彼は内気ではなかったが、不器用さがその内気を克服しようという姿勢から生じるものであるとするならば、決して不器用な方ではなかった。重々しく、気が利き、従順で、しばしば沈黙するのも、敬意からくる恍惚めいたものに単に耽っているからに過ぎないのだ。彼の見せる感情は全く理論的なところはなく、感傷的なところも決して高度ですらなかった。女性の「地位」について考えたことはほとんどなく、女性大統領についても共感を覚えたりすることはなく、それ以上に考えたことすらない。彼の振る舞いは単純に気立ての良さから開花したものであり、彼の本能と誰もが気楽な人生を送れる権利を持っているという真の民主的な仮定の部分を成していたのである。もし髪の毛がボサボサの乞食がベッドに入り食事をとり、賃金を受け取り、投票する権利があったのなら、乞食よりも弱くその華奢な体格にこそ魅力がある女性も当然に公の費用で優しく養っていく必要がある。ニューマンはこの件に関して要求されれば、自分の財力に応じて喜んで税金を払うつもりでいた。その上、女性に関する多数の慣習は、彼にとってその各々が新鮮な印象を抱かせるのであった。彼は小説を読んだことがないのだ！女性の鋭さ、巧妙さ、抜け目のなさ、判断力の適切さに心打たれたのであった。女性は彼にとって絶妙な有機体に思えた。もし人が自分の仕事に何かしらの宗教、少なくとも何かしらの理想を抱かなければならないというのが本当であるのなら、ニューマンは幾分か燦然とした女性の額に対して最後まで責任を持つということを漠然としつつ認めることに形而上学的な霊感を見出したのである。

彼はトリストラム夫人の助言を聞くのに多大な時間を払った。とはいえ、その助言をニューマンが自分から求めたわけではなかったことは付け加えておく必要がある。助言を聞くことに困難も感じないし、ましてやその困難を打破するための興味はなおさらないわけだから、その意味で助言を求めることができなかったのである。周囲の複雑なパリの世界は、彼にとってはなんて事のない単純な事物に思えたのであり、それは巨大で驚くような見せ物であるが、彼の想像力をさらに刺激したり逆に好奇心を駆り立てることもなかった。ポケットに手を入れたまま好意的な様子を呈していて、重要なものは何も見落とさないようにし、多数の物事を入念に監察し、自分自身に注意を向けることはなかった。

トリストラム夫人の「助言」は彼にとっての見せ物の一部分であり、彼女の話す豊富な雑談のうちでそれが特に娯楽的な要素があるものであった。彼女が自分について語るのを聞いては楽しんだ。あたかもそれは彼女の美しい創造の才の一部であるかのように思えた。しかし彼は、彼女の述べた助言を実際に適用したり、彼女から離れた時もそれを記憶に留めているわけではなかった。彼女自身についていえば、彼を独り占めにしたのだった。彼女が数ヶ月の間に考えた事柄で最も興味深い存在なのであった。彼女は彼と一緒に何かやりたかった。だが、具体的に何かは検討がつかなかった。彼は大した男だった。裕福で強健で、形式張ることもなく、友好的で、気立てが良くて、その存在が彼女の空想力をいつも活発にしていた。今のところ彼女ができることといったら、彼に好意的であることくらいだった。彼に「恐ろしいほどに西部的ね」と言ったが、このお世辞においてはどこか不実な色調が染められていた。彼を案内し五十人ほど紹介し、相手を言いなりにできたことに大きな満足感を得た。ニューマンは彼女の提案することと全てを受け入れ、誰とも片っぱしから握手をして、その一方物怖じしたり我が物顔したりすることとは無縁な存在に思えた。トム・トリストラムは妻の貪欲さについて不満を漏らし、自分の方は友人と二人で過ごす時間が五分もありゃしないとはっきり言った。もし物事がどのように転んでいくのかを彼が予めわかっていたなら、ニューマンをイエナ街へと連れて来はしなかっただろう。二人の男は、以前は親密という程ではなかったが、ニューマンは自分をもてなしてくれているこの男の昔の印象を覚えており、トリストラム夫人はこのことを彼に内密に語ったことは決してないのだが、ニューマンは彼女の夫がどちらかと言うと堕落した人間であることを認めても誤りではないという秘密を発見してしまったのだ。彼は二十五歳の時はいい奴であったが、この点において彼は変わったというのではない。しかし今では歳を重ねたのだからもっと相応のものが期待されてもいいはずであった。人々は彼のことを社交的な人間だと言うが、スポンジを水に浸からせれば膨らむのと同じくらい当然のことだった。そしてその社交性も格段優れているというのでもない。彼は噂話やおしゃべりが大好きであり、笑いを取るためなら自分の老いた母親の評判を傷つけることすら厭わなかった。ニューマンは昔のことについて懐かしく思うこともあったが、トリストラム氏が今では価値の少ない、取るに足らぬ存在であるとはどうしても思わざるを得なかった。唯一の野心といえば、クラブでポーカーをやり、*cocottes*[25]の名前を全て知り、誰にでも握手をして回り、薔薇色の咽喉にトリュフやシャンパンを注ぎ、アメリカ人の居留地を構成する要素部分において不愉快な騒動や障害を引き起こすことにある。恥ずべき程に怠け者であり、無気力で、性的に耽っていて、俗物であった。祖国に対して仄めかす際のその口調にニューマンは苛立ち、どうしてアメリカ合衆国がトリストラム氏にとって十分なものではなかったのか、理解に苦しんだ。愛国者であるとはっきり意識していたのではないが、トリストラムがアメリカ合衆国をこの友人が下品な臭いと殆ど同じくらいにしか取り扱わなかったことを見ると怒りが湧いてきて、ついにニューマンは堰が外れたようにアメリカは世界で最も素晴らしい国であり、ヨーロッパ全土なんてズボンのポケットに仕舞うことができてしまうのであり、アメリカ人で祖国の悪口を言う奴は鉄の枷をつけられて強制的にボストンに押し込められるべきだとはっきり述べた（これはニューマンにしては相当復讐に駆られたことに起因する言い方である）。トリストラムは冷たくあしらわれても気に留めないタイプの人間で、悪意は抱くこともなく、構わずニューマンに対して夕方をオクシデンタル・クラブで過ごすといいことを主張し続けた。クリストファー・ニューマンはイエナ街で夕食を何回か取り、その際に接待者はこのクラブに早く行こうと誘うのであった。トリストラム夫人はそれに反対し、自分を不愉快にするために頭を働かせているのだと強く言った。

「いや、そんなことは全くないんだよ」と答えた。「俺が何かやろうとするとお前は俺のことを随分嫌うのだからな」

夫妻がこういった仲にいるのを見るのはニューマンにとっていやな気分だったが、どちらか片方は非常に不幸な気持ちでいるのは明らかだった。そして不幸なのはトリストラム氏ではないことは分かっていた。トリストラム夫人は自分の部屋の窓の前にバルコニーがあって、六月の夕方にはそこに座るのを好んでいた。そしてニューマンは、自分はクラブよりもバルコニーにいる方がいいと素直に述べたことが何回もある。木鉢に香りのある植物が並べられてあって、夏の夜空の下は広い通りを眺めると、凱旋門が英雄的な彫刻群が漠然とだが塊を成しているのを見てとることができた。時々、ニューマンは三十分してからトリストラム氏の後をついていってオクシデンタル・クラブへと赴くという約束を守ったこともあれば、逆に忘れたこともあった。トリストラム夫人はニューマン自身について多くのことについて質問したが、その事に関しては気乗りせずに話しただけであった。彼は主観的と言うべき者ではなかったのであり、彼女の興味は真心のある者だということは分かってはいたので、なんとか主観的な話をしようと途方もない骨折りをするのであった。彼は彼女について自分の成してきたことの多くについて教え、西部での生活の逸話を話しては相手を喜ばせた。彼女はフィラデルフィア出身であり、パリに今では八年間暮らしており、自分のことを物憂げな東洋人と話していた。しかしその身の上話において必ず別の人物が主人公なのであり、しかもそのことが話し手にとって必ずしも有利なものとは限らなかったのだ。そしてニューマン自身の感情について物語られることは殆どなかった。彼女はニューマンが恋に落ちたことがあるのか特に、真剣に情熱的に、聞きたがっていた。そして彼の話から満足できる情報を集められなかったので、最終的には直接的に訪ねたのである。彼はしばらく躊躇し、やがて言った。「ないです！」彼女は相手のことを人間的な感情の持たない存在だと密かに確信していたが、それがその言葉で確認できたことを喜んだことをはっきり言った。

「本当ですか?」と彼は非常に真面目に聞いた。「そう思っておられるのですか?人間的な感情を持っているかなんてどうやって認識するのですか?」

「分からないわ」とトリストラム夫人は答えた。「あなたが非常に浅薄なのかそれとも非常に奥深いのか、ね」

「私は非常に奥深いですね。間違い無いです」

「あなたが人間的な感情を持たないことを私がある種の雰囲気で教えられたら、あなたは絶対にそれを信じるでしょうね」

「ある種の雰囲気ですって？」とニューマンは言った。「やってご覧なさい」

「信じてくださるでしょうが、かといって構うこともないでしょうね」とトリストラム夫人は言った。

「間違っていますよ。ちゃんと構って受け入れますよ。しかしそもそも信じることはないでしょうな。事実としては、私はその人間的な感情を抱く余裕すらなかったのですよ。そうなるためにはわざわざ努力する必要があったのです」

「あなたがそのことを時には猛烈に努めないといけないのは想像できますわ」

「そうです、それはまさしくその通りです」

「人が激怒しているときは楽しみなんて全くありませんからね」

「私は今まで激怒したことはありませんよ」

「怒ったり、不愉快になったりはあるでしょう」

「怒ったことも今までないですよ。不愉快になったこともうだいぶ前でして、そのこともう忘れてしまいましたよ」

「一度も怒ったことがないなんて、そんなこと信じられないわ」とトリストラム夫人は言った。

「男性は時には怒るべきで、あなたは自分の感情をずっと変わらないようにするほどには善良でも悪辣な方でもないですよ」

「まあ、五年に一度くらいは感情が乱れて怒ることはあるかもしれませんね」

「じゃあそろそろ、次が来ますわね」とトリストラム夫人は言った。「あなたと会って半年経たないうちに、すごくお怒りになる時が来るでしょうね」

「僕をそういう状態にさせようと言うのですか?」

「そうかもしれませんわね。あなたは物事をあまりに冷静に受け取りすぎますからね。それが私をイライラさせるのです。そしてあなたはあまりに幸福すぎるのでもあるのです。世界でも最も好ましいものに違いないものを持っておられます。予めその楽しみを手にしておいて、すでに代金も払っている意識をね。あなたはその勘定を清算する日について気兼ねする必要はないのですからね。すでに清算されてしまったわけですから」

「そうですか、なら私は幸福ですかね」とニューマンは物思いに耽っていった。

「ええ、あなたは忌々しいほど成功なさったのですわ」

「銅で成功しましてね」とニューマンは言った。「鉄道ではまあまあの業績、石油では大失態を犯しました」

「アメリカ人がどのようにして自分たちの財産を築いたかを知るのはとても不愉快ですね。あなたには今や世界が目の前に広がっているのです。ただ楽しめさえすればいいのですよ」

「ええ、確かに私は相当に裕福なのでしょうね」とニューマンは言った。「ただ裕福だと言われるのはもううんざりしているのでしてね。それに幾つかのデメリットもあるのですよ。私は知的な人間ではないのですよ」

「誰もそんなことあなたに期待してはいませんわ」とトリストラム夫人は答えた。そして少ししてから言った。「それに、本当に知性的ではありませんか！」

「まあ実際にそうだろうとそうではなかろうと、楽しい時間を過ごしたいものですな」とニューマンは言った。「私は教養を持ち合わせておりませんし、まともな教育すら受けておりません。歴史、芸術、外国、あるいはその他の学問的なことなどなにも知りません。しかし同時に私は愚か者ではなく、この旅が終わるまでにはヨーロッパについては何かしら習得しようと思っております。何か自分の肋骨の下に何かがあるのが感じられるのです」と言った。そしてしばらくしたら次のように付け加えた。「説明できない何か、ある激しい欲望、身を伸ばして大きなことを成し遂げようといった感じの思いが自分にあるのです」

「まあ、素敵ですね！」とトリストラム夫人は言った。「実に素敵です。あなたは偉大な西部の野蛮人であり、この精力の衰えた古い世界についてしばらく見つめながらも自分の無垢さと力で一歩一歩前進していき、その世界に襲い掛かろうと言うのね」

「そんな、私はそんな大した野蛮人ではありませんよ」とニューマンは言った。「むしろ逆ですよ。私は野蛮人というものを見たことがあります。彼らがどんなのかは存じていますよ」

「別に私はあなたがコマンチェ族[26]の首長であるとか、毛布や鳥の羽を身につけているとかそういう意味で言ったのではありません。野蛮人といっても色々な種類がありますからね」

「私は極めて文化的な男ですよ」とニューマンは言った。「それは譲れません。もし信じていただけないのなら、それをあなたに証明したいぐらいです」

トリストラム夫人はしばらく沈黙した。そしてやがてこう言った。「ではぜひ証明してほしいわね。あなたを困った立場に置いてみたいですわね」

「どうぞ構いませんよ」とニューマンは言った。

「少し自惚れているようにお喋りになりますね」と連れは言った。

「いえいえ、自分でも自分を大した男だと思っていますからね」

「それが本当かどうか試してみたいですわね。時間を頂戴、そうしてみます」。そしてトリストラム夫人はしばらく沈黙した、あたかも今の言葉を誓約しているかのように。その場ではうまくいかなかったように見えたが、彼がそこを去ろうとすると、これは彼女にとっては日常茶飯事であったが、棘のある冗談から殆ど神経質と言ってもいいほどの共感へとその口調を変えたのである。

「真剣に言うとするならば」と彼女は言った。「ニューマンさん、私はあなたを信じておりますよ。あなたは私の愛国心を満足させるのです」

「あなたの愛国心ですって?」とクリストファーは尋ねた。

「ええ、それを説明するのはすごく時間がかかりますし、あなたもどうせ理解してくださらないことでしょうから、やめておきます。それに場合によっては、あなたはそれを宣言とお取りになられるかもしれません。しかしあなた個人とは何ら関係のないことです。ただあなたがそれを代表しているということなのです。幸いにもあなたはこのことについて完全には知りませんし、もし知っていたならあなたの自惚れは途方もないほどに膨れ上がるでしょうね」

ニューマンはじっと見つめたまま立ち尽くし、彼女の言う「代表した」というのは一体全体なんのことか頭を巡らせた。

「私のお節介なおしゃべりをお許しください。そして私の助言も忘れてください。あなたに何をするべきかを述べようとするなんてとても滑稽なことでしたね。もし困惑なさったのなら、自分で最良だと考えることを行ってくださいな。そうすれば実際に相応のことを成し遂げられますから。もし困った事態に直面したのなら、自分で判断してくださいな」

「あなたが仰ったことは全て覚えて起きます」とニューマンは言った。「こちらにはとてもたくさんのしきたりや儀礼がありますね」

「しきたりや儀礼と私は言いたいのですよ、もちろんね」

「ええ、しかし私はそういったものに従いたいのです」とニューマンは言った。「私にも他の人と同様に権利があるのではないでしょうか？彼らは私を驚かすなんてことはありませんよ。そしてそれらを顧みなくてもよいという助言もくださらなくて結構ですよ。下さっても守りませんがね」

「私はそういうことを言いたいのではありませんよ。私はそれらをあなたらしいやり方で守れと言っているのです。繊細な問題はご自身で何とかしてくださいな。煩わしい結び目はほどくなり、切ってしまうなり、あなた自身がご自由に選択するのです」

「そんなことにつまずいたりすることなんてありませんよ」とニューマンは言った。

イエナ街で次回彼が夕食を取ったのは日曜日であり、その日はトリストラム氏がトランプのカードを切ろうとはしなかったら、夕方のバルコニーに三人いたのであった。たくさんのことについて話し、そしてやがてトリストラム夫人は突然クリストファー・ニューマンに対してそろそろ結婚してもいい頃合いだということを述べた。

「彼女の言葉に耳を傾けるんだな！実に大胆だ！」と特に日曜日の夕方は刺々しい態度をとるトリストラム氏が言った。

「まさか結婚はしないと決心しているのではないでしょうね？」とトリストラム夫人は続けた。

「そんなことありえないですよ！」とニューマンは叫んだ。「私は結婚しようと頑なに決めているのですよ」

「なら話は非常に簡単だ」とトリストラム氏は言った。「簡単、簡単」

「なら、まさか五十歳になるまで待つとかいうのではないでしょうね？」

「逆ですよ。今すぐにでもしたいのです」

「とてもそうは思えませんね。女性があなたのところにやってきてプロポーズするとでもお考えになっているのですか?」

「いやいや、自分からプロポーズするつもりですよ。それについてたくさん考えているのですよ」

「ではその考えについていくつか聞かせてくださいな」

「ええ」とニューマンはゆっくり言った。「私は実に素晴らしい結婚をしたいのです」

「なら六十歳の女と結婚するんだな」とトリストラム氏は言った。

「『素晴らしい』とはどういう意味なのかしら?」

「あらゆる意味です。私はなかなか満足できないタチでね」

「覚えておいてほしいのだがね、フランスの諺でも言われているように、世界で最も美しい娘でさえも自分の持っているものしか与えることができない。そういうものさ」

「お尋ねになるので答えますがね」とニューマンは言った。「私は結婚の欲望を著しいほどに抱いております。そして今がその時なのです。私が気づいたら四十歳になってしまう前にね。そうなったら私は孤独で頼るものもなく愚鈍な存在になってしまいます。しかしもし私が今結婚しようとするなら、二十歳の時に異様な熱意で推し進めなかったので、目を見開いたままその活動に着手する必要があります。私はこれを卓越した方法でやり遂げたいと思っているのです。ただへマをやらかすだけではなく、大きな当たりを引きたいのですよ。えり抜きの結婚がしたいのです。私の結婚する妻は素晴らしい夫人でないといけないのですよ」

「*Voilà ce qui s'appelle parler!*[27]」とトリストラム夫人は叫んだ。

「ええ、このことについては何度も何度も考え抜いてきたわけですからね」

「もしかすると考え過ぎかもしれませんわね。単純に恋に落ちることが一番いいのですけどね、この場合」

「私が喜びを抱いてしまうような女性を見つけたなら、私はその人を十分なほどに愛するでしょう。私の妻は心地よい存在でなくてなりません」

「素晴らしいわね！その女性がいたとすれば、その人にとっては幸運なことでしょうね」

「それはあんまりですよ」とニューマンは応じた。「あなたは人をうまく引き出しておいて警戒を緩めさせ、そしてその人をからかうのですからね」

「誓って言いますけど」とトリストラム夫人は言った。「私はとても真剣なのよ。その証拠に、あなたにある提案をいたします。ここの人たちが言うように、私があなたを結婚させてあげましょうか？」

「妻を私のために探し出す、ということですか？」

「すでに該当する方はいらっしゃいますわ。その方を紹介しますわ」

「おいおい」とトリストラム氏は言った。「俺たちは結婚斡旋所ではないんだぜ。こいつから手数料を頂こうとしているのではないかと考えてしまう」

「私の考えに当てはまるような女性を紹介していただきたい」とニューマンは言った。

「そうしたらその人と明日にでも結婚しましょう」

「妙な言い方をしますね。そしてあなたという人物を理解できませんわ。あなたがこれほど冷血で計算高いとは思いませんでしたわ」

ニューマンは沈黙したが、やがて言った。「ええ、私は素晴らしい女性と結婚したいのですよ。それは譲りません。私が自分に与えられるものなんてそれくらいのことでして、そしてもしそれを手に入れると決めたなら、是が非でも手に入れるつもりです。私が今まで長い間、これ以外何のために苦労して奮闘したと思っているのです？私は成功したのです。そして成功した今、それをどうすればいいのか？それを完璧なものにするために、あたかも記念碑にある像のように、私の築いてきた祭壇の上に美しい女がいないといけないのですよ。彼女は美しいのと同じくらいに善良でなくてはならず、そしてその善良さと同じくらい聡明でないといけないのです。私は妻に多くのものを与えることができるのですから、こちらにも多くのものを与えろと言うのも正当だと思っています。彼女は女性が欲するようなことを全て手に入れるでしょう。私にとって釣り合わないくらいに優れている女性だとしても私は何も文句すら言いませんよ。彼女は私の理解を超えるほどに聡明で懸命であることもあり得るのであり、それならそれで私はただもっと喜ぶだけです。私は一言で言うなら、市場における最良の物件を手に入れたいのですよ」

「だったら、なぜそれを最初から言わないんだ」とトリストラム氏は尋ねた。「お前が俺を好きになってもらおうと思って、俺はかなり頑張ったんだぜ！」

「とても面白いわね」とトリストラム夫人は言った。「男性の方で自分の考えていることを知っている人にぜひ出会いたいわ」

「私の考えなんてとうの昔に知っていますよ」とニューマンは続けた。「私は人生のかなり早い段階から美しい妻は最も手に入れる価値のあるものと決めていたのです。それは境遇に対する最も偉大な勝利なのですよ。私が美しいと言うのは、単なる外見だけでなく精神や仕草において美しいという意味です。どの男にもそのような女性を手に入れるという等しい権利を持っています。もし可能ならば獲得することができるのですよ。別に生まれつき何か特別な才能を持ち合わせている必要なんてないのです。男性でありさえすればいいのです。そしてそれさえ満たせば、その人は自分の意思を行使し、持っている機知も活用し挑戦すればいいのです」

「どうもあなたにとって結婚というのはどちらかというと虚栄心に関する事柄だと感じてしまいますね」

「まあ確かに」とニューマンは言った。「もし人々が私の妻を知り彼女に感嘆するのなら、心がくすぐられるかもしれませんな」

「それからは、男はみんな謙虚な存在となるわけね」とトリストラム夫人は叫んだ。

「しかし妻に私ほど感嘆する人は誰もいないでしょうな」

「あなたが壮麗なものに関する趣向をお持ちであるのはわかりますわ」

ニューマンは少し躊躇した。そして続けた。「ええ、正直に言えば持っていると自分で思っておりますよ！」

「そしてもうすでにかなりあちこち探し回っているというわけですね」

「ええ、かなりね。機会があればね」

「そしてあなたにとって満足できる女性は見つかっていないと？」

「見つかってないですね」とニューマンは半分嫌々ながら答えた。「正直に言えば、私を心から満足させるような女性はまだ見つけていないと告白せざるをえないですね」

「どうもあなたの話を聞いているとフランスのロマン派の詩人ミュッセの作品の主人公のロラやフォルチュニオやその他の人物のように、この世のどんな素晴らしいものにも満足できない男性の方を思い出しますわね。ともかくあなたはかなり真剣に探しているみたいですから、是非とも手助けしたいですわ」

「お前は一体全体、誰をこいつに連れてくるっていうんだ？」とトリスラム氏は叫んだ。「確かに可愛い女たちはたくさん知っているが、素晴らしい女性というのはそうそういるものではないからな」

「お相手が外国人だったら嫌ですか？」と妻はニューマンに続けた。そのニューマンは椅子を後ろに傾けていて、足をバルコニーの手すりの横木に乗せて、手はポケットに突っ込ませながら星空を見上げていた。

「アイルランド人はダメだ」とトリストラム氏は言った。ニューマンはしばらく考え込んだ。やがて「外国人でも、構いませんよ」と言った。「私には偏見はありませんからね」

「おいおい、お前は疑うってことを知らないんだな！」とトリストラムは叫んだ。「お前は外国の女というのがどれほどにひどいやつらなのか知らないんだ。特にその『素晴らしい』やつはな。ベルトに短刀をつけているようなサーカシアの美しい女なんて、お前が気にいると思うか？」

ニューマンは自分の膝に勢いよく平手を打った。

「もしその女を俺が気に入れば、日本人と結婚したいね」と彼はキッパリ言った。

「外国といってもヨーロッパ大陸だけに限定した方が良さそうね」とトリストラム夫人は言った。「その場合、一番の問題となるのはその女性があなたの嗜好と一致するということですよね？」

「名の知られていない女教師を紹介するつもりかよ！」とトリストラム氏はうめいた。

「そうだな。他の条件が同じだというのなら、俺の祖国出身の女の方がいいかもしれないことを否定するつもりはないよ。同じ言葉を話すのだから、それはとても有難いことだな。だが外国人だからといって尻込みするつもりもないいな。それにどちらかと言えば、ヨーロッパも考慮に入れてもいいかと考えている。選択できる領域がそれだけ広くなるからな。大きな数から選択するとなったら、それだけ自分が相手に求めている条件とピタリと当てはまる度合いが深まるというものだからな」

「まるでサルダナパロス[28]のように話すな、お前は！」とトリストラム氏は叫んだ。

「あなたは正しい相手にそう話しているのですよ」とニューマンの女主人は言った。「折よく、私の友人の中で最も可愛らしい女性がいますの。大袈裟でもなんでもないのですよ。非常に魅力的な人であったりとても尊敬できたりすごく美しい女性というわけではありませんが、ただ世界でも最も可愛らしい女性なのです」

「なんてことだ！」とトリストラムは叫んだ。「その人についてお前は俺に何も話してくれなかったじゃないか。俺を恐れていたのか？」

「あなたはその人に会ったことありますわ」と彼の妻は言った。「ただクレールの優れたところがあなたにはわからなかったのですよ」

「ああ、クレールのことか？じゃあ別にいいや」

「その女友達の人は結婚する意欲はあるのですか？」とニューマンは聞いた。

「いえ、ちっとも。彼女をその気にさせるのがあなたのやるべきことというわけですよ。簡単ではないでしょうね。彼女は一度離婚していて、男という種族なんて大したことがないとそれ以来考えるようになりましたわ」

「なら彼女は未亡人というわけだな」とニューマンは言った。

「すでに怖がっているのですか？彼女は十八の時に結婚したのですよ。フランス的なやり方で両親に命令される形でとても嫌悪するような年寄りとね。しかしその年寄りも事の風流というものを知っていたようで、数年後死んでしまってね、それで今は二十五というわけです」

「なら、フランス人だということですかね？」

「父がフランス人で、母がイギリス人ですね。フランス人というよりイギリス人的で、彼女はあなたや私、いえそれよりも遥かに上手に英語を話します。ここの言い方を借りれば、籠の果物の中で一番上に置かれている方でして、つまりは上流社会の人間ということです。彼女の家庭は、父も母のどちらも真実らしからぬほどに古い家系なのです。彼女の母はイギリスのカトリック教徒の伯爵の娘であり、父はすでに亡くなられていて、母が未亡人になって以来彼女は母と既婚の兄と暮らしています。年下の方の兄弟もいますが、その人は放縦な人ですわね。彼らはユニヴェルシテ通りに古い屋敷を構えていはしますが、彼らの財産は少なく、経済の節約のために一家揃って暮らしています。私がまだ幼く父がヨーロッパを旅行している時に、私は教育のために修道院に入れられました。私がそんなところに押し込められるなんて馬鹿げたことでしたけど、少なくともクレール・ド・ベルガルドと知り合いになれたことは甲斐あることでした。彼女は私よりも若かったですが、すぐにお友達になれました。私は彼女をとても好きになり、彼女も持っている限りの情熱で私に答えてくれました。しかし彼女は行動が厳しく制限されていてほとんど何もできず、そして私が修道院を去るときは、クレールは私のことを諦めないといけなかったのです。私は彼女の *monde*[29] とは違った属性だったのです。今でもそうではありませんが、それでも私たちはたまに会ったりします。あいつらはひどい人たちですよ、彼女の *monde* のあいつらはね。竹馬にでも乗ったようにお高くとまってマウントしてきますし、それ相応に家系も古いのです。つまり古い *noblesse*[30] のミルクからできた皮みたいな奴らですわ。正統王朝派や教皇至上命権論者という人たちを知っていますか？マダム・サントレの広間にいつかの午後の五時頃にでも行ってみるといいでしょう。そこには最良に保存されてきた標本が並んでありますわよ。尤も行けといっても、五十の紋章を見せられるくらいじゃないと誰もそこに入れませんがね」

「それで、そのクレールという女性が私に紹介しようとしている人なのですね」とニューマンは聞いた。「私が近づくことすらできない女性なのに？」

「でもあなたはたった今、自分には何も障害がないなんて仰ったじゃない」

ニューマンはトリストラム夫人をしばらく見つめて、自分の口髭を撫でた。

「美人ですか、その人は？」彼は聞いた。

「いいえ」

「じゃあ、ダメじゃないですか」

「美人ではないですが、美しい方ではありますよ。これらは似ていて全く異なるものです。

美人というのは自分の顔になんら欠陥がないということです。美しい女性の顔は、欠陥があったとしてもそれは逆にその人の魅力をさらに深めるのです」

「今、マダム・ド・サントレを思い出した」とトリストラム氏は言った。

「そいつの不細工さときたら忘れられないくらいだな。一度も見たらもう一回見ようとは思わない」

「主人が二度と見ることはないと言っていますけれど、確かにそれでその人のことを十分に説明できますね」とトリストラム夫人は応じた。

「性格はいいのですか？ 聡明なのですか？」とニューマンは尋ねた。

「完璧ですわよ！ それ以上はあえて何も言いますまい。これからあなたがその人に会うにあたって事前にその人のことを褒めあげたりするなら、その人については詳しく説明するのは野暮なやり方ですからね。大袈裟に話すことはしませんよ。ただ彼女に会うことを推薦するだけです。あらゆる女性の中で彼女は際立った存在です。彼女は違った粘土で形成されているのです」

「ではぜひお会いしたいですね」とニューマンは手短に言った。

「やってみますよ。彼女を紹介するとすれば彼女を夕食へと招待することくらいでしょうね。今まで彼女を招待したことは一度もなくて、実際に招待しても来るかどうか分かりませんわ。封建的な侯爵夫人である彼女の母は一家を非常に厳しく統制していて、その母が選んだ人以外は誰も彼女の友人として認めず、ある特定の神聖な範囲しか彼女は訪問を許さないのです。しかしまあ、招待を申請することくらいはできますよ」。その瞬間、トリストラム夫人の話は遮られた。

召使いがバルコニーに現れて、客間に訪問者がいることを告げたのである。ニューマンの女主人が自分の友人を迎え入れるためにそこを去ってしまった後、トム・トリストラムは自分の客に近づいた。

「これには関わるなよ、お前」とタバコの最後の一服を吹かしながら言った。「何もいいことないぜ！」

ニューマンは横目で探るように彼を見た。

「じゃあお前にはまた別の話があるってことか？」

「いや、ただ俺はマダム・ド・サントレは女性の中でも純白な人形のような存在で、静かな高慢さを多大に持っているとだけ言っておきたいのさ」

「ああ、生意気だということか？」

「お前のことをあたかも薄い空気のような存在として見るだろうし、その程度の重要性しか彼女は認めないぜ」

「実に誇り高いな」

「誇り高い？俺が謙虚と同じ程度に誇り高いさ」

「それで容貌もそんなによくないのか？」

トリストラムは肩をすくめた。「彼女の美しさってのは、見る方が知性的でないとわからないタイプのものだな。だがそろそろ中に戻って、訪問者をもてなさないとな」

ニューマンが友人の後をついて言って、客間に戻るまでしばらくの時間があった。

やがてニューマンがそこに姿を表したがその場に居続けたのはほんの少しであり、その間は全く言葉を話さずに座り、トリストラム夫人が直接紹介してくれた一人の夫人の話に耳を傾けていた。その女は極めて甲高い声で全霊を以って喋り、話を途切らせることはなかった。

ニューマンはじっと見つめて耳を傾けていたが、やがてお暇を告げるためにトリストラム夫人の方へと近づいた。

「一体、あの女性は誰なのです？」と彼は聞いた。

「ミス・ドーラ・フィンチよ。どうです、彼女のこと？」

「かなりうるさいですね」

「彼女は頭がいいということになっていますのよ！もちろん、あなたにとってはうんざりする人でしょうけどね」とトリストラム夫人は言った。

ニューマンはしばしその場に立って、ためらっていた。そしてやがてこう言った。「友人のことは忘れないでくださいね。なんて名前の夫人でしたっけ？あの誇り高い美貌の人。彼女を夕食に招待して、私にいい知らせを持ってきてくださいね」こう言い終わると、彼はそこを去った。

数日後、彼は再びトリストラム夫人の家へとやってきた。時間は午後だった。トリストラム夫人が客間にいるのを見つけた。そして彼女と一緒に一人の訪問者がいたのだが、彼女は若くて可愛らしくて、白色の服装をしていた。二人の女性は立ち上がり、相手の訪問者はどうやら暇を告げようとしているみたいだった。ニューマンが近づくにつれ、トリストラム夫人からとても意味ありげな一瞥を受け、その意味を彼はすぐには理解することができなかった。

「彼は私たちの良きお友達よ」と自分の相手に振り向いて言った。「クリストファー・ニューマン氏。私があなたのことを彼に紹介して、この方はあなたにとても熱心にお近づきになりたいと思っているの。もし食事の招待を受けてくださったのなら、この方をあなたに紹介する機会があったでしょうに」

ニューマンにとってのこの見知らぬ女性は彼に笑みを浮かべながら顔を向けた。ニューマンは当惑していなかった。というのも彼の自分でも気づいていない *sang-froid*[31] には限界というものがなかったからだ。しかしこの女性があの誇り高くて美しいマダム・ド・サントレ、世界で最も可愛らしく、完璧だと約束された理想の女性として提案された人だということに気づき始め、自分の機知を集中させ働かせるための本能的な行動を行った。少し放心状態ではあったが、それでもニューマンは相手の長くて美しい顔と、輝かしくも柔和そうな両眼を意識したのであった。

「招待を受けられるならとても幸せでしたのに」とマダム・ド・サントレは言った。「でも残念なことに、トリストラム夫人にもお伝えしたように月曜日には田舎へと足を運ぶ予定が立っていましたので」

ニューマンは厳粛なお辞儀をした。「それはとても残念です」

「パリはだんだんと暑くなっていきますからね」とマダム・ド・サントレは付け加え、別れを告げるために友人の手を取った。

トリストラム夫人は突然何か冒険的な決意を決めたようで、そういう決断を下す時に女性がするようにさらに激しく笑みを浮かべたのであった。

「ニューマン氏にあなたのことを紹介したいのよ」と首を傾げてマダム・ド・サントレのボンネットのリボンを見ながら言った。クリストファー・ニューマンは生まれつきの洞察力が教示するところに従い、とても深刻そうに押し黙っていた。トリストラム夫人は自分の友人に、単なる形式的な決まり文句や丁重さではないそれ以上の励ましの言葉をニューマンに投げかけさせるように決意していて、もし彼女が親切心によって駆り立てたてられたなら、それは気楽に寛いでいたからこその親切心だったのである。マダム・ド・サントレはトリストラム夫人にとって愛するクレールであり格別に愛すべき存在であったが、マダム・ド・サントレの方は一緒に夕食をするなど不可能なことと分かっており、この場合はトリストラム夫人に優しく賛美の言葉を投げかけてもいいだろうと考えた。

「もしそうであれば、とても嬉しいことですわ」とトリストラム夫人を見ながら言った。「実に大したことですよ」と夫人は叫んだ。「マダム・ド・サントレがそのように仰るなんてね！」

「どう感謝していいのやらわかりませんね」とニューマンは言った。「トリストラム夫人は私が自分について語れる以上によく語ってくださいます」

マダム・ド・サントレは彼をもう一度、変わらぬ柔和で明るい表情のまま見た。

「パリには長く滞在する予定なのですか？」と彼女は尋ねた。

「長く滞在させますわよ」とトリストラム夫人は言った。

「でも、むしろ私こそ長く滞在させられていますわ！」とマダム・ド・サントレは友人の手を振った。

「もうちょっと滞在させますよ」とトリストラム夫人は言った。

マダム・ド・サントレはニューマンの方を見たが、今度は微笑んでいなかった。彼女の目が一瞬彼の方へと固まった。

「私のところに来てくださります？」と彼女は尋ねた。

トリストラム夫人は彼女にキスをした。ニューマンは感謝の言葉を述べると、彼女は立ち去っていった。女主人の方も玄関の方へと言って、しばらくの間ニューマンは一人になっていた。やがて彼女は戻ってきて、両手を擦り合わせていた。

「とてもタイミングのいい機会でしたわ」と言った。「あの人は私の招待を断るためにやってきましたの。あなたは実にちょうどよく上手くやってのけましたわね。帰るまでの最後の三分間で彼女の家にあなたを招待させるように仕向けるなんてね」

「いえ、上手くやりのけたのはあなたですよ。あまり彼女に厳しくしない方がいいかと思いますよ」とニューマンは言った。

「それはどういうこと?」トリストラム夫人は彼を見つめた。

「あまり誇り高いとは思いませんでしたね、彼女。むしろ内気だと思いました」

「なかなか観察眼がありますね。それで、彼女の顔についてはどう思いました?」

「美しいですね」とニューマンは言った。

「まあそうでしょうね。もちろん彼女の家へと尋ねるのでしょうね」

「明日行きますよ!」とニューマンは叫んだ。

「いえ、明日はダメですよ。明後日がいいわ。日曜日ですからね。彼女はパリを月曜日に出発するのです。例え彼女と会うことができなくとも、少なくとも交際の始まりにはなりますわね」。そして彼女はマダム・ド・サントレの住所を教えた。

ニューマンは夏の午後の遅い時間帯にセーヌ川を渡っていき、あの静かで灰色なフォーブール・サン・ジェルマンの通りを歩いて行った。その通りは、東方のイスラム後宮の窓ひとつない壁のように、あたかもそこには内部に知られたくない秘密がたくさんあるのを示唆している無感情的な側面を外界に表示している家が並んでいた。ニューマンはそこに裕福な人が住んでいるなんて変だと考えていた。彼の抱く壮麗さに関する観念は、正面が絢爛としていて、その輝かしさは外側へも散布しているのであり、歓待の雰囲気を放射しているというものだった。しかし指示されていた家は陰鬱で、埃っぽくて、門がペンキで塗られていて、呼び鈴を鳴らすとドアは大きく開いた。そして中に入るとそこは砂利のある広い中庭であり、三方は閉ざされた窓によって囲われていて、入り口のドアは通りの方へと面しており、階段を三段上がったところに錫の天蓋が備え付けられていた。その場所全体は影に覆われていて、日は全然当たっていなかった。ニューマンはこの場所を見て、まるで修道院だと考えた。女の玄関番はマダム・ド・サントレが彼とお会いになるかわからないのでさらに入ったドアで直接聞いて欲しいと彼に伝えた。ニューマンは中庭を横切っていくと、一人の紳士が帽子を被らないまま柱廊玄関の階段に座っていて、見栄えのいいポインター犬と戯れていた。ニューマンが近づくと立ち上がり呼び鈴に手を当てながら、恐縮ながら少しお待ちいただくことになると微笑みながら言った。召使いたちはどこかへといってしまい、彼自身が呼び鈴を鳴らさないといけなかったのだ。一体あいつら何考えているんだ、と思った。相手の男は若かった。彼の英語は素晴らしく、浮かべる笑みもとても素直なものであった。ニューマンはマダム・ド・サントレの名前を述べた。

「おそらく、私の妹とは会えるでしょうな」と若い男は言った。「名刺をいただければ私の方で渡しておきますよ」

ニューマンは今日の用事をこなすにあたりある微かな感情を抱いていた。それを挑戦心、つまり必要が差し迫ればいつでも攻撃したり防御したりする用意のあるようなものではなく、思慮的で好意的な疑いというものであった。柱廊玄関に立ったままポケットから名刺を取り出した。

その名刺に記載されている名前の下には「サンフランシスコ」という言葉を書いたのであり、その名刺を相手に注意深く渡した。彼の一瞥は奇妙なほどに安心感を与えるものがあった。この若い男の顔を気に入っていた。それはマダム・ド・サントレのそれと強く似通っていた。明らかにマダム・ド・サントレの兄妹であった。この若い男の方も、ニューマンという人物を素早く観察した。名刺を受け取り中に入ろうとしたが、その時に入り口からもう一人の人間が現れた。年老いた男であり、外見は立派で、夜用の服を着ていた。ニューマンを強く見つめて、ニューマンもまたこの年寄を見た。

「マダム・ド・サントレ」と若い男は訪問者の案内者として繰り返した。

年老いた男は彼から名刺を受け取り素早く一瞥して読んで、ニューマンを頭から足まで見て、しばらく躊躇った後に、重々しくも丁重に言った。

「マダム・ド・サントレは現在在宅しておりません」

若い方の男が合図をしてニューマンの方に振り向いた。「大変申し訳ありません」と言った。ニューマンは彼に好意的な頷きをし、何も悪意は抱いていないということを示した。そして引き返して行った。そして玄関番の小屋にきて立ち止まった。二人の男はまだ柱廊玄関に立っていた。

「犬を連れている男性の方は誰ですか?」また出てきた老婆について尋ねた。彼はフランス語を習得し始めていたのである。

「伯爵様でございます」

「ではもう一人の方は?」

「候爵様でございます」

「侯爵?」とクリストファーは英語で言った。英語なので、幸いにも老婆はその意味を理解しなかった。

「そうなのか、では彼は召使いではないというわけだな!」

# 第四章

ある朝早く、クリストファー・ニューマンが身繕いを終える前に、小柄な老いた男が部屋へと案内されてきて、その後から労働服を着た若者が立派な額縁のついた絵画を持って入ってきた。ニューマンはパリの娯楽に気を取られていて、ニオシュ氏と大事に育てられた娘のことについて忘れていた。彼らが入ってきたことは、彼にその記憶を呼び戻すのに十分であった。

「諦めてしまったのかと思いましたよ」と老いた男は弁解や挨拶を何度も述べた後に言った。「かなり長い日数お待たせしてしまいました。ひょっとすると私たちを移り気で不実な人たちと非難するかもしれませんね。しかしどうか私を見てください！そしてこの気品ある聖母マリアも見てください。適度な光に照らしながら椅子に置いてみてくれ、ムシューが感嘆してくださるでしょうからね」。ニオシュ氏は連れてきた男にこう言いながら、その美術作品を配置するのを手伝った。

一インチの厚さほどのニスが塗ってあり、巧みに仕立てられた模様の額縁は少なくとも一フィートほどの厚さであった。朝の光に置いてキラキラと輝いていて、ニューマンにとっては素晴らしいほどの絢爛で高価なものとして目に映った。どうやら彼にとってはとても実りある取引だったように思え、その絵画を所有することで自分が裕福になったかのように思えたのであった。身支度をしながら、その絵画を呑気に見つめていた。そして先ほどの同行者をすでに帰らせていたニオシュ氏は、笑みを浮かべ両手を合わせながら彼の近くをうろついた。

「実に素晴らしい*finesse*[32]でしょう」と愛撫するように囁いた。「ここにもあそこにも見事な筆の捌きが見受けられますな。あなたにもきっとお分かりでしょう。ここに参る途中、大通りでたくさんの注意を引きましたからな。そして色調のグラデーション具合といったら！これこそが絵画創作の技術が卓越しているという証拠に他なりませんな。それは別に私が彼女の父親だから贔屓しているとかではありませんよ。ただ趣味を理解できる一人の男が同じくそれを理解できる男に話すにあたって、あなたが卓越した素晴らしい作品をそこに手に入れたのをどうしても言わざるをえないのですよ。あれほどの作品を作り上げ、そしてそれを手放すというのは難しいことなのですよ。もし私たちの資産があの絵画を所有し続けてくれるだけの贅沢を許してくれるのなら！本当にもう、私は」とニオシュ氏はか弱い、当て擦るような笑いをした。「私はあなた様に嫉妬しますな！分かりますよね」。すぐに付け加えた。「あの額縁も提供しようと思い至りました。それでその絵画の価値は少し上がりますし、店で交渉取引をするという手間が省けることでしょう。その手間はあなた様のような繊細な人物にとっては非常に煩わしいものとなるでしょうからね」

ニオシュ氏によって話された言葉内容は、奇妙とも言える混ぜ物であったから、私はそれを完全にここに再現することは差し控えたい。どうやら彼は英語についてある程度の知識をかつて習得したようで、彼のアクセントは首都ロンドンの訛りが奇妙に混ざっていたのである。しかし英語は長年使っていなかったので、習得した言語もどんどん錆び付いて行ったのであり、語彙力も不完全で気まぐれじみたものであった。彼は英語力の不足をフランス語の使用で大いに補い、彼の独特なやり方でフランス語を英語化したり、フランス語の諺等を文字通りそのまま英語化したものもある。彼がひたすら謙った様子で述べた言葉内容は、読者にとってほとんど理解できぬ代物であっただろうから、あえて私が色々と編集したというわけである。ニューマンも半分ほどしかその内容を理解できなかったが、それでもそれを面白がり、この老いた男の品を感じさせる哀れさが彼の民主的な本能に訴えたのである。悲惨さにおいてある種の宿命があるという考え方は、彼の強い善良性をいつも苛立たせた。彼を苛立たせた唯一のことと言っていい。そして彼は自分の財産というスポンジでこの男を拭き取ってしまいたいという衝動を感じるのであった。ノエミ嬢の父は、しかしながら、どうやらこの場合あらかじめ十分なほど教示されていたらしく、この千載一遇の機会をさらに活用しようというある種の熱心さを見せたのであった。

「それでは、額縁も含めいくらら払えばよろしいので?」とニューマンは聞いた。

「全部で三千フランです」と年老いた男は快さそうに微笑みながらいった。しかし腕を組んでいた状態にあり、本能的に嘆願する様子を示していた。

「領収書はいただけますか?」

「はい、持ってきております」とニオシュ氏は言った。「失礼ながら、ムシューが払ってくださる場合のことを考えあらかじめ用意しておきました」

そして紙入れから一枚の紙を取り出し、それを客に見せたのであった。その書類は小さく洗練された筆跡で、入念に選び抜かれた言葉によって書かれていた。

ニューマンは代金を支払い、ニオシュ氏は二十フラン金貨を一枚一枚、粛々と愛撫するように数え上げ、それらを革製の財布に入れた。

「それで、あなたの娘さんの具合はいかがですかな?」とニューマンは聞いた。「彼女は私に強い印象を与えたのですが」

「印象ですって?大したお方ですな。ムシューは彼女の様子を気に入っておられるので?」

「確かに美人ですな」

「ええ、はいはい、確かにとても綺麗です!」

「綺麗であることに何か問題があるのですか?」

ニオシュ氏は絨毯の上に目をじっと向けて、頭を振った。そしてニューマンの方を見上げて、彼を見つめたその眼差しは明るくなっていき、大きくなっていくかのように見えた。

「ムシュー、あなたはパリがどんな所かご存知のはずでしょう。彼女のような美しい女には危険な場所でして、特に全然金を持っていない時はね」

「そうかもしれませんが、あなたの娘でしたら話は別ではないですか。彼女は、今は裕福ですので」

「ええ、全くその通りです。ここ半年間ほどは、我々は裕福です。しかしもし私の娘の器量が並でしたら、それでもやはり安心して眠れるのです」

「若い男に心配しておられるのですか？」

「若いも、年寄りも、ですよ！」

「結婚させた方がよろしいかもしれませんね」

「しかしですよ、ムシュー、金がないのに夫と結婚するなんてできっこないのですよ。娘と結婚する男は彼女をそのありのままの状態で受け入れる必要があるのですよ。私は娘に一スーも与えてやることができないのです。しかし若い男はそのようなことは考えもつかないので」

「しかし」とニューマンは言った。「娘さんは才能を有しているではないですか」

「だがそれも金に変換できてこそのものです！」そしてニオシュ氏は自分のカバンを軽く叩いてから仕舞い込んだ。「こうした商売取引は毎日行われるのではありませんので」

「そうですか。ならそちらの国の若い男というのは随分みすぼらしい存在なのですな」とニューマンは言った。「それだけの話ですかね。その男たちは自分の方からあなたの娘さんに金を払うべきなのであって、逆に金を求めるなんてありえないことだと思いますね」

「確かにそれは高尚なお考えですよ、ムシュー。しかしだから何だというのです? あなたの考え方はこの国のものではないのですよ。結婚するなら自分たちの国の郷に従うことになるのですよ」

「そうであれば、娘さんにはどのくらいの持参金を必要としているのですか?」

ニオシュ氏はじっと見つめ、あたかも次はどんなことをこの人は言うのか訝しい気持ちであるかのようだった。しかしすぐに気を取り直して、保険会社で働いているとても感じのいい若い男がいて一万五千フランで手をうとうとしているということを思い切って伝えた。

「娘さんが私のためにあと六枚ほど絵を描いて下さったら、その金額を得られるでしょう」

「絵を六枚ほどでそのお金を! 適当に言っているのではないですよね?」

「もし彼女があの『聖母マリア』と同じくらい気品のあるルーヴルの作品を六か八枚描いてくださったなら、私が、あなたの仰る金額を払いましょう」とニューマンは言った。哀れなニオシュ氏は驚きと感謝で一瞬言葉を失ったが、その後にニューマンの手を掴み十本の指の間に固く握りしめ、涙が溜まった眼で彼を見つめた。

「あの絵と同じくらいの気品? 彼女が書けば何万倍もさらに気品が添えられるでしょうな。出来上がる絵は素晴らしく、荘厳なものとなるでしょうよ。ああ、私も絵を描くことができたのなら! 彼女を手伝うことができるのに! 一体どうお礼をしていいのやら。*Voyons!*[33]」。そして何かを考えようとし、自分の額を手に押し当てた。

「いえ、十分に感謝してくれましたよ」とニューマンは言った。

「こちらです」とニオシュ氏は叫んだ。「私の感謝の印として、フランス語の会話の授業についてはただでやらせてもらいます」

「授業?すっかり忘れていました。あなたの英語を聞いていたら」と笑いながらニューマンは付け加えた。「まるでフランス語の授業を受けているかのようですよ」

「私は人に英語を教えられる存在では確かにありませんな」とニオシュ氏は言った。「しかし私の母国の素晴らしい言語に関してでしたら、まだあなたのお役に立てるでしょう」

「それではせっかく来てくださったので、始めましょうか?」とニューマンは言った。「とても適切な時間ですね。コーヒーを淹れる所です。九時半に毎朝来てください。一緒に飲みましょう」

「ムシューは私にコーヒーも淹れてくださるので?」とニオシュ氏は言った。「本当に私のあの『*beaux jours*』[34]が戻ってきます」

「こちらへ、始めましょうか」とニューマンは言った。「コーヒーはすごく熱いです。これをフランス語でどう表現するのですか?」

それから毎日三週間もの間、細かいところまで身繕ったニオシュ氏が少し伺ったり謝罪したりするかのようなへつらいと共に、ニューマンの朝のコーヒーの馥郁とした香りを嗅ぎながら、彼のところにやって来たのである。我らの主人公がどのくらいフランス語を習得できたのかはわからない。しかし彼自身が言ったように、この試みが何も有益なところはなかったとしても、有害な所もまたなかったのである。そして実際彼は楽しみ、不規則な社交的な性分を満足させたのであった。文法がおかしい会話をすることによってその楽しみを味わったのであり、そして忙しく余念のない日々においても、まだ開拓されたばかりの西部の街の黄昏時に柵にもたれかかり、陽気なのらくら者や無名ながら財産を一山当てようとしている連中と、友愛と同じくらいの感情で雑談したものだった。彼はどこへ赴こうと、その土地の人々と話そうと決めていた。旅行においてそうすることこそがその土地の生活を覗き込むのに最適なものだということは言われていて、実際にそのアドバイスは正しいものだという判断を下していた。ニオシュ氏はいかにもその土地の人といった感じで、その人生そのものはわざわざ覗き込むだけの価値はないにしても、彼そのものは我らの主人公に安楽な娯楽を与え、そこの多数の興味深い問題が彼の詮索好きで実践的な精神に刺激を与えた。生き生きとしたパリの文明社会において磨き上げられたわかりやすい一つの単位であった。ニューマンは統計を見るのが好きだった。物事がどう行われているのかを知れるからだった。税金がどのように払われているのか、どのような利益が挙げられているのか、どのような商業的な慣習が流布しているのか、人生の競争がどのように闘われているのかを知ることに喜びを抱いた。ニオシュ氏も零細であるが資本家であるので、こういった事柄については精通しているし、そういった情報を伝えるのにも自尊心が満たされるので、親指と人差し指の間にタバコを挟みながらできる限り適切な単語を交えつつそれらに関する自分の知っている情報を述べるのであった。フランス人らしく（ニューマンから二十フランのナポレオン金貨を受け取ったこととは別に）、会話することが大好きで、落ちぶれている今でも彼の都会的な洗練さは錆び付いてはいなかった。そしてこれまたフランス人らしく物事を明晰に説明することができ、そしてまたまたフランス人らしく、たとえ知識が欠けていたとしても便利で創意に富んだ仮説を立てることにより話の進行を進めることができた。この小柄で縮んでしまった資本家はニューマンから質問されるのに大きな喜びを感じ、金を節約しつつ情報をかき集め、自分の脂ぎった小さな手帳に寛大な友人が興味を持つような出来事を記載した。河岸にある本の売店で古い年鑑を読んだり、いつものとは別の *café*[35] に繁くに足を運んだりするようになった。というのもそのカフェでは多くの新聞が取り寄せられているし、そこにあるボロボロの *demitasse*[36] から興味深い逸話や自然の奇形物や奇妙な偶然についての情報を、食後の余分の一ペニー差し出すことによって収集できるからである。また、五歳児の子供が最近ボルドーで亡くなったが、彼の頭脳が一・七キロというナポレオンやワシントンのそれと匹敵する重さだったことや、クリシー通りの *charcutière*[37] のＰ夫人が古いスカートにある詰め綿から五年前に失くした合計三百六十フランが出てきたとか、そういった出来事を粛々とした態度で説明するのであった。極めてはっきりとして響きがいいので、ニューマンは確かにニオシュ氏の喋り方はここ数ヶ月聞いた他のフランス人の当惑するようなお喋りに比べて大きく勝っていると言った。この言葉を聞いてニオシュ氏の発音はさらに今まで以上に切れ味が鋭くなった。彼らはラマルティーヌから抜粋した文を読もうと提案し、確かに自分は下手ながら自分の話し方をより洗練させたいと努力しているが、もしムシューが本場の話し方を聞きたいのであればパリ国立劇場に行くべきだと伝えた。

ニューマンはフランスの倹約性に興味を覚え、パリの経済観念について熱心な感心を覚えた。経済的な才分は全くもって大きな規模を対象とした職務に適しているのであり、妨げなく行動するためには常に大きなリスクとリターンについて勘ぐりながら行動する必要があった。それ故銅貨を集め、労働と利益の細々とした分配によって財産を形成していく光景に積極的な楽しみを感じたのであった。彼はニオシュ氏に対して彼自身の生活の仕方に質問し、その繊細とも言える倹約的な生活の話を聞くと同情と尊敬の念が混ざった好意的な気持ちを覚えるのであった。この尊敬に値する老人はある時に自分と娘がどうやって、*per diem*[38]十五スーの金額で比較的豊かさを保ちながら生計を立てたのかについて聞かせた。最近では自分の破産した財産の漂流している最後の断片をなんとか引き上げることができたので、今の予算はだいぶ良くなったと伝えた。しかしそれでも彼らは厳密に金を節約し一スー、一スーを真剣に考慮しなければならず、それなのに自分の娘は熱心にやってくれても良さそうなやりくりに関しての協力をやってくれないとため息を漏らした。

「しかしどうにもなりませんな」と哲学的に尋ねた。「共同作業の片方は若くて可愛らしく、新しい服装や手袋が必要なのですから。ルーヴルの絶景においてみすぼらしい上着なんて着られませんわい」

「しかしあなたの娘さんは、自分の服装に払えるだけの金を稼いでいるのではないのですか?」とニューマンは言った。

ニオシュ氏は彼を弱々しい、不確かな眼で見つめた。自分の娘の才分が世間で認められ歪んだような殴り書きのような絵に買い手があると言いたかったのだろうが、この疑惑も疑念もなく自分と同等の社会的権利を認めてくれるこの気前のいい外国人の自分に対する信頼を濫用するのは恥ずべきことだと考えた。自分の娘が巨匠による古典作品を模写したものは誰もが欲しがる代物であるが、その購入価格に関して娘がつける値段はその出来栄えからして当然に高いものとなり、そのことが購入者から敬遠されているのだということで妥協した。

「ああ哀れな子!」とニオシュ氏はため息をついた。「あの子の書く絵があまりにも完璧なのがいけないのですよ!もっと下手に描けたらあの子にとっての得なのに」

「しかしノエミ嬢がそれだけの自分の芸術に献身しているのなら」とニューマンは見つめた。「この前あなたが仰った具合に、彼女のことを心配なさる必要なんてないじゃありませんか」

ニオシュ氏は物思いに耽った。彼の立場は矛盾していた。それ故絶えず落ち着きがない状態だった。イソップ物語よろしく鵞鳥を黄金の卵と一緒に破壊してしまおうなんて気はない、つまりニューマンの好意的な信頼を挫こうという気はなかった。だがそれでも自分の置かれている苦境について全部一斉に打ち明けたい強い衝動に駆られた。

「ええ、間違いなく娘は芸術家です」とはっきり言った。「しかし本当のことを言えばですね、一人の*franche coquette*[39]でもあるのですよ。こういうのは残念なことですがね」。そして首を傾げて敵意のない苦々しさをいっぱいにしてこう付け加えた。「ああなるのも当然なのですよ。母親もそうでしたからね」

「では奥さんとはいい結婚生活ができなかったということですか?」とニューマンは訊いた。

ニオシュ氏は六回ほど、頭を少し前後に揺らした。

「あれとの生活は一種の煉獄で暮らすようなものでしたな」

「つまりあなたと結婚しているのに不倫したと?」

「ええ、私のすぐ目の前でね。毎年毎年ですよ。私があまりにも馬鹿だったこともありますが、彼女の誘惑も十分強かったのです。しかし私はついに彼女を抑えました。私が人生の間であれほど怖い存在になったのは後にも先にもあの時だけでした。自分でもよくわかっています。まさにあの時間でした!しかしそれでも私はもうあのことについて考えたくはないのです。私は彼女を愛していました。どれほど愛していたかはとても言葉では表せますまい。あれは悪い女でした」

「彼女はまだ存命で?」

「いえ、すでにこの世界からは去りました」

「それじゃあ、あなたの娘さんへの影響は恐れるようなものではないと思うのですが」とニューマンは励ますように言った。

「彼女にとって自分の娘なんて自分の靴底くらいにしか気にしていませんよ！ですが、娘は影響を受ける必要はないのです。彼女は自分一人でやっていけますよ。私より強いのですから」

「しかしあなたの言うことには従わないのですね」

「従いませんよ、ムシュー。なにぶん私が命令することはないですからね。命令したって何になるでしょう？そんなことしたってただ娘を苛つかせ、*coup de tête*[40]なことをやらかしかねないですからね。彼女は母と同じくとても聡明です。ですから無駄なことはやらないのですよ。子供としては、私が幸福だった時あるいは幸福だと思っていたときは、娘が絵を書いたり塗ったりするのは第一級の教師から学んでいて、その先生たちが彼女には素質があると確証してくれた時のことです。それを私は信じて喜びました。そして社交界に行くときは、娘の絵画を薄型ケースに入れて同席者に見せて回りました。ある時、ある女性が、売却物として私が商品を提供しているのだと勘違いをし、私はそれにひどく気分を害したことを覚えております。しかしその当時は、私の待ち受けている未来がどのようなものかわかっておりませんでした！その後私の暗黒の日々がやってきて、ニオシュ夫人と骨肉の争いが起きたのです。ノエミは授業一回あたり二十フランかかる授業を受けるのをやめました。しかし時間が経過して成長していくにつれ、彼女が何かをやって生計を立てることができたら好都合なことになったので、今まで学んできた絵の具と筆を活用しようと思うようになりました。*quartier*[41]の友人たちの何人かはその考えを馬鹿げたものと看做しました。彼らは帽子を作ったり、店で働いた方がいいと言ったり、あるいは、もし彼女がもっと大きなことを望んでいるのなら、*dame de compagnie*[42]として働くことを広告に出したらどうかと勧めました。そしてそれに従い娘は広告を出し、老いた夫人が彼女に対して会いに来るようにと申し出ました。老いた夫人は彼女を気に入り、彼女が住み込みのうえで年間六百フラン払うと言いました。しかしノエミはこの老夫人が一日中肘掛け椅子にずっと座って過ごしていて、訪ねてくる者といったら懺悔聴聞司祭と甥の二人しかいないことを見出しました。懺悔聴聞司祭は非常に厳格な人間で、甥は五十歳の男で折れ曲った鼻をした年収二千フランの政府の事務員でした。それを見てとるとノエミは老いた夫人をあっさりと見捨て、絵の具箱とキャンバスと新しい服を買って、ルーヴルへと赴いて画架を立てたと言うわけです。そこであっちへと行ったりこっちへと行ったりと場所を色々移して、二年が今まで経過してきたというわけです。それで私たちが億万長者になれたとは言いませんが、ローマは一日にして成ったわけではないとノエミは考えており、今大きく目標へと向かって進んでいるとのことなので、彼女のしたいようにさせるしかありません。事実としては、娘の才分についての偏見を抜きにしても、自分を世に埋もれたまま終わらせる存在だとは思っておりません。彼女は世間を見るのが好きだし、同様に見られるのも好きなのです。娘が言うには、自分は暗いところでは働けないということです。娘の外見からすれば、それは自然なことでしょう。ただ、たくさんの見知らぬ人が往来する真っ只中であの場所に毎日毎日一人でいるのだと思うと、私はどうしても心配したり震えたり動揺したりしてしまうのです。とはいえいつも一緒にいるわけにもいきません。私は朝、娘とルーヴルに行ったり迎えに行ったりもしますが、ルーヴルにいる間は私がそばにいることを許しません。彼女が言うには私がいると神経質になってしまうとのことです。あたかも私が一緒にいなくて一日中うろうろ歩き回っても私が神経質になりやしないという具合にね！ああ、もし彼女に何かがあったら！」とニオシュ氏は叫び、手を丸め、また頭を後ろに大袈裟に揺らしていた。

「いえ、何も起こらないと思いますよ」とニューマンは言った。

「もし何かがあったら娘を撃ち殺してしまうかもしれません」と老人は粛々と言った。

「いえ、二人で彼女の結婚相手を見つけましょう」とニューマンは言った。「それが問題を解決する通例の方法ですからね。ですから明日、私はルーヴルに行って彼女に会い、私が娘さんに模写してもらいたい絵画を選んでもらいます」

その後、ニオシュ氏は娘から受け取ったメッセージをニューマンへと伝えた。ニューマンの素晴らしい依頼を受領し、自分が彼の最も献身的な奉仕者でありとはっきり言い、依頼に応じるために限りない努力を注ぐとして、仕事柄直接赴いてお礼を述べられないのが残念であるとのことだった。今しがた述べた会話があった翌日の朝、ニューマンはノエミ嬢に会うためにルーヴルに行くという意図を改め伝えたが、それに対してニオシュ氏は何やら心奪われているらしく、聞かせるべく用意してきたいくつかの逸話も伝えなかった。彼は嗅ぎタバコをしきりに用いて、自分の頑健な生徒に眼差しを向けて何かを遠回しに訴えていた。やがて彼が去ろうとした時、じっと立ち止まり自分の帽子をさらさのハンカチで拭いた後、その小さな青白い両目がニューマンにじっと注がれた。

「どうしたのです」と我らの主人公は尋ねた。

「父親の余計な心配を許してください」とニオシュ氏は言った。「あなたは限りない信頼を私に注いでくれましたが、それでも一つ忠告をせずにはいられません。あなたは男性で、若く、自由なお方です。ニオシュ嬢の世間知らずさに対して尊敬の念を払うことを強くお願い致します」

ニューマンは何を言いだすのかと構えていたが、この言葉を聞いて笑いを吹き出した。むしろ自分の世間知らずさの方が危険を被る恐れがあるのだときっぱり言おうとしたが、あなたの若い娘さんを尊敬の念を持って取り扱うと約束するだけで満足した。

ルーヴルへと赴くと、彼女が待ちかまえていて、サロン・カレの大きな長椅子に腰掛けていた。彼女はその日は仕事としての服装をしておらず、ボンネットと手袋を身につけて日傘を持っていて、この機会に対して敬意を見せていた。それらの装飾具は誤りない好みで選ばれていて、これほどみずみずしく気品のある雰囲気を醸し出している若々しい機敏さと繚乱する分別は想像できなかった。ニューマンに対して恭しくお辞儀をして、短いながらも極めて上品な言葉で彼の自分への理解について感謝の念を表明した。彼にとってはこのような魅力的で若い女性が立って感謝の念を示していることが気に障り、素晴らしい作法と洗練された話し方をするこの若い完璧な女性が、文字通り自分によって雇われているのだと考えるとどうにも不愉快であった。彼女に対して、今まで学んだフランス語をできる限り駆使しながら、そんなに畏まるようなことではなく、彼女が自分に対して絵を描いてくれるのはとても嬉しいことだと述べた。

「なら、そちらが宜しければ」とノエミ嬢は言った。「いつでも絵を見て回りましょう」

彼らは部屋をゆっくりと歩き回り、さらに別の部屋へと行き三十分ほど徘徊した。ノエミ嬢は自分の置かれている今の境遇が明らかに楽しいらしく、この目立つ格好のパトロンとの公での面会をなかなか打ち切ろうとはしなかった。ニューマンは、彼女はやはり裕福である方がお似合いだと思った。先日彼女が父に向けたあの薄い唇での断固たる口調は、今では耳にいつまでも残る愛撫するような口調に変わっていた。

「どんな絵をお望みで？」と彼女は聞いた。「宗教画、それとも世俗画？」

「各々を二、三枚ずつ。ただ明るくて陽気なのがいいですかね」

「陽気ですって？　厳粛で由緒正しいルーヴルには陽気なものなんてありませんよ。しかしそちらが欲しがっているものがあるかどうかとりあえず探してみましょう。本日はフランス語をうまく話されますね。父が奇跡を引き起こしたというわけですね」

「いえ、私は物覚えの悪い生徒ですよ」とニューマンは言った。この年齢で新しい言語を覚えるなんて遅すぎますからね」

「遅すぎる？ *Quelle folie!*[43]」とノエミ嬢は澄んだ甲高い笑い声を上げながら叫んだ。

「あなたはまだとても若い男性ですよ。それで、父はお気に召しましたか？」

「彼はとても気さくな老紳士ですね。彼は私のミスに笑ったりすることなんて全然ありません」

「私の父は *comme il faut*[44] なパパです」とノエミ嬢は言った。「そして真昼のように正直なのです。それに格別な誠実さときたら。何百万のお金でも安心して預けられるわ」

「あなたは彼にいつも従うのですか」とニューマンは尋ねた。

「彼に従うですって？」

「お父さんに言われたことは文句言わずするのですか？」

若い女性は立ち止まり、彼を見つめた。両側の頬が色に染まり、そして完璧な美貌の持ち主にとってはあまり似つかわしくない表情豊かな目に、どこか微かな厚かまさしが見受けられた。

「なんでそんなこと訊くの？」と尋ねた。

「いえ、ただ知りたいので」

「私が悪い女かどうか？」そして奇抜な笑みを浮かべた。

ニューマンは彼女を一瞬見た。確かに美人だとは思うが、決してその美貌に眩むことはなかった。ニオシュ氏の彼女の「世間知らず」についての懇願を思い出し、目線が彼女のそれと出会った時、再び笑った。彼女の容貌は若さと成熟さのとても奇妙に混じり合っていて、その素直な額の下には探るような小さな笑みに、何か掴めぬ意図でいっぱいであるかのように思わせるものがある。確かに自分の父を神経質に心配させるほどに美しかった。しかし無垢な世間知らずなところは、まだ完全にはなくなってはいないと断言してもいいとすぐにニューマンは思った。ところが、実際はそんな世間知らずの性質は、とうになくなっていた。世の有様を十歳以来見てきたのであり、もし世の中について何か知らない秘密を教えることができたなら、その者は賢者と称していいだろう。ルーヴルで過ごす長い朝では、単に聖母マリアや聖ヨハネだけを勉強していたわけではなかった。彼女は自分の周りにある多様に具現化された人間の性質について全て目を注いでいたのであり、そこから自分なりの結論を形成していたのであった。ある意味では、ニューマンはニオシュ氏が娘について神経質になる必要はもうないのではないかと考えた。彼の娘は確かに何か非常に冒険的なことを企てるかもしれないが、馬鹿げたことはもう決してやらないように思えた。ニューマンはその落ち着き払った笑みを浮かべながら、急いでいない時でもいつも精神的にゆっくりと時間をかけるのを習慣としていたが、今回もそういう態度を取る中で、彼女は一体どうして自分をこんな風に見るのだと自問した。実際に自分が彼女のことを悪い女だと考えていることを白状させたがっているのではないかと考えた。

やがて「いやそんなことはありません」と言った。「そのように判断するのは極めて不躾なことになります。私はあなたのことを具体的には知らないのですからね」

「しかし私の父があなたに不平を漏らしたのでしょう」とノエミ嬢は言った。

「あなたを異性に媚びるような女性だと言っていました」

「そんなことを男性に言うなんてありえないわ！しかしあなたはまさかそんなこと信じないでしょう？」

「いえ」とニューマンは重々しい調子でいった。「とても信じられません」

彼女は再び彼を見て、肩をすくめて微笑んだ。そして聖カタリナの結婚を描写した小さなイタリア絵画を指差した。「あの絵はどう。よくないですか？」と尋ねた。

「いえ、個人的にはあまり」とニューマンは言った。「黄色の服を着た若い女に魅力を感じません」

「あらそう。大した鑑賞者ね」とノエミ嬢はつぶやいた。

「絵についてですか？そんなことはないですよ。絵なんてほとんど分かりませんよ」

「なら綺麗な女性はどうなのですか？」

「そちらも同じくらいダメですよ」

「あの絵はどうですか」とこの若い女が一人の夫人を描いた素晴らしいイタリアの肖像画を指差して尋ねた。「あれをもっと小さい大きさで模写してあげましょう」

「もっと小さい大きさで？どうしてこの原典とは違う大きさで模写するのですか？」

ノエミ嬢は煌びやかなヴェネツィア派の傑作に一瞥をくれ、自分の頭を小さく頷かせた。

「私はあの女が嫌いなの。馬鹿に見えるわ」

「私は好きですよ」とニューマンは言った。「ぜひ描いて欲しいですね、実物と同じ大きさで。そしてあの馬鹿そうな外見もそのままでね」

若い女は彼にまた目をじっと濯ぎ、嘲るような笑みを浮かべながら「あの女の馬鹿さを書くなんて楽な仕事ですよ」と言った。

「どういうことです？」とニューマンは当惑しながら聞いた。彼女はまた少し身をすくめた。

「じゃあ冗談ではなく、あなたは本気であの肖像が欲しいのですね。金髪に、紫色の繻子に、真珠のネックレスに、素晴らしい二本の腕をしたあの女性が？」

「ええ、全くあの通りに全て欲しいです」

「代わりに他のではダメですか？」

「ええ、他の絵も欲しいですが、あれも欲しいです」

ノエミ嬢は向こうを少し振り向いて、広間の反対側へと歩きそこに立った。そして自分の周りを漠然と見回した。そしてニューマンの方へ戻ってきた。

「そんな具合にぽんぽん絵を注文できるなんて絶対素晴らしいことでしょうね。ヴェネツィア派の肖像画を実物大で注文するなんて、*en prince*。[45] そしてそんな風にしてこの後もヨーロッパを旅するわけね」

「ええ、そうです」とニューマンは言った。

「そんな風にして注文して、購入して、金を消費するわけ？」

「もちろんある程度は消費しますよ」

「ならあなたはとても幸福ですね。そして完全に自由というわけですね？」

「その自由というのはどういう意味ですか？」

「家族も、妻も、婚約者も、あなたのその行動を妨げるものは何もないということですね？」

「ええ、まあまあの度合いですが、自由ですよ」

「とても幸せね」とノエミ嬢は真面目に言った。

「*Je le veux bien!*[46]」とニューマンはフランス語で言ったが、このことは自分で思っている以上にフランス語を習得したという証明になるだろう。

「それで、パリにはどのくらいの滞在で？」とこの若い女は続けた。

「後数日くらいですかね」

「どうして去ってしまうのですか？」

「暑くなってきますし、スイスへと行きたいのです」

「スイスへ？ そこは素敵な国ね。私の日傘はいらないからぜひスイスへと行って見たいわ。湖も山も、ロマンティックな谷も氷山の頂もね！祝福したい気分だわ。あなたはそんな国に行くのに、私はその間は暑い夏の日に一日中ここに座ってあなたの依頼した絵画を塗り続けるというわけね」

「いえ、ゆっくりと時間をかけてください」とニューマンは言った。「自分の都合のいいように進めてください」

彼らはさらに足を進めていき、他の多数の展示物を見た。ニューマンは自分が気に入ったのは指差し、ノエミ嬢は大抵の場合絵の出来栄えを批判して、他のものを推薦した。そして突然彼女は話を脱線させて自分の個人的な話を語り始めた。

「どうしてこの前サロン・カレで私に話しかけたのですか?」と突然尋ねた。

「あなたの絵に感心したのですよ」

「しかし長い間ためらっていたじゃないですか」

「ああ、私は事を急いで進める性分ではないのでね」とニューマンは言った。

「確かにそうみたいですね。あなたが私を見ていたのに気づいていました。しかしまさか私に話しかけるなんて思いませんでした。まさかあなたと一緒にこうして今日ここで歩き回るなんて夢にも思っていませんでした。なんかとても面白いわね」

「いえ、極めて自然なことですよ」とニューマンは述べた。

「そうですか、それは失礼しました。しかし私にとっては自然ではないのです。あなたは私が色目を使う女だと考えているかもしれませんが、実際は男性の方と今まで公で一緒に歩いたことはないのです。私が一人であなたと会うことに父が同意したなんて、一体何を考えていたのかしら？」

「自分の不当な非難を後悔していましたよ」とニューマンは答えた。ノエミ嬢は黙ったままでいて、やがて椅子へと身を落ち着けた。

「そうですか。とりあえず五枚はこれで決まりましたね」と言った。「五枚の模写をできるかぎり美しく優れていたように仕立てるわけですね。まだもう一枚あります。あのルーベンスの傑作である、『マリー・ド・メディシスの結婚』はどうでしょう？それがどれほど素晴らしい絵画なのかとりあえず見てみてください」

「ああ、なるほど。確かに欲しいですな」とニューマンは言った。

「これでおしまいね、おしまいよ」と彼女は笑った。少し座り彼を見ていた。そして突然立ち上がり彼の前に立ち、両手を握り合わせて体の前にさげた。

「あなたのことが理解できないわ」と笑いながら言った。「男性がそんな具合にとても馬鹿なことができるなんて本当に理解できないわ」

「ええ、確かに私は馬鹿ですよ」とニューマンはポケットの中に手を入れながら言った。

「馬鹿げているわ。私絵の描き方が分からないのよ」

「わからないって？」

「私は猫のようにしか絵を描けないのよ。直線をちゃんと書くことができないの。この前あなたが私の絵を購入するまで、今まで一度たりとも自分の絵画を売ることはできなかったの」

そしてこの驚くべき情報を彼に伝えながら、顔に笑みを浮かべ続けた。ニューマンは突然笑い始めた。

「どうしてそんなことを教えてくださるのですか？」と訊いた。

「賢い男性がヘマをするのをみているとムカムカしてくるからよ。私の絵なんて馬鹿げているのよ」

「じゃあ、この間私がもらったのは」

「あれはいつもよりもひどい出来栄えですよ」

「それなら」とニューマンは言った。「それでも私は気に入りましたね」。彼女は彼を横目で見た。

「随分と持ち上げるのね」と答えた。「でもあなたがさらに事を進める前に警告しなければならないのが私の義務です。あなたの注文を受けることは不可能です。私を何だと思っているのです。十人分の仕事ですよ。あなたはルーヴルにある最も難しい絵画を六枚選んで、まるで六枚ほどのポケットハンカチを座って縫うような感覚で仕上げてくれると考えていますわね。あなたがどこまで深入りするのか、それを知りたかったのです」

ニューマンはこの若い女性を幾分当惑して見た。馬鹿げたへまをしたと非難されたにも関わらず、実際は愚か者から程遠い存在であり、ノエミ嬢のこの突然な打ち明けた態度も必ずしも自分が間違いをしたのを放置したことに比べて、より正直である確証はないという疑念を強く抱いた。彼女は戯れているのだ。単に鑑賞眼の未熟さを憐れんでいるわけでもあるまい。一体彼女は何を考えて、何を狙っているのか？ハイリスクである分、ハイリターンであった。だが譬えリターンが高かろうとも、ニューマンはこの同伴者の大胆不敵さに感嘆の念を覚えることは避けられなかった。彼女は片方の手で何かを企んでいるかもしれないが、もう片方の手では莫大な金を投げ捨てていることは事実だった。

「ご冗談を」と彼は言った。「それとも真剣なのですか？」

「ええ真剣よ！」とノエミ嬢は異様ともいるほどの笑みを浮かべながら言った。

「私は絵画のことなんてほとんど知らないのですよ。そしてどのように塗るのかもね。できないことがあると言うならそれならそれで結構。できることをやっていただきたいですな」

「それだと本当に悪いのが出来上がるわよ」とノエミ嬢は言った。

「まあ」とニューマンは笑いながら言った。「自分で悪いというのなら本当に悪いのができるのでしょう。ならどうして下手なのに絵画を続けるのですか？」

「他に私には何もないのよ。本当の意味で才能なんてないのよ」

「じゃあお父さんを騙していますね」

若い娘はしばし押し黙った。「彼はよく分かっているわ！」

「いえ」とニューマンはキッパリ言った。「確かにお父さんはあなたを信じれおられるでしょう」

「あの人は私を怖がっているのよ。あなたが言うように、私は下手なまま絵画を作るのですが、それは学びたいからなの。なんであれ、私は絵が好きなのよ。そしてここにいるのも居心地がいいの。毎日来たいわ、ここにね。中庭にある薄暗い、湿った部屋の中にいたり、売店でボタンやコルセット用の鯨のひげを売ったりするよりはマシよ」

「もちろんそういったことよりは楽しいでしょうな」とニューマンは言った。「しかし貧しい女性にとっては、ここにいるのはむしろ出費の嵩む娯楽ではないですか？」

「ええ、その通りよ。間違っているのは私よ。そこになんの疑問もないわ。でも他の女たちのように自分の生計を自分で立てるくらいなら、つまり世間から離れて小さい黒い穴に針を通したりするくらいなら、セーヌ川に身を投げ出した方がましだわ」

「そんなことする必要はないですよ。お父さんから私の申し出を聞いたのでしょう？」

「あなたの申し出？」

「彼はあなたに結婚して欲しいのですよ。そしてそのためにあなたが自分の dot[47] を稼ぐための機会を与えているのですよ」

「確かにそのことは全て聞いていますよ。そして私がこうした態度であなたの与えてくださる機会を取り扱っているわけです。どうして私の結婚に無関係なあなたがそこまで興味を持つのですか？」

「私の興味はあなたのお父さんにあったのです。そじて私の申し出を撤回するつもりはありません。やれることをやってください、そしてあなたが創ったものを購入いたします」

彼女は物思いに耽りながらしばらく佇んでいた。そして目線を地面に向けていた。やがて目線を上げた。

「二万フランでいったいどんな夫を捕まえられるかしら？」と尋ねた。

「あなたのお父さんが言うには、何やら非常に上等な若い男性を知っておられるようです」

「食料品店か肉屋か小さな *maîtres de cafés*[48] とかそんなのでしょう、どうせ。もし私がいい相手と結婚できないなら、結婚なんて絶対にしないわ」

「あんまり選り好みしすぎないことは忠告しておきますよ」とニューマンは言った。「まあ言えることはそれくらいですがね」

「自分で言ったことが自分で嫌になるわ！」とこの若い娘は叫んだ。「そんな風に考えても何もいいことないわ。でもどうにもならないの」

「どうしてそうなのですか。何か益するところがあるのですか？」

「ただどうにもならないの。それだけよ」

ニューマンは彼女をしばし見つめた。「まあ、あなたの仕立てる絵は悪い出来かもしれませんが、あなたの知性は私にとって高すぎるようですね。どうもあなたのことが掴めません。それでは、さようなら！」そして彼は手を差し出した。

彼女はそれに何も応じず、別れの挨拶もしなかった。向こうに振り向いて、腰掛けに体を斜めにして座り、頭を絵の前にある手すりを掴んでいた手の甲に当てた。ニューマンはしばし佇んでから踵を返してそこを去っていった。実際は告白したのよりも多くの点において彼女を理解していた。この奇妙な一幕は、結局は彼女が大の浮気者であるという父の言葉を具体的に説明するものだったというわけである。

# 第五章

ニューマンがトリストラム夫人にマダム・ド・サントレへの訪問が無駄な骨折りだったことを伝えると、彼女は彼に落胆しないように、そしてこの夏の間に「ヨーロッパを見る」計画を実行に移し、パリには秋には戻ってきて冬をゆっくり座りながら迎えるといいと伝えた。

「マダム・ド・サントレは、しばらくはあのままよ。ある日突然結婚するような女性ではないわ」と言った。

ニューマンはパリに戻ってくることについてははっきりと確証はしなかった。ローマやナイル河についてですら話し、マダム・ド・サントレが今後も未亡人として続いていくことには特に興味を示すことは差し控えた。こういった状況は彼のいつもの素直さとは離れたものであり、むしろそれは神秘的なものとして特に知られている情熱の初期の段階としての性質を有するものとして看做していいかもしれない。真実としては、両目が放つ輝く穏和な感情がニューマンの記憶に強く刻印されていて、あの両目をもう二度と見ないという事態には屈したくはなかったのだ。彼はトリストラム夫人に対してその他のより重要なあるいは重要ではない事実について取捨選択しつつ伝えたが、この点だけは胸に秘めたままであった。彼はニオシュ氏から丁重に立ち去り、自分に関して言えば、ノエミ嬢に会った時はあの青い服を着た聖母マリアその人にでも会ったかのような印象を受けたと言った。そして老人は取り残されたまま、どれほど胸を抉られるような不運にあっても決して消散することのない恍惚感にいながら胸ポケットを掻き回していた。ニューマンはまた旅を再開したが、いつものゆっくりとした余裕のある外見をしながら、目的に向かって直接的に到達しようという強い熱意を内に抱いていた。この男ほどゆっくり進んでいるような人はいないように側から見ると思ってしまうが、実際はこれほど短期間において多くを成し遂げた人はいなかった。彼は旅行という行為において大いに役立ったある種の実践的な本能を備えていた。直感で異国の街においての正しい道を見つけ、彼の記憶力は一旦真剣に注意を払ったら卓越した働きを示し、外国語の会話でも本当は一語もその言語は分からなくとも自分が知りたかった情報については完全に得ることはできたのであった。彼の事実に対する欲求は途方もないものであり、自身が注意を払ったものは感傷が平凡な旅行者にとってはなんの変哲も味もないものと看做しただろうが、実際にそれらを一覧にして並べて吟味してみれば、その想像力はとても感受性が高いものだということがわかる。魅力的なブリュッセルの街では、パリを去った後にまずそこに逗留したのだが、市内電車について多くの質問をし、見慣れたアメリカ文化の象徴がここにもあることに大きな満足を覚えたのであった。しかし同じく、ホテル・ド・ヴィルにある美しいゴシック式の塔に強く心を打たれ、サンフランシスコでもそれを「建設」できるかどうかについて考えた。半時間ほど、車両に轢かれる大きな危険性がある真っ只中で、この混雑した雑踏の中壮大な建物の前に立ち、歯の抜けた老いた案内人が下手な英語でエグモント伯とホルン伯に関する悲劇的な話をぶつぶつ言っているのを聞き、そしてそれらの紳士の名前を、自分だけがよく知っている理由で、古い手紙の裏に書いた。

パリから立ち去る際、初め彼の好奇心はそれほど強くなかった。シャンゼリゼや劇場を見て回るといった消極的な楽しみをすれば自分にとって十分だと思っていて、トリストラムにも言ったように神秘的で最高級なものを見たいとは思っていたものの、大陸周遊については考えてもいなかったし、その当時に流行していた娯楽についても探索することもなかった。彼はヨーロッパが自分のためにあるものと思い、逆とは考えなかった。自分の精神を向上させたいと述べたが、自分が映る鏡を知性的に覗き込んだらある種の困惑とある種の恥を、もしかすると誤った恥かもしれぬが、そういった恥を覚えたことだろう。このことについても、あるいは別のことについてもニューマンは強い責任感を抱いていなかった。彼にとって、人生は安楽なものだと疑いの余地なく確信しており、さらに人は自分の持つ特権を当然のものとして看做すべきだということも確信していた。彼によればこの世界は、大きなバザーであり、ある人は適当にそこをぶらつき何かいいものを購入できるような場所だった。しかし、そこで何か義務的な購入をしなければいけないことを認めなかったのと同様、社会的な圧力を個人としては意識していなかった。不愉快な考え方について嫌っているどころかある種の不道徳的な不信を抱いており、己が身をある基準に屈しなければならないことは不愉快なことであり若干軽蔑すべきこととも言った。人の基準というのは人の好意的な繁栄の理想というべきものであり、その繁栄を取るのと同様与えることも可能にする繁栄なのである。ビクビクした臆病さややたらと盛んな熱気といった心の煩いが何一つない状態で、自身がおそらく「楽しい」と表現したであろう経験を完全に心ゆくまで味わうことが、ニューマンの最も求めた人生計画であった。電車に乗り遅れないように急ぐことはいつもでも嫌った。それでいて乗り遅れることはなかったのである。それとちょうど同じように、「文化」に対する過度な要求は駅でぶらぶらしているのと同じくらい馬鹿げたことと思い、そういったことは女や外国人やその他の非実践的な人々にのみ限定されるべきことであった。これら全てを認めた上で、一旦ニューマンが旅の流れに乗り始めると、最も熱心な *dilettante*[49] と同じくらいにニューマンは旅を楽しんだのであった。人の理論など、結局は瑣末なものだ。人の気分というのが大事なのだ。我らが主人公は知性的であり、それはどうすることもできなかったのだ。ベルギー、オランダ、ラインラント、さらにスイスから北イタリアへと無計画なままに進んで、それでいて見るべきものは全て見たのであった。案内人や *valets de place*[50] は彼を素晴らしい観光客だと看做した。彼は誰にでも社交的だった。というのも彼は宿の入り口や玄関に佇むことがとても多く、金をたくさん持っている紳士がヨーロッパで頻繁に孤独でいられる楽しみからほとんど無縁でいたからであった。ツアー、教会、展示会や遺跡が彼に勧められたが、その際にまずニューマンがやったことはそれを勧めた人を頭から足まで見下ろし、その後小さな机に座り何か飲み物を注文したことであった。案内人はその間、適切な距離で彼から下がるのである。そうではない場合、案内人にも座るように言い、そしてその教会や展示会が本当に足を運んでみるだけの価値があるのかどうかぜひ聞かせてほしいとニューマンならしたかも分からない。やがて彼は立ち上がり長い足を伸ばしながら、記念物を勧めたその男に合図しつつ持っている時計を見て、相手に目をじっと注いだ。「君の言っていることは何だね?ここからどのくらいかかるかね?」と訊いた。そして相手の答えが何であれ、ためらいがちな様子を見せつつも、決してそれを訪ねることを拒絶したことはなかった。彼は空いている馬車に乗り込み、自分の質問に答えさせるために案内人を自分の隣に座らせ、御者に早く運転するように命じ(ゆっくりと馬車を進めることが嫌いだったのだ)、そして自分の巡礼地へと向かうために埃っぽい郊外を全速力で駆け抜けて行ったのであった。譬えその目的地が落胆するような代物であったとしても、譬え訪ねた教会が粗末であったり、遺跡が瓦礫の積み重ねであったとしても、ニューマンは自分の案内者に対して抗議することも不満を漏らすこともなかった。大きな記念物も小さな記念物も公平な視点で眺め、案内人に記念物に関して詳しい説明をさせ、ニューマンは厳かに耳を傾けながら、そこの近隣に他に何か見るべきものはないかを尋ね、またガタガタ音を立てて走行しながら帰宅していった。残念ながら彼は優れた建築物と粗末な建築物の違いを把握するだけの感性を有してはいなさそうであり、時折大したことのない代物も、不当とも言えるほどの落ち着きを払ってそれを眺めていたことが幾度かあったかもしれない。美しい教会と同様に、醜い教会もヨーロッパで味わった楽しい時間の一部であったし、その周遊は全体的に見てもやはり楽しいものであった。しかし想像力を習慣的に持たない人が抱く想像力というのは何かしら独特なところがあり、ニューマンは異国の街を案内無しに彷徨っている時に、侘しく悲しげに佇んでいる教会や自分にとって無縁な過去に何かしら市民的な業績を上げた角張った像の前に立っては、奇妙な震えを心の内に感ずることが時折あった。それは興奮でもなければ当惑でもなかった。澄んだ底の知れぬほどの気晴らしであったのだ。

　彼は偶然にもオランダにおいて若い同じアメリカ人と出逢い、しばらくの間一緒にヨーロッパ周遊を一緒にすることになった。彼らはお互い異なった性質の人間ではあったが、各々は気のいい輩であったので、やがて一緒に旅行を数週間ほどは進めていくのも楽しいような気がしたのであった。ニューマンのこの旅仲間、名前はバブコックと言って若いユニテリアン派の牧師であった。彼が生まれ育ったのはマサチューセッツ州のボストン郊外にあるドーチェスターであったが、現在は同じニュー・イングランド州都ボストンの郊外でも、別の郊外における小さな集会において精神的な職務に携わっていた。消化が悪く、ふすまを振るい分けない小麦粉で作ったパンと挽き割りのとうもろこしを主に食べていたが、この栄養摂取の仕方で慣れてしまった彼がヨーロッパに来て *table d'hôte*[51] では支給されていないことを知り自分の旅の予定が座礁に乗り上げるのではないかと予感したのであった。そういったわけで、パリではアメリカ代理店と自称し、ニューヨークの絵が挿入された新聞も調達することができた店でトウモロコシが詰め込められた袋を一つ購入した。そしてその袋を携えながら旅を進めていき、ホテルに到着してはそこで不規則な時間にそのトウモロコシを使用して自分のために調理して欲しいとお願いし、それによってかなり奇妙な目線でそれぞれのホテルで注目されながらも、それに対して非常な落ち着きと忍耐を示したのであった。ニューマンはかつてある用事のためにある朝をバブコック氏の誕生地において過ごしたことがあった。その具体的な理由は込み入っているのでここで述べるわけにはいかないが、そこで尋ねることはいつも彼にとって滑稽なものであったのだ。彼が何か冗談を言うためには、当然その冗談のためにはとても長い説明が必要になってしまうので、自分の同伴者に「ドーチェスター」と呼びかけたのであった。二人の旅行仲間はすぐに親しくなった。このような全く性質が異なる人間性の二人がこのような好都合な接点を見出そうとは、祖国のアメリカではとても考えられないことであった。こういったことを反芻することのなかったニューマンは、その状況を大いに落ち着いて捉えたのだが、一方でバブコックは密かにこの点について思考を巡らせたものであった。夕方早くからホテルの自分の部屋に立ち退いて、このことを良心的に公平に考えようとしたことが幾度もあった。自分と人生の捉え方が大いに異なる我らが主人公と関係性を持ち続けるのは果たしていいことなのか彼にはわからなかった。ニューマンは素晴らしく寛大な人間だった。バブコック氏はたまに彼を高潔な人間だと自分に言い、もちろん彼を好きにならないことはありえないことだった。しかし彼に影響を与えて、道徳的な生活と義務観念を鋭くさせるのは望ましいことなのだろうか。あらゆるものを好み、あらゆるものを受け入れ、全てに楽しみを見出したのであった。差別することはなく、高揚することもなかった。だがそれでもドーチェスターから来たこの若い男はニューマンには重大で自分が最善を尽くして回避しようとしている欠陥があるという点で非難した。それは「道徳的な反応」と呼ばれているものが欠けているということである。哀れなバブコック氏は絵画や教会に関して特別に愛好していて、アイルランドの女性著述家であるジェイムソン夫人の書いた作品をカバンの中に入れて運んでいた。美学分析を読むことに喜びを感じ、目にするもの全てから彼は独特な印象を受けていたのであった。しかしそれでも、心の奥底ではヨーロッパを嫌悪していて、ニューマンの大きいながらも粗野さもある知性的な丁重さについて抗議しなければいけないような必要性を苛立ちながら感じたのであった。バブコック氏の道徳的な *malaise*[52] というのはどうも、私の考察や説明する力量を大きく凌駕するところにあるみたいだ。彼はヨーロッパ的な気質に不信感を抱き、ヨーロッパ的な生活は不道徳なもので不純なものヨーロッパの晩餐会というものを大いに嫌った。ヨーロッパ的な生活は不道徳なもので不純なものだと感じた。それでも彼には卓越した美的センスというものがあった。そして美というものは上述したような嫌悪を催す事柄においても理解できない様でしばしば絡んでいて、何より彼自身公正無私でありたいことを願い、「文化」なるものに対して非常に身を入れていたことから、ヨーロッパというものがどうにもならぬほど悪いものと判断することもできなかった。しかしそれでも非常に悪いものとは思い、ニューマンの不規則的な美的鑑賞には悲しいほどにそれらについて把握する能力が足りていないことが彼への不満だったのだ。バブコック自身も実は世界のどの部分においても悪について、乳飲み児と同じくらいしか知らなかったのである。実際に悪をまざまざと実感したことといえば、パリで建築を勉強していた彼の大学の同期の一人に対して、ある若い女性がその同期と結婚することを望んでもいないのに恋愛情事に耽ったことくらいである。バブコックはこの件をニューマンに伝えたことがあったが、我らの主人公は好意を示さぬ非難する感じでその若い女性について述べた。翌日同伴者は、その若い建築家の情婦について述べる際のその非難の言葉が果たして本当に適切なものだと思っているのか問い質した。するとニューマンは相手を見て、笑い出した。

「そのことについてなら他にいくらでも表現方法はあるよ。好きなものを選びなよ」

「いや、そういうことではなくて、その女性についてはもっと別の見方ができるのではないのか、ということだよ。彼女は『本当は』彼が自分と結婚してくれるものと見込んでいたんじゃないかね」

「そんなの分からないよ。まあそうでもあるようにも思えるかな。その女が大した女だというのは間違いないと思うがね」とニューマンは再び笑い始めた。

「いや、そういう意味でもないんだ。ただ僕は昨日覚えてなかった、考えてなかったようなそんな気がするんだ。まあいいや、パーシヴァルにこのことについて手紙を書いてみよう」

そしてパーシヴァルに対して手紙を出して（それに対する相手の返答は実に厚かましいものであった）、バブコックはニューマンがそのパリの若い女が「大した」などというぶっきらぼうに形容詞を付けるのはどこか粗野で無茶なものだと考え込んだ。その後もニューマンの判断が簡潔であった故に、頻繁に衝撃を受けたり動揺したりした。ニューマンは他人に有無を言わさず非難することもあれば、何か不愉快なことに直面してもその人たちを素晴らしいやつだと言ったりして、良心が相応に発達している男にしてはとても似つかわしくないものであった。それでも哀れなバブコックは彼のことが好きで、たとえニューマンに時折当惑した気持ちや苦痛な気もちを抱いたとしても、それで彼と袂を分かつだけの理由にはならないことを常に意識していた。ゲーテは『ヴィルヘルム・マイスター』において多様な人間性を見ること薦めていたし、バブコック氏もゲーテのことを素晴らしいと称賛していた。時折、半時間ほどの会話が生じるとバブコックはニューマンに対して自分の精神的な糊を少しでも付着してやろうと努めたが、ニューマン個人の生地はそういったものが付着するには粘着性があまりにもなかったのである。甑が水をずっと保ち続けることをしないように、ニューマンもまた主義というものを持っていなかった。ただ主義や原理というものをとても尊いものだとは思っていて、バブコックはそのようなものを相応に持っているのに実に大した奴だと考えていた。神経質なこの同伴者が提供してくるものを全て受け入れ、彼としては非常に安全と看做している所へとそれらを仕舞い込んだ。だが哀れなことにバブコックはその後、ニューマンの日常的な態度や振る舞いにおいて自分が授けたものは何ら活用していないことに気づくのであった。

同行者二人はドイツからスイスへと旅を進めていき、三、四週間ほど山道をゆっくりと歩いていき、碧い湖において適当に歩き回った。やがてサンプロン峠をこえて、ヴェネツィアへと歩を進めて言った。バブコック氏は陰鬱な気分になり、多少苛立ちすらした。塞ぎ込んでいて、心ここにあらずで、何かに取り憑かれているようでもあった。彼は計画を錯綜させ、ある時あれをしようと言ったのに、その後に違ったことをやるということもあった。ニューマンはいつも通りに日々を過ごし、知り合いを作り、画廊や教会へと安逸な態度で足を運び、サン・マルコ広場を徘徊してはたくさんの時間を浪費し、粗悪な絵画をたくさん購入し、ヴェネツィアを二週間大いに楽しんだ。ある晩宿に戻ってくると、バブコックが彼を宿の側にある小さな庭で自分を待っていることに気づいた。

この若い男が彼の方へととても陰鬱な様子をしながら近づいて自分の手を差し出し、自分たちはお別れしなければならないことを粛々とした調子で言った。ニューマンは驚きと残念な気持ちを表明し、どうして別離が必要なのかを尋ねた。

「君にうんざりしたんだとは思わないでくれよ」

「僕にうんざりしてはいないのかい」とバブコックはその澄んだ灰色の目を彼に注ぎながら言った。

「そんなことあるわけないじゃないか。君は勇敢な男だからな。それに、俺は物事にうんざりするようなことなんてないんだ」

「僕たちは分かり合えないんだよ」と若い牧師は言った。

「俺は君のことを理解しているじゃないか。そうだと思っているんだがな。しかし仮に理解していないとしても、それが何だって言うんだ？」

「僕は君を理解できないんだ」とバブコックは言った。そして腰を下ろして頭を寄せて、この底の知れぬ友人に向かってもの悲しげな様子で見上げた。

「おいおい、俺はそんなこと気にしないよ！」とニューマンは笑った。

「でも僕にはとても耐えられないんだ。どうしても落ち着かない状態になってしまうんだ。ムカついてしまうんだよ。どうにもならない。僕にとってはよくないんだ」

「お前は心配しすぎなんだよ。それが問題なんだ」

「もちろん、君にとってはそう思えるだろうね。君は僕が物事を難しく捉えてしまと考えているし、僕は君が物事を単純に捉えていると考えているんだ。僕たちは絶対に分かり合えないんだ」

「でも今まで十分分かり合えたじゃないか」

「いや、僕は君のことを理解していない」とバブコックは頭を振った。「僕はとても落ち着かない気分だ。一ヶ月前にとっくに君とは別れているべきなんだ」

「これはたまげたよ！俺は何にだって理解を示すさ！」

バブコックは頭を両手に沈めた。やがて目を上げた。「君は僕の置かれている立場を正しく理解していないんだよ。僕はあらゆることについて真実に辿り着こうとする人間なわけだけど、君はあまりに早く行きすぎてしまう。僕からすると君はあまりに情熱的で度を超し過ぎているように見えるんだ。今まで来た道を全てもう一回自分一人で辿っていきたい気分だよ。どうも僕はすごくたくさんの過ちをしてきた気がするんだ」

「そんなやたらめったら理由をあげる必要なんてないよ。君は単に俺と一緒に旅をするのに飽きただけさ。それも無理のないことだよ」

「いやいや、僕は決して飽きたわけではないんだ」と苦悶する若き聖職者は言った。「飽きたというのはだめなことなんだ」

「こりゃあお手上げだよ！」とニューマンは笑った。

「でもいつまでも過ちを犯し続けるのも不合理なことだ。自分の道を進み給え。君と別れることを寂しく思うよ。でも君は僕が友人をいとも簡単に作るのを見ただろう。君は逆に一人で寂しくいるだろうね。でもそんな時があれば気が向いた時に手紙で文章を書いてくれよ、その手紙を僕はどこでも待っているからさ。それで僕はミラノに戻るよ。画家ルイーニを正しく評価しなかったみたいだからね」

「哀れなルイーニだな！」とニューマンは言った。

「いや、僕はそのイタリアの画家を買い被りすぎていたんじゃないかと危惧しているんだ。彼が画家の中で第一等の存在とは思えないんだ」

「ルイーニが？」とニューマンは叫んだ。「どうして、彼はとても魅力的で素晴らしい画家じゃないか！才分においては美しい女性と通じるものがあるよ。見ていると同じような感覚を受けるからね」

バブコックはしかめ面をしてたじろいだ。そしてこれはニューマンにとっては予想だにせぬ形而上学的な飛躍であったことを付言しなければならない。ミラノを通るにあたってその画家を大いに気に入ったのであった。

「まただ！やっぱり僕たちは別れなければならないんだ」

そして翌日彼は道のりを逆に辿り、この偉大なロンバルディアの画家から受けた印象を落ち着かせようとした。

それから数日後、ニューマンはかつての同行者から以下のように書かれた手紙を受け取った。

親愛なるニューマン氏へ

一週間前の僕のヴェネツィアでの振る舞いが君にとっては奇妙なもので恩知らずなものだと思うかもしれない。そしてその時に僕が言った、君が正しく理解していない僕の立場について説明したいと思う。僕は別れようということを切り出そうと長い間考えていて、決して突然僕はそう思い始めたわけじゃないんだ。まず、君も知っているように僕のヨーロッパでの周遊は教会組織が出してくれた資金で行っているわけで、提供してくれた人は僕に休暇を与えることと旧世界の自然と芸術の財宝を見て僕を精神的に豊かにしてくれるのを目的としていたんだ。それで僕は自分の時間を最大限に活用すべき一種の義務があるんだ。そして僕はそういった責任感については敏感な男だ。君はその場かぎりの娯楽についてのみ関心があるようで、僕には決して真似できないような激しさでそれに没頭する。僕は何らかの結論に達し、ある点において自分の主義主張を定めないといけないような気すらするんだ。芸術と生活は僕にとってはとても真剣なもののように思え、僕たちのヨーロッパ旅行において芸術の深い真剣味を決して忘れてはいけない。僕にとって君は、何かあるものがその瞬間において君を楽しませるならそれで十分だと常々考えているように見受けられるんだ。そしてその楽しさを享受する能力ときたら、到底僕なんて話にならない。更に言うと、君が自分の楽しみに注ぐ向こうみずとも言えるほどに身を投げるのは、僕にとって時には、言っていいのか分からないが白状してしまうが、ほとんど皮肉的にすら思えるんだ。君のやり方は到底僕のやり方とは噛み合わないもので、一緒に今後もいることはとても馬鹿げたことだと思う。それでも君のそのやり方にもやはり正当なものが相応にあることは言い添える必要があるだろう。君と一緒にいて、そのやり方の魅力をとても強く感じた。それがなかったら君とはとうに別れていただろう。それでも僕は一緒にいてとても困惑していた。僕が何も間違ったことはしていないことを願うよ。どうも埋め合わせるべき時間が多くあると思わざるを得ない。どうか以上のことをそのままの意味で受け取って欲しい。決して君を嫌な気分にしようというわけではないのだからね。個人的には君のことを大いに尊敬していたし、いつか僕の心が落ち着いたらまた会おう。君が今後も楽しい旅を続けられることを望んでいるよ。ただ人生と芸術はとても真剣なものだということは覚えておいてくれ給え。

君の忠実な友人でその幸せを心から願う者

ベンジャミン・バブコック

追伸　ルイーニにはすっかり困惑してしまったよ。

この手紙を読むとニューマンは恍惚めいた気分と畏敬の気分が織り混ざったものを感じた。最初はバブコックのこの繊細な良心が彼にとっては全くの笑いものに思われ、ミラノへと戻っていくことが単により深みに沼にはまることだけのように思え、そのような目に遭うのが衒学の報いとして極めてそして馬鹿馬鹿しいほどまでに当然のことだと考えた。しかしその後、彼は考えを変え、これは大きな神秘だというように考えるようになった。もしかすると自分自身があの有害で口に出すべきではないもの、つまりは皮肉屋なのであり、自分の芸術の宝と人生の特権についての捉え方はひょっとするととても卑俗的で非倫理的なのではないかと思ったのであった。ニューマンは不道徳なるものを心から軽蔑していたので、その晩半時間たっぷりと温暖なアドリア海に輝いている星の光を眺めながら、どこか強く非難されて落ち込んだ気分になった。彼はバブコックの手紙にどう応じていいのか分からなかった。この若い牧師の高尚な訓告についてニューマンは温厚な人柄である故に拒絶することはできなかったが、彼の芯が強く柔軟さのない気質でそれらの訓告を真面目に受け取る気にもならなかった。結局何ら返信はしなかったが、それから一、二日すると彼は骨董屋で奇怪な小さな象牙の像を見つけた。それは十六世紀の品であり、それをなんの但し書きもつけずにバブコックの元へと送った。ぼろぼろの上着と頭巾をつけた痩せこけた禁欲的な風情のある修行僧を彫っており、その僧侶は両手を合わせながらひざまずいて、勿体ぶったような不機嫌そうな顔をしていた。素晴らしく彫られた像だが、その僧の衣服の裂け目から腰に去勢された雄鶏がぶら下げられているのが見える。この像の象徴するところはニューマンにとっての何なのだろうか？この修行僧と同じく「偉く」なろうとしたが、結局この托鉢僧をよく調べてみるとそれがうまくいっていないのと同じように、自分も上手くなれないという意味なのだろうか。かといってバブコック自身の禁欲主義に対して当て付けとしてやったことは考えづらい。だとしたらそれこそ本当に悪意のこもった皮肉になってしまう。いずれにしても、以前の同伴者に対して小さいながらもとても価値のある贈り物をしたのであった。ニューマンはヴェネツィアを去るにあたって、チロルを通ってウィーンへといきそこから西へと引き返して今度は南ドイツを通った。秋にはバーデン＝バーデンに行って、そこで数週間過ごした。その場所は魅力的で、ゆっくりとそこに留まった。また、周囲を見渡した上でこれからの冬をどう過ごすのかを決めようとしていた。彼の夏はとても充実していたものであり、バーデンの花壇を流れる細い川の傍にある緑木の下で座りながら、ゆっくりとその過ごした夏について思い返した。多くのものを見て色々と成し遂げ、楽しんでは観察することも多かった。自分が年老いたことを感じたと同時に、若くなったことも感じた。バブコック氏と彼が結論を出そうとしていたあの態度を思い出し、同様にしてバブコックと同じ高潔な態度を洗練させせろという友の訓告も結局自分に益するところがほぼなかったこともまた思い出した。いくつかの結論くらいは捻り出せないものだろうか？バーデン＝バーデンは今まで見てきたところで最も美しい場所であり、星空の下での交響楽に耳を傾けることは実に素晴らしいものであった。これこそが結論の一つなのだ！しかし考えを続けた。富を築くことをやめて海外へと赴いたことはとても賢明なことだった。世界を見るのは実に興味深いことだ。多くのことを学んだ。具体的に何を学んだのかを言語化することはできないが、それはしっかりと頭の中にある。自分のやりたいことをやったのだ。素晴らしいものを多く見て回ったのであり、可能なら自分の精神を「向上」させようと努めたのだ。陽気な気分で実際に「向上」したことを信じた。そうだ、世界を見るということはとても愉快なことであり、もう少し続けてもいいだろうと判断した。年齢は今では三十六であったが、自分の前にはまだ輝かしい人生の道のりが開けていて、残りの人生について勘定するのは時期早尚尚早であった。次は世界のどこに行こうか?以前述べたように、トリストラム夫人の客間に立っていたあの女性の両眼が彼の印象に残っていた。あれから四ヶ月経過したが、まだ忘れていない。この四ヶ月の間で、彼は多くの他人の目を見てきたが、今彼の脳裏に浮かんでいるのはマダム・ド・サントレのそれだけであった。もし世界というものをもっと見たかったのなら、マダム・ド・サントレにその新しい世界を彼は見出していた。それには何か得体の知れないものがあった。この世であろうとあの世であろうと。このようなやや漠然とした瞑想をしながら、自分の過去と、頭には「ビジネス」以外何もなかったあの長い年月（それらは彼にとってあまりに早く始まったのだ）のことを思い返すのだが、それらは今では遠い昔のことであり、現在での彼の気分は単なる休暇以上のものであった。つまり恍惚とした気分にあったのだ。彼はトリストラムに対して振り子は振り戻っている旨を伝え、その振りはまだ完全には終わっていないようであった。遥か向こうにあったはずの「ビジネス」が、どうやら時を挟んで脳裏に違った形で浮かんできたようであった。そこから忘れ去っていたはずの無数の出来事が記憶に蘇ってくるのを感じた。そのいくつかを満足気に真っ正面から見た。逆にいくつかについては目を逸らした。それらは昔の努力であり、昔の業績であり、古めかしい「機敏さ」と鋭利さの例であった。それらを見ていて、いくつかのものには誇らしい気持ちになった。自分を、あたかも違う男を見ているかのように尊敬した。そして実際、その行為の多くは偉大なものと言ってもいいものであった。決断、決意、勇気、機敏、澄んだ目、そして逞しい腕。他のある種の業績についてはそれらを恥ずかしく思っているとしても言い過ぎていただろう。というのもニューマンは卑しい仕事に就こうとしたことはないのだから。誘惑に駆られても、その美しさに対して有無を言わさぬ打撃を加えその美を損なわせるための衝動を本性上に持っていた。そしてもちろん、誠実さに欠けている人に対してニューマンほど容赦のない人物はいなかった。ニューマンは一目見れば、それが悪かどうかを見定めることができ、その悪を見ることは彼にとって生々しい嫌悪感に襲われることが今まで幾度となくあった。しかしそれでも、記憶のいくつかは下賤で卑しむべきものがこびりついているように思え、そしてもしとても醜いことを今までしたことがなかったのなら、その一方では何か特に美しいこともしたことがなかったであろう。富に富を築くために間断のない努力の年月を過ごしてきたが、今ではそれも終わり、金を稼ぐという職務は極めて無味乾燥で不毛なものと看做すようになった。ポケットに金をいっぱいで満たして、金を稼ぐという行為をあざけるのは大変結構なことであり、ニューマンは精巧に己を道徳的にするのをもっと早く始めるべきだったと言う人もいるかも知れない。これに関しては、もしニューマンがやろうと思えば、もうひと財産作ることはできたであろう。そして道徳的に自分を向上させようとは厳密には思っていなかったことも付け加えなければならない。ただ夏の間中に見ていたものは単純にどれも豊かで美しい世界であったのであり、その世界が頭の切れる鉄道職人や株式仲買人によって創造されたものではなかったということに再び思い当たっただけのことである。

バーデン＝バーデンに逗留している時にトリストラム夫人から手紙を受け取った。夫人はイエナ街にある彼の友人たちに便りをほとんど送らなかったことをその手紙で叱責していて、この冬をどこか寂れた場所で過ごそうなどというおぞましい計画を立てるのではなく世界で最も快適な街にすぐにしっかりした態度で戻ってきてくれることを懇願していた。ニューマンの返信は以下の通りであった。

「私の手紙を書く能力は極めて貧弱であるのは承知しているものだとこちらが考えていたため、私からのお便りを期待していようとは夢にも思っていませんでした。私の人生で今まで純粋な友情の手紙を二十も書いていないと思い返しています。アメリカ合衆国では連絡はいつも電報を介して行っていました。その一方、これは純粋な友情に基づく手紙です。あなたが好奇心をお持ちであり、その上あなたはそれを評価しているのです。あなたは私がここ三ヶ月の間に起きたことを全部知りたがっているようです。それについて報せる最良の方法は、私の持っている六冊ほどのその余白に私の筆跡が入ったガイドブックを送ることであります。引っ掻きやバツ印や『美しい！』や『全くその通りだ！』や『大雑把すぎる』といった筆跡があったら、何かしら思うところがあるものがあったというものと看做してください。それによってあなたのもとを去って以来私が経験したことをお分かりいただけるかと思います。ベルギー、オランダ、スイス、ドイツ、イタリア、と記載されているところは全て回りましたが、それによって何か損したということは一つもありません。私は聖母マリアや教会の尖塔について他の誰よりも分かるようになったと考えています。いくつかとても気品のあるものも見ましたし、あなたの家の炉辺に座りながらこの冬でそれらについて話したいとも考えています。これでお分かりいただけるかと思いますが、私はパリへと戻りたいという気持ちもあるのです。私は今後もヨーロッパ旅行についてたくさんの計画や展望があったのですが、あなたの書いた手紙が全て吹き飛ばしてしまいました。*L'appétit vient en mangeant*[53]とフランスの諺にもありますが、世界を見るにつれてもっともっと世界を見たくなります。馬に乗って駆けている今、コースの終わりまで進んで行ってもいいではないでしょうか？時々、私は遥か東の国々について考えてしまいます。そして東方の街の名前が私の口からこぼれ出てしまいます。ダマスカス、バクダッド、メディナ、メッカ等々。私は先月、一週間ほど一人の宣教師と一緒に過ごし、向こうにいけば偉大なものがいっぱいあるのにヨーロッパなんてうろついているのは恥ずべきことだと言われました。確かにそこへ行って冒険したい気分もありますが、むしろ私はユニヴェルシテ通りを冒険したいです。あの美しい女性から何かメッセージをもらいましたか？もし私の代わりにあなたが彼女に私と会う約束をしてくださるのなら、私はすぐにでもパリへと戻ります。私は第一級の妻が欲しいのです。私がこの夏に出会ってきた綺麗な女性たち全員に目を注ぎましたが、私の心を打つ、少なくとも打つ見込みがあるような女性は誰もいませんでした。もし私が今述べた理想の女性が私の傍にいたのなら、この夏を数千倍楽しんだことでしょう。そしてその理想の女性に最も近いと思ったのが、男性ですがボストン生まれのユニテリアン派の牧師でした。とはいえ、お互いの気質が相容れないことからすぐにお互い別れることになってしまいましたが。私は心が卑しく、不道徳で、いまいち意味がよくわかりませんが『芸術のための芸術』に身を捧げる者だと彼は言いました。彼のこれらの言葉は全部私を傷つけました。彼はとてもいいやつでしたからね。しかし少ししたら、私はいい関係の築けそうな英国人とふとした弾みで出会うことになりました。彼はとても明るい男でロンドンの新聞で記事を書いていて、夫のトリストラムと同じくらいパリに詳しいです。一週間ほどの付き合いをしましたが、やがて彼は私に嫌気をさして別れました。私は高潔な人間を気取りすぎたのでしょう。道徳者になるにはあまりにも私は厳格であったようです。言い方は好意的でしたが、私は良心という呪いを背負っていて、メソジストのように物事を判断してそれらを老いた夫人のように話すということです。これにはむしろ当惑を覚えました。私を批評した二人の男の、一体どちらの言葉を信じればよかったのでしょうか？でもそれもそこまで気にかけはせず、私はすぐに彼らは二人とも馬鹿なんだという具合に結論づけました。しかしながら誰一人として私が誤っていると厚かましくも指摘することができない事柄が一つあります。それは私があなたの忠実な友人だということです。

C・N」

# 第六章

ニューマンはダマスカスやバグダッドを訪ねることは結局諦め、秋が終わる前にパリへと戻った。トム・トリストラムによって、彼が言うところの社会的立ち位置を評価し、それに基づいた部屋がいくつかニューマンのために用意されていた。ニューマンは自分の社会的立ち位置が考慮に入れられていることを知ると、自分が全く無能な人間でトリストラムにそんな配慮をする必要がないということをお願いした。

「まさか俺に社会的立ち位置があるなんてな。それにあるにしても、どんなものかちっとも分からないよ。社会的立ち位置とやらは二、三千人ほどの人と知り合って夕食の会に招待することじゃないのかい？お前とお前の奥さんとこの春からフランス語を教えてもらっている小柄な老人であるニオシュ氏とは顔見知りだよ。お前を夕食に招待して互いを紹介するのはどうだい？できるなら明日ぜひ来ておくれよ」と彼はトリストラム氏に言った。

「そんなことをしてもらっても私としてはあまり嬉しくないわ。この春私はあなたに知っている人物をあなたに紹介したのですからね」

「ええ、確かにそうですね。すっかり忘れてしまいましたよ。しかしあなたとしては私が忘れて欲しいと願っているものと思っておりましたが」とニューマンは、自分の話しぶりを頻繁に特徴づける飾り気ない落ち着いた口調で述べた。その口調を聞いていたものは、それはどこかユーモアが潜んだような無知の装いがあるのか知識欲の謙った表れなのかは識別することができないものであった。「あなた、みんな嫌いだと仰っていませんでしたか」

「まあ、私が述べたことを細かく覚えていると言ってくださるのはとても嬉しいことですわ。でもね、これからは私が言ったことのうち悪いことは全部忘れてしまって、いいことだけを覚えておいて頂戴」とトリストラム夫人は付け加える形で言った。「決して難しいことではないはずよ。それに記憶力の方も無駄な力を消耗しなくて済むでしょう?　それとは別に忠告しておきますが、お過ごしになる部屋の選択に関しては私の夫に任せておいて頂戴。さもないとひどく不愉快な目に遭いますわよ」

「ひどく不愉快だって、あなた?」とトリストラムは叫んだ。

「今日はね、私は悪いことは絶対言ってはいけないのよ。さもないともっと強い言葉を選んで話さないといけなくなるわ」

「彼女がどんな言葉を使うと思うかい、ニューマン?　自分が嫌いだということを二、三ヶ国語で実に雄弁に話すことができるんだぜ。それが知的であるってことさ。どうしても彼女に不意を突かれてやられてしまうんだ。俺は、英語以外はからっきしなんだからね。俺が怒るとどうしたって古き良き母国語へと舞い戻らないといけないわけさ。それに結局は、母国語ほどいいもんはないからな」

ニューマンは自分が椅子や机については何一つ知らないことをはっきりと述べ、宿泊のやり方は目を瞑りながらトリストラムの申し出には全て従うとした。こういう態度を我らが主人公を取るのは誠実であるということもあったが、一方では慈悲に起因する部分もあった。色々と部屋を探し回って窓を他人に開けさせ、杖でソファを突き、宿の女主人と雑談をして、上には誰がいて下には誰が泊まっているのか等を知ること、これら全てはトリストラムにとって何よりもかけがえのない楽しみであることをニューマンは知っていたのであり、昔ながらの友人とのかつて会った良き友情の温かみが幾分か減ったことも考えるとさらにその楽しみを与えてやろうというわけだった。それに彼は室内の整え方については何一つとして好みがなかった。快適さや利便さというものに関してもとても繊細な感覚を持ってすらいなかった。確かに奢侈や壮麗さに関しては楽しみを覚える人間であったが、それもむしろ粗野な品物でも彼は満足してしまうのであった。堅い椅子と柔らかい椅子の区別をつけることがほとんどできず、足を伸ばすときもその椅子がどんなものであろうと一向に関係なく伸ばせるだけの素質を持っていたのであった。彼の抱いている快適さの観念は、非常に広い部屋に身を置き、その部屋もできるだけ多く所有することであり、その各々の部屋に特許の取れた機械的な装置（それらの半分も彼は使う機会がなかったわけであるが）が設置されていることを認識することにあった。どの部屋も明るく、素晴らしく、天井が高くあるべきであった。以前、部屋にいても帽子を被ったままで痛くなるような部屋が望ましいと述べたことがある。それ以外は、敬意を払うべき人なら誰でも部屋の全てが「素晴らしい」と請負ってくれれば満足したものである。それを知っていたトリストラムは、彼に対して用意した部屋は、以上の性質がふんだんに含まれているであろうものであった。それはオスマン通りにある家の二階にあり、複数の部屋が連なっていた。どの部屋も床から天井まで一フィートもの厚さに金メッキが施されており、多様な明るめの色調の繻子の布が垂れかかっており、あらゆるところに鏡や時計が備え付けられていた。ニューマンはその一連の部屋の様子を見て申し分なく思い、心からトリストラムに感謝し、すぐにそこに移り、カバンのうちの一つを三ヶ月もの間、客間にそのままにしておいたのであった。

ある日、トリストラム夫人がニューマンに対して、自分の最愛の友人であるマダム・ド・サントレが田舎から戻ってきたことを伝えた。三日前にトリストラム夫人はサン・シュルピス教会から出てくる彼女に会った。そのような離れた場所までわざわざ足を運んだのは、名前は知られていないがその技術が高い評判を博しているあるレース直しの人を訪ねようとしたからであった。

「それで、あの目はどうでした?」とニューマンは尋ねた。

「目は赤くて泣いているようでした。驚きますわね!」とトリストラム夫人は言った。「懺悔しにその教会に行ったみたいですわ」

「あなたの彼女に対する説明とその彼女の態度はどこか矛盾がありますね。彼女が何か懺悔するだけの罪を犯しているなんてね」

「それは罪ではないわ。苦悩よ」

「どうしてわかるんですか？」

「彼女が自分に会いにきてくれって私に言ったのよ。それで今朝行ったというわけ」

「それで彼女は何に苦しんでいるのです？」

「それは聞いてないわ。あの人と一緒にいるとどういうわけか、とても遠慮がちになってしまうのよ。でもすぐになんなのか分かりましたわ。自分の意地悪な年寄りの母とトルコの王様のような兄弟に苦しんでいるの。彼らが彼女を迫害しているの。でも彼女は聖人みたいな人で、そういった迫害が潜在的な聖人らしさを浮かびあがらせて完璧な存在に仕立てるのですから、迫害者たちに怒りを向けようって気はさらさらないわ」

「それは慰めになるような捉え方ですね。でもその年上の奴らにはそんなこと聞かせないでくださいよ。なんでまた彼女はそいつらにされるがままにいじめられているのですか？自分でなんとかできるものではないのですか、彼女は？」

「法律上はできるでしょうね。しかし道徳上はできないのです。フランスでは絶対に自分の母に向かって嫌と言ってはいけないのよ、その母がどんなことを要求しようともね。その母は世界で最も忌まわしい老母かもしれず、娘の人生を煉獄のようなものにしたとしても、ね。しかしなんと言っても *ma mère*[54] ですから、彼女のやることなすことについて自分の意見を言うことは許されないの。絶対に従わなければならないのよ。最もこれについては良い面もあるのです。マダム・ド・サントレは自分の頭を垂れて、自分の翼を折り畳むのよ」

「自分のお兄さんにだけでも放っておくようにいうことはできないのですか？」

「お兄さんは、こちらでいう *chef de la famille*[55]、一族の当主なの。その二人が家族の全て。自分の楽しみのためではなく、一家のために行動しなければならないの」

「俺の家族も俺に何かしてくれたらな」とトリストラムは叫んだ。

「そんな家族がいるといいわね」と妻は言った。

「しかし一体奴らは彼女に対して何をさせようというのですか？」とニューマンは尋ねた。

「結婚させることですよ。彼らは裕福ではないので、もっと家庭内に金をもたらしてきて欲しいのですよ」

「おい、そいつはお前にとってのチャンスじゃないか！」とトリストラムは言った。

「でもマダム・ド・サントレは受け入れてくれないわけさ」とニューマンは続けた。

「前に一度彼女は売られたわけですから、もう一回売られるのを拒むのは自然な成り行きね。どうやら最初の商売取引においては芳しくない成果だったということになるわね。マダム・ド・サントレがもたらした金といえば乏しいものだったのでしょう」

「それで、今度は一体誰と結婚させるのです、そいつらは？」

「首を突っ込まない方がいいと思って、何も聞いてないわ。でもまあおぞましい年寄りの金持ちか、どこかのふしだらな取るに足らぬ公爵とかそのあたりでしょう」

「ついにトリストラム夫人の本領発揮というわけだな」と夫が叫んだ。「これが彼女の大した想像力さ。まだ質問一つしていないというのに、というのも質問するのは失礼だからな、全てお見通しというわけさ。彼女はマダム・ド・サントレの結婚に関しては、全て掌の中にあるのさ。あの美しいクレールが髪を解いて咽び泣いている目をしながら跪いているのを見て、他の人たちが彼女の周りを囲むようにして立っていて、もし彼女が千鳥足の公爵殿と結婚することを拒むのを聞いたら、いつでも彼女を突き棒や大釘や熱した鉄具でぶちのめしてやろうとしているのもまざまざと目撃したというわけさ。まあ実際はなんてことない、帽子屋との勘定について何か問題が起きたか、オペラ座に入れなかったとかそんなところだろうがね」

ニューマンは両人ともの発言に不信の念を抱きつつ、目線をトリストラム氏からその妻へと移した。

「本当にあなたは友人が不幸な結婚を強いられていると言うのですか?」とニューマンは夫人に聞いた。

「十分にあり得ますわね。その一家はそれくらいのことは十二分にやりかねませんから」

「まるで劇を見ているようですね」とニューマンは言った。「あの古びた暗い家はまるで忌まわしいことが行われたことがあり、さらにまたそのようなことが行われるだろうという雰囲気を醸し出しています」

「地方の家はもっと暗くて古い家であるとマダム・ド・サントレはおっしゃっていますわ。そしてそこでは夏の間に、今回の結婚計画が企てられたのは間違いないでしょうね」

「間違いないでしょうね、そこがポイントだ！」とトリストラム氏は言った。

「いずれにせよ」とニューマンはしばし沈黙してから言った。「何か別のことで面倒事を抱えているかもしれませんね」

「別のことがあるのなら、それはもっとひどいことでしょうね」とトリストラム夫人は確信気に言った。ニューマンはしばらくの間押し黙って、物思いに耽った状態に陥った。そしてやがて口を開いた。

「そのようなひどいことが、このヨーロッパで行われるということはあり得るのでしょうか？　か弱い女性が一家揃って嫌っている男と結婚させようと無理矢理させるなんて」

「か弱い女性が辛い目にあうなんて世界中どこにでもあることですわよ」

「そういった暴力的なことはニューヨークにだっていくらでもあるぜ」とトリストラム氏は言った。「若い女がいじめられたり、宥められたり、金とかを支払われたりして、場合によってはそれら三つ全て行われて、下賤な奴と結婚させられるんだ。ニューヨークの高級住宅が並ぶ繁華街の五番街でも日常茶飯事なことさ。無論他の悪いことも行われている。『五番街の神秘』。それを誰かが世間に晒すといいんだがな」

「信じられん！」とニューマンは重い調子で言った。「女の子たちが何であれ強制されるなんてアメリカではあり得ない。アメリカが建国されてからそんなことが十もあろうなんて俺には考えられない」

「翼を広げた鷲の声に耳を傾けるんだな！」とトリストラムは叫んだ。

「翼を広げたのなら、その鷲は翼を使って飛翔しなければなりませんね。マダム・ド・サントレを助けるためにね！」

「助けるって？」

「奇襲し、その大きな鉤爪に彼女を捕まえてまま飛び去っていくのよ。彼女とあなたが結婚するのよ」

ニューマンはしばらくの間、何も答えなかった。やがて「結婚についてはもう嫌というほど聞いてうんざりしているのではないですか。彼女と接するもっとも丁寧なやり方は、彼女を尊敬し、結婚については言及しないことですよ。しかしこの件は実に忌まわしいですね」。そしてこう付け加えた。「聞いているだけで怒りがおさまらなくなります」。しかしそうは言うものの、それからも何回もこの件について耳にすることになった。

トリストラム夫人は再度マダム・ド・サントレと出会って、やはり悲しそうにしているのが分かった。しかし今回は、涙は流してはいなかった。美しい両眼は澄んでいて落ち着いていた。

「彼女は冷たく、平然としていて、絶望しているのよ」と夫人は断言した。そしてそれに加え、マダム・ド・サントレにニューマン氏は再度パリにいると伝え、あなたとお近づきになりたがっている旨を伝えると、この愛らしい女性はその絶望の只中で微笑みを見出し、この春に彼が自分に訪問してきたことに応じられなかったことが申し訳なく、彼が気を落としてなければいいということを述べた。

「彼女にあなたのことについて伝えたわ」と夫人は言った。

「それはありがたいですね。自分の事を人に知ってもらうことは嬉しいことですからね」とニューマンは落ち着いて答えた。

この数日後のある薄暗い秋の午後に、またもやユニヴェルシテ通りへと足を運んだ。彼が堅固に防御されているベルガルド邸を訪ねた時は、すでにあたりは暗かった。マダム・ド・サントレが在宅である、と伝えられた。彼は中庭を通っていき、さらに向こうにあるドアへと入っていき、広く薄暗くて寒い玄関へと案内されて、古色蒼然とした鉄製の手すりが備えられた広い石の階段を上がっていって、三階にある部屋へと入れられた。そこに押し込められると、そこは板が壁に貼られている女性用の私室であるようで、部屋の隅の一つにある暖炉の前で夫人と紳士が腰を下ろしているのが見えた。紳士はタバコを吸っていた。部屋には二本の蝋燭と暖炉で燃えている火の他には光はなかった。両人ともニューマンを応対するために立ち上がったが、そのうちの一人が暖炉の明かりによりマダム・ド・サントレであることに気づいた。彼女は自分の手を微笑みながら彼に差し出した。その微笑みそれ自体がまるで明かりのようであり、そしてもう一人の人を指しながらそっと言った。「私の兄ですの」

紳士はニューマンに対して素直で好意的な挨拶をし、我らの主人公はその紳士はこの前ここを訪問した時に中庭で自分に話しかけ、いい男だという印象を受けたのと同じ人物だということが分かった。

「トリストラム夫人からあなたのことについてたくさんのことを伺っております」とマダム・ド・サントレは元の場所に座りながら優しく言った。

ニューマンも腰を下ろしたら、自分の実際のやるべきことは何かを考え始めた。世界の摩訶不思議な片隅へと入り込んだかのような、予期せぬ尋常でない感覚に囚われた。しかし一般的には危険を察知したり災難を予測したりする性分ではなく、今回のような境遇においても何か交際上の恐怖を抱いているわけではなかった。彼は臆病でもなければ厚かましい訳でもなかった。臆病であるにはあまりにも自身に親切なのだが、厚かましくあるにはあまりにも自分の接するものには好意的だったからである。しかし先天的な抜け目のなさは時々、自分の気楽さに影響を与えることもあった。物事を何でも簡単に捉えてしまう気質であるが、その一方で同じ物事でもあるものが別のものよりも単純ではないということを認めざるを得なかったのだ。それはあたかも階段を上っていく際に、足を上げて上の段に置こうとしたところ、その段がなかった時のような感覚を味わった。無愛想に見える灰色の家のこの奥で、この奇妙ながら気品のある、兄弟と炉辺の側に座っていて話しているこの女性。一体ニューマンは彼女に何を言えばよかったのだろうか。彼女はあたかも世界から断絶された私的な空間に囲われているかのようであった。一体どうやって世界の光をカーテンで遮ったのだろうか。しばらくの間、ニューマンは何か海のように深い媒体へと自分が飛び込んでいったような感覚に囚われ、そこで溺れてしまわないために努力を払わなければならないような気がしてならなかった。しばらくの間マダム・ド・サントレに目を向けていた。彼女は自分の椅子に座っていて、長いドレスを着ていて、彼へと顔を向けていた。彼らの目線が一致した。そしてしばらくすると顔を背けて、自分の兄に炉辺に木材を入れるように言った。だがその瞬間と、一瞥をくれたことが、ニューマンを人生において最初で最後に自分を襲っている当惑の気持ちから解放するのに十分であった。彼はいつもの通り振舞った。それは常にその場面を頭で把握することを示しているものである。つまり、両足を伸ばしたのである。最初にあった時にマダム・ド・サントレから受けた印象が、再び脳裏に浮かんできた。自分で思っていたよりももっと深い印象であったのだ。彼女は感じよく、興味深い女性であった。ニューマンは本を開き、最初の数行を読んで早くも注意を惹きつけられたという訳である。

マダム・ド・サントレは彼にいくつか質問をした。ここ最近トリストラム夫人に会ったのはいつか、ニューマンはどのくらいパリにいたのか、そしていつまで滞在するつもりでいるのか、そしてパリを気に入っているかどうかを尋ねた。彼女は英語を訛りなしで話した。というよりむしろ明らかなイギリス風の訛りだと言ってよかった。それはニューマンがヨーロッパに到着したとき同じ英語なのにニューマンにとっては全く別の言語のように思えたのであり、女性のその発音を聞くのはとても心地よいものであった。マダム・ド・サントレの話しぶりには、奇妙さが曖昧ながらも散在して漂っていたが、終わる十分前になるとニューマンはそういった彼女の粗野ながらもどこか柔和さのあるその話し方を聞くのを待ち望むようになった。彼らは発音を楽しみ、その粗野で誤りのあるものが、洗練された形になるのを感じて驚いた。

「あなたの祖国は素晴らしいところね」とマダム・ド・サントレはやがて言った。

「ええ、素晴らしいですとも！ぜひ一度訪れるべきですよ」

「そういう機会はないでしょうね」と笑みを浮かべながらマダム・ド・サントレは言った。

「どうしてです？」

「私は旅行しないのよ。特に遠くにはね」

「しかし時折地方には行くじゃありませんか。いつもここにいる訳ではないのでしょう？」

「夏になると、少しだけ足を伸ばして地方へと行くわ」

ニューマンは彼女にもっと質問、特に個人的なことを質問したいと思ったが、具体的に何を聞けばいいのかよく分からなかった。

「ここはなんというか、むしろ静かだと思いませんか？通りから離れているので」

彼としては「陰気」だと形容したかったが、それは無礼だと考え「静か」にした。

「ええ、ここはとても静かよ。でもそれがいいの」

「ええ、それがいいのですね」とニューマンはゆっくりと繰り返した。

「それに私は人生の間中、ずっとここで暮らしているの」

「ずっとここで暮らしている」とやはりニューマンは同じことを繰り返した。

「私はここで生まれたの、そして父は私よりも前にここで生まれて、私の祖父も大祖父も同じ具合よ。そうよね、ヴァランタン？」と彼女は兄に訴えた。

「そうだな。ここで生まれるというのが家族の代々の伝統というものだな！」と若い男は笑いながら言って、立ち上がりタバコの残りを炉辺へと投げた。そしてそのままマントルピースに寄りかかった。彼のことをよく見たら、ニューマンをもっとよく見たいと思っていることに気づいただろう。口髭を弄りながら、立ったままニューマンを伺っていたのだから。

「じゃあ、あなた方の家はずっと昔からあるものなのですね」

「お兄さん、どのくらい昔？」とマダム・ド・サントレは訊いた。

若い男は炉棚から二本の蝋燭を取り出し、各々を片手に高く掲げ、炉辺の上にある部屋の蛇腹を見上げた。蛇腹は白い大理石でできており、前世紀で流行していたロココ式であった。しかし、その上にあるのはさらに昔の、古めかしく彫られて白く塗られており、あちこちに金メッキがしてある板が敷かれていた。白く塗られていたのも今では黄色がかっていて、金メッキも艶を失っている。一番上は、いくつかのものが集合して盾らしきものを形成しており、紋章が刻まれていた。その上では浮き彫りがあり、一六二七年九月という日付きが刻印されていた。

「さあお分かりでしょう」と若い男が言った。「その日付が古いか、新しいかはあなたの見方次第ですがね」

「ここに来ると、どうも自分のものの見方がだいぶ変わってしまいますな」。そしてニューマンは頭を後ろに振りかぶり、部屋を見回した。「あなたがたの家の建築様式はとても興味深いものですな」

「建築に興味がおありで?」と若い男は炉棚にもたれかかりながら聞いた。

「実はですねこの夏、私は計算する限りだと四百七十もの教会を見て回って吟味したのですよ。

これを踏まえて私は建築に興味あると言えるでしょうか?」

「もしかするとあなたは神学に興味があるのかもしれませんな」と若い男は言った。

「別にそういう訳ではないですが。マダムはカトリックなので?」とマダム・ド・サントレの方を振り向いた。

「ええ、そうね」と彼女は真面目に答えた。ニューマンは彼女の口調の真面目さに心を打たれた。頭を後ろに引いて、またもや部屋を見回し始めた。

「あの高いところにある数字は気づいていましたか?」

彼女は少し押し黙って、言った。

「だいぶ前に」

彼女の兄はニューマンの動作に目を注いでいた。

「この家を観察して回るので？」

ニューマンはゆっくりと目を下ろして彼を見た。ニューマンは炉棚に寄りかかっているこの若い男は皮肉な態度をとっているという印象を漠然と受けた。彼は顔立ちが良く、顔には笑みを浮かべていて、口髭の両端はひねって上に向けられていて、その目には微かな光が踊っていた。

「この厚かましいフランス人め！」とニューマンはこう思わず腹の中で言ってしまいそうになった（一体、何をニヤニヤしてやがるんだ？）。

ニューマンはマダム・ド・サントレを一瞥した。彼女は床に目線を注ぎながら腰を下ろしていた。目線を上げるとニューマンの目線と交わり、そのあとは兄のほうへと向けた。ニューマンはまたもやこの若い男の方を見て、この人物がびっくりするほど妹と似ていることに気づいた。これはこの男にとって有利なことであり、それに最初から気づいていたならニューマンのヴァランタン伯爵からの第一印象は気分の良いものであった。不信の念は消え、ぜひとも家を見て回りたい旨を述べた。若い男は素直に笑い、燭台の一つに手を置いた。

「いいです、いいですね！」と彼は叫んだ。「ではこちらへどうぞ」

しかしマダム・ド・サントレは素早く立ち上がり、彼の腕を掴んだ。

「ねえ、ヴァランタン、何を考えているのよ」

「ニューマン殿に家を見せるのさ。すごく楽しいことになるぜ」

彼女は彼と腕を掴んだまま、ニューマンの方に笑みを浮かべながら顔を向けた。

「彼の言うことなんかに従わないでください。そんな楽しいものではないのだから。他の古い家と同じように陳腐でカビっぽいところですよ」

「面白いものがたくさんありますよ」と伯爵は反抗した。「それに、俺自身も案内したいんだ。こんな機会滅多にないんだからな」

「本当にお兄さんはいけない人なんだから」

「リスクなきもの、リターンもなし、ってね。来て下さりますかな？」

マダム・ド・サントレはニューマンの方に近づいて、両手を握りながら優しく微笑んでいた。

「兄さんについていって暗い廊下をよろよろ歩くくらいなら、炉辺のそばで私と一緒にお話しませんか？」

「確かに全くその通りです！この家についてはまた別の機会に見るとしましょう」

若い男は嘲るような真面目さで燭台を下ろし、頭を振った。「全く、あなたは壮大な計画を台無しにしてしまいましたな！」

「計画？意味がよくわからないのですが」

「その計画に参加すれば、あなたがこの家での役割を遥かによく努められたのですよ。ひょっとするといつかまた別の日に具体的な説明をする機会があるかもしれません」

「もうその辺にして。そしてベルを鳴らしてお茶を用意させてちょうだい」とマダム・ド・サントレは言った。若い男はその言葉に従い、やがて給侍がお茶をトレイにのせて持ってきて、それを小さい机の上に置いて去っていった。マダム・ド・サントレは自分のいる場所から動かずお茶を淹れ始めた。しかし淹れ始めるやいなや、ドアが勢いよく開き、ある女性が大きな音を立てながら慌てて入り込んできた。彼女はニューマンを見つめ、少し頷いて「ムシュー」と言った。そうすると今度はマダム・ド・サントレの方へと近づき、口付けを求める形で額を差し出した。マダム・ド・サントレは彼女に挨拶し、またお茶を淹れ始めた。この新しく入ってきた女性は若くて上品とニューマンに思えた。ボンネットとクロークを身につけていて、王族的なような裾を引いていた。フランス語で早口で話し始めた。

「ねえ、お願いだから早くお茶をちょうだいよ。身も心もクタクタで、もうどうにもならないわ」

ニューマンは彼女の言っている事を全く理解できなかった。ニオシュ氏よりも遥かにわかりづらく話すのであった。

「彼女は私の義姉ですよ」とヴァランタン伯爵は、彼の方に身を寄せながら言った。

「とても上品な方ですね」

「全くその通りです」。そしてこの若い男の発言に皮肉が込められているとニューマンは訝った。

彼の義妹はお茶を服にこぼさないように手をお茶のコップに持ちながら前の方に差し出し、注意を小声で呼びかけつつ炉辺の反対側へと回った。お茶のコップを戸棚の上に置くと、ヴェールのピンを外し、手袋を脱ぎ始めた。そしてその間ニューマンの方に顔を向けていた。

「何か僕にできることがあるかい、お嬢さん？」とヴァランタン伯爵は、心配しつつもどこか嘲るような調子も混ぜつつ言った。

「このムシューを紹介してちょうだい」

「ニューマン氏さ！」

「今ご挨拶ができませんのよ、すみませんね。お茶がこぼれてしまうので。クレールはよその人をそんな風に迎え入れるの？」とフランス語の低い声で義弟に言った。

「そうらしいな！」と彼は微笑んだ。

ニューマンはそこにしばらく立ち止まっていて、やがてマダム・ド・サントレの方へと近づいた。彼女は彼に何か言いたいことを考えようとしているような眼差しを向けた。しかし結局は何も思い浮かばなかったみたいだ。それで彼女はただ単に微笑んだ。彼は彼女のそばに座り、彼女は彼にお茶を差し出した。しばらくはそのことについて語り合ったが、その間、彼は彼女の方を見ていた。トリストラム夫人が彼女について「完璧」な女性だとか、彼が女性に探して求めている輝かしいもの全てを組み合わせつつ備えていると評したことを思い出した。その言葉が、マダム・ド・サントレに対してニューマンが疑念を抱かずに済んだばかりか、動揺するような推測を立てずにもすんだ。彼女を一番初めに見た時から、彼にとって好ましい女性であると感じた。美しくはあったにせよ、眩いばかりの美といった類のものではなかった。背が高くスラリとしている。豊かで美しい髪をしていて、額が広く、均衡が取れていないながらもそこに調和が見受けられるような顔立ちをしている。彼女の澄んだ灰色の目は、とても表情が豊かであり、柔和でありまた知性的でもあり、ニューマンにとっては大いに気に入るところであった。しかしそれらは華やかさを感じさせるだけの深さはなかった。有名な美人の額を照らすあの色彩豊かな光のような華やかさがないのである。マダム・ド・サントレはどちらかというと体が細く、実際の年齢よりも若く見えた。彼女の全体的な人物像としては、若々しさと大人しさ、華奢でありながらも豊かさ、落ち着きがありながらも内気であった。未熟さと大人びた様子、無垢さと威厳が兼ね備えられていたのだ。一体彼女を誇り高い女だと形容したトリストラム夫人は、どのような意味合いで言ったのか、とニューマンは考えた。彼女は少なくとも今は誇りを感じさせるものは何もなかった。彼にとっては。仮にあったとしても彼にとってそれを感じさせない以上、無いも同然である。もしその誇りや気品を彼に感じさせたかったら、彼女はもっとそれを醸し出すように努力しなければならない。ともあれ美しい女であり、すぐにでも仲良くなれそうであった。伯爵夫人なのか、侯爵夫人なのか、ともかく何かしらの歴史的な形成物なのだろうか?こういった言葉を聞くことはニューマンにとって今まで滅多になかったが、今まで言葉に対して何か特定のイメージ抱こうと労力を払おうとしたことは一度もなかった。しかしどうやらそれらの言葉は彼にとって何やら旋律的な心地よさが込められていることに気づいてしまうのであった。それらの言葉は何か美しく優しく輝き、気楽な感情が込められており、彼にとって快い響きがあった。

「パリには友人がたくさんいらっしゃるの。外出とかはどのくらいなさりますの」とマダム・ド・サントレはようやく言いたいことを考え出せたのであった。

「つまり私は踊ったりするとかそんな意味ですか？」

「私たちの言葉を借りると *dans le monde*[56] と入るのか、つまり社交界には顔を出すのかという意味ですわ」

「かなり多くの人と出会いました。トリストラム夫人が紹介してくださりましたから。彼女が私に言うことは全て従っています」

「あなた自身としては、娯楽は好きなのかしら」

「はい、ある種のものは。しかし踊ったりするようなことは好きではないです。私はもう老いていますし、真面目な性格ですからね。しかし楽しみたくはあります。私はそのためにヨーロッパへとはるばる来たのですから」

「でもアメリカでだって楽しめるじゃありませんか」

「いいえ。いつも仕事三昧でしたので。しかし振り返ってみれば、それこそが私の楽しみでしたけれどね」

この瞬間、マダム・ド・ベルガルドがヴァランタン侯爵に連れられて、お茶のおかわりをもらいにきた。マダム・ド・サントレが姉にお茶を注いだら、ニューマンと今し方話していた内容を思い出しつつ会話を再開した。

「あなたの母国ではとても忙しかったの?」

「ビジネスに没頭していました。私は十五歳の時からビジネスの世界に入っていました」

「そしてあなたは具体的にどのようなビジネスに携わっていたの?」とマダム・ド・サントレほどは明らかに美しくないマダム・ド・ベルガルドが訊いた。

「あらゆるビジネスですよ。ある時は革に関するものを売っているときもありましたし、洗濯たらいを作っていたこともあります」

マダム・ド・ベルガルドは少し表情が苦々しくなった。

「革ですって?気に入らないわね。洗濯たらいの方がいいわ。私は石鹸の香りが好きなの。それらであなたが財産を作れたならいいのだけどね」

彼女は頭に思い浮かんだことは全部そのまま口に出すという評判を得ているかのような女性と思わせつつ、強いフランス語の訛りで話した。ニューマンは真剣に、それでいて陽気に話していたのだが、マダム・ド・ベルガルドの話ぶりによって彼はしばらく考え込むように黙ってから、厳しさが添えられた陽気さで話を続けたのであった。

「いえ、洗濯たらいに関しては逆に損をしました。革関連ではその埋め合わせをするくらいには儲かりましたがね」

「私は結局決心しましたの」とマダム・ド・ベルガルドは言った。「もっとも大事な点は、なんていうのかしら、儲けること？　私、お金のためでしたら喜んで跪くわ。否定はしませんとも。もしお金を持っておられるなら、何も口うるさいことは言いませんわ。私は、ムシューのような、民主主義者ですからね。マダム・ド・サントレはとても気位が高いのよ。でも悲しみの多い人生では口うるさく物事を捉えない方がずっと楽しんで過ごせるでしょうね」

「いやいや、お姉さん、相当なやり手だな！」とヴァランタン伯爵は声を下げながら言った。

「この方は話せばわかる人よ、多分ね。何せ私の妹が彼を迎え入れたのだからね。それにまさしく本当のことなの。私が言ったことが私の考え方に間違いないわ」

「ああ、それを考え方と仰るわけね」と若い男はぶつぶつ言った。

「でもトリストラム夫人は、あなたが軍に服役していたと言っていたわ。つまり戦争に参加したのね」とマダム・ド・サントレは言った。

「ええ、そうですよ。でも戦争はビジネスとは言いませんね！」

「実にその通りよ！」とマダム・ド・ベルガルドは言った。「でなければ私はこうして一文無しであるはずがないもの」

やがてニューマンは尋ねた。「本当にあなたは誇り高いのですか。前にもそう聞きましたが」。

マダム・ド・サントレは微笑んだ。

「そう見えます?」

「いいえ、私には判断がつきかねます。もしあなたが私に対しても誇り高い態度で接するのでしたら、ぜひそう仰ってください。さもないと私が気づかないので」

マダム・ド・サントレは笑い始めた、「そんなのだと、誇りというのは随分悲しいものですわね!」

「知りたくないというのも部分的にはありますね」。ニューマンは話を続けた。「私はあなたに丁重に取り扱っていただきたいのです」

笑うのをやめたマダム・ド・サントレは、顔を半ば背けながら彼の方を見た。あたかも彼が言おうとしていることに恐怖を感じたかのように。ニューマンは続けた。

「トリストラム夫人は文字通り本当のことを伝えたのです。私はあなたのことを是非とも知りたいと願っています。単に今日限りのつもりでここに足を運んだのではありません。また来てほしいと言ってくださることを期待してここにやってきたのです」

「あら、気兼ねせず、いつでも来てくださいな」とマダム・ド・サントレは言った。

「しかし在宅しておられるのでしょうか?」ニューマンはせがんだ。彼自身から見ても自分の態度は多少「押し付けがましい」ものと思えたが、それでも実際の所、彼は多少楽しんでもいた。

「ええ、おそらく!」

ニューマンは立ち上がった。「ではまた今度」。自分の帽子をコートの袖で拭きながら言った。

「お兄さん。ニューマン氏をまた家に招待して頂戴」とマダム・ド・サントレは言った。

ヴァランタン伯爵はニューマンを頭から足まで彼独特な笑みを浮かべつつ見下ろした。その笑みは厚かましさと洗練さが混じった得体の知れぬものだった。

「あなたは勇敢な男ですか?」と横目でニューマンを見た。

「ええ、おそらく」

「そうですね、私もあなたが勇敢な男だと思いますよ。もしそうなら是非また来てください」

「まあ、大した招待ね」とマダム・ド・サントレはつぶやいた。彼女の笑みにはどこか苦痛な様相を呈していた。

「いえ、僕にはニューマン殿にお越しいただきたいのですよ、特にね。来ていただけたら僕はとても嬉しいです。もし彼がここに訪問しに来たのに、僕が在宅でなかったらとても悲しい気持ちになりますよ。しかし、繰り返しますが、ここに来るのに勇敢さを必要条件としますがね。挫けぬ心!」そして彼はニューマンに手を差し出した。

「こちらに訪問するとすれば、あなたに会うのではなく、マダム・ド・サントレと会うためとなります」

「じゃあ、もっと勇気が必要となりますな」

「まあ、ヴァレンタンったら!」とマダム・ド・サントレが訴えるように言った。

「全く、ここで礼儀に適った話し方をできるのは私だけね！私にも会いに来て頂戴。その場合は、勇気なんか持つ必要はないわ」とマダム・ド・ベルガルドが言った。

ニューマンは笑ったが、それは全くの同意というのではなかった。そしてそこを立ち退いた。マダム・ド・サントレは義姉の挑戦を愛想よくは応じなかったが、彼女は立ち退いていく客の姿を困惑した雰囲気で見ていたのであった。

# 第七章

ニューマンのマダム・ド・サントレの宅を訪問した約一週間後のある晩遅く、給侍が名刺を持ってきた。それは若きベルガルド氏のものだった。ニューマンは訪問者を応対するために金メッキをした大広間に行くと、その人はその場所の蛇腹から絨毯まで目を向けながら真ん中に立っていた。ベルガルド氏の顔は、ニューマンにとって何やら生き生きとした楽しさを醸し出していた。

「何を笑ってやがるんだ」と彼は自問した。しかしそういった質問を辛辣な気分でしたわけではない。彼はマダム・ド・サントレの兄はいいやつであるとは思っていたし、お互いの良き関係を基礎としてお互いを理解できるものだという直感を持っていたのである。もしそこに何か滑稽さがあるとしたら、自分も見たいものだと思った。

「最初に」とこの若い男は手を差し出しながら言った。「時間に遅れましたかな？」

「一体、遅れているというのは何に？」

「あなたとタバコを一緒に吹かすために」

「じゃあ、もっと早く来るべきでしたね。私はタバコはしないので」

「ああ、実に強い男ではありませんか！」

「しかしタバコ自体は持っているんですよ。とりあえず座ってください」

「もちろん。ここではタバコは吸わない方が良さそうですな」

「どうして？　部屋が小さすぎると思っています？」

「いえ、逆に広すぎますよ。まるで舞踏室か教会でタバコを吸うような気分になります」

「そのことを考えて、さっき笑っていたのですか？　部屋が広すぎると」とニューマンは尋ねた。

「大きさだけではないですよ。それ以外にも、華やかさ、均斉さ、微に入るまでの美しさ。あの笑みは感嘆の笑みだったのですよ」

ニューマンは彼を一瞬見つめて、尋ねた。

「それで醜いということですか？」

「醜い？　正気ですか？　素晴らしい部屋ではありませんか」

「同じことですよ、多分。しかしともかくゆっくりなさってください。あなたがここにきてくださるのは友情からだと私は看做しております。来る義務はなかったのにね。なので、ここにあるのが何かあなたにとって興味深いものがあるなら、大いに楽しんでください。好きなだけ大きな声で笑ってください。私を訪問した人が楽しい様子をしているのを見るとこちらも楽しくなりますからね。ただし次のことはお願いしなければなりません。一体何が面白いのか、その理由を私に説明してくださることですね。途方に暮れることはごめんですからね」

ベルガルド氏は彼を見つめて、腹は立てていないものの困惑した様子であった。彼はニューマンの袖に手を置いて、何か言おうとした。しかし彼は急遽それを控え、椅子にもたれタバコを吹かした。やがて彼は沈黙を破った。

「もちろんですとも。私があなたを訪問したのは友情に基づいております。それでも義務的なものもあったのですよ。私の妹がここに来るようにお願いし、妹のお願いというのは私にとっていわば、法律に同然なわけです。近くに来て、あなたのものと思われる部屋に灯りがついておりました。呼び鈴を鳴らすには適切な時間ではありませんでしたが、私が単に形式的に行っているのではないことをあなたに示せるのならば構わないと考え訪れたわけです」

「そうですか。まあこれがありのままの私というわけですよ」とニューマンは足を伸ばした。

若い男は続けた。

「意味がわかりませんな、私を好きなだけ笑ってもいいとするなんて。もちろん私はよく笑う性分であり、少なく笑うよりも多く笑う方がいいというのは当然ですがね。とはいえ一緒に、或いは別々に笑おうと思って、こう言ってはいいかはわかりませんが、あなたを訪問したわけではないのですよ。厚かましく正直にいうならば、私はあなたに興味を持っているのです」。

このような言葉を社交界の人間らしく、そして英語が卓越していたにもかかわらずフランス人らしく加減した滑らかさで話したのであった。しかしこれを聞いたニューマンは、その和声的な流れを座って聞きながら認めつつも、それは決して機械的な洗練さに基づくものではないことに気づいた。無論、この訪問者は彼にとって好ましいところもあった。ベルガルド氏は心身の隅々まで外国人であり、ニューマンがこの人に西部の草原で出会ったなら「おたくの調子はどうだい？」と声をかけるのが適切だと思っただろう。しかし彼の顔つきには、人種の違いによる越えること叶わない深い穴底に、橋を空にかけるようなものが何かあるのであった。彼は中背より低く、頑強な骨格でありながら、機敏でもあった。ヴァランタン・ド・ベルガルドは、あとでニューマンは知ったのだが、頑強さが機敏さに勝ってしまうことに死ぬほど恐怖を感じていた。彼は頑強な体格になるのを恐れていた。彼が言うには、背が低いので太りたくないのであった。彼は仮借のない熱意で乗馬をし、フェンシングをし、体操も練習した。しかしそんな彼に「とても丈夫そうですな」とでも挨拶しようものなら、彼ははっとして顔が青ざめたのであった。その丈夫という言葉を、彼は悪い意味として取るのであった。彼の丸い頭が耳より上に高く聳えている感じで、濃いと同時に絹のような髪の毛をしていて、広くて低い額や短い鼻は彼が独断的で感受性の鋭さを表しているというよりも皮肉的で詮索好きなものを表している。そして口髭は小説に出てくる百姓のような繊細さである。妹と顔つきの点で似ているのではなく、その澄んで明るく、内省的なものとは全く無縁であるその目と、そして笑い方において似ているのである。彼の顔において最も注目すべき点は、極めて生き生きとしていたところである。つまり、素直で、熱烈で、雄々しいほどに生き生きとしているのである。

その外見はあたかもベルのようであり、取っ手はもしかするとこの若い男の精神かもしれなかった。そして鐘を鳴らすと、銀色の音があたりに響き渡るのであった。彼の敏感な、小さな茶色の目は、自分が意識を節約する人間はないことを請け負っていた。そうした意識の片隅で生を送り、他の家具は使わないと決めていたのではない。堂々と真ん中を陣取り、家も開けていた。彼が微笑むと、コップを空にするために逆さまにする人間の動作に通ずるものがあった。つまりは、陽気さを最後の一滴まで相手に注いでやるというのである。彼はニューマンに対して、この主人公がかつて奇妙で巧みな技ができたかつての仕事仲間と同じような感覚を彼に喚起させせた。関節をおかしな部分で鳴らしたり、口の奥で口笛を吹いたりするような具合に。

ヴァランタン・ド・ベルガルドは続けた。

「私の妹が、多大な労力を払ってあなたに植え付けようとした印象を取り除けるように命じたのです。つまり私が気違いだという印象をね。私が先日とった態度を極めて奇妙なものと受け取りましたか？」

「まあ多少は」

「そう妹から聞きました」。そしてヴァランタン・ド・ベルガルドはタバコの輪を通して相手を見た。「そしてもしそうであるのなら、そのままにしておいた方がいいかと思います。私はあなたに対して自分が気違いだと思わせるつもりは全くありませんでした。むしろ逆に、あなたに好意的な印象を与えたかったのですよ。しかし結局、私が愚かな態度をとったのなら、それは摂理の命ずるところだったというわけです。しかしあまり気分を主張しすぎるとかえって自分を傷つけてしまいます。というのもそうなると、次にお会いするときにはとても正当化することができないような知恵を要求してしまうように思われてしまいますからね。正気になることもありますが、本質的には自分が気違いな男だと思っておいてください」

「いえいえ、あなたは自分のやっていることをちゃんと理解しているほどに正気ですよ」

「私が正気である時は、どこまでも正気ですよ。しかし私は自分自身について話すためにここに赴いたのではありません。いくつか質問をしたいのです。お許しいただけますか？」

「みんな同じこと聞きますな！とても馬鹿げた質問に思えます」

「しかし何かしらの理由はあるのでしょう」

「ええ、楽しみのためにここに来たのですよ！馬鹿げてはいますが、事実でもあります」

「それで、楽しんでおられるので？」

他の善良なアメリカ人と同様に、ニューマンもこの外国人に媚びない方がいいだろうと考えた。「まあまあですな」

ヴァランタン・ド・ベルガルドはまたもや言葉を発さずにタバコを吸った。やがて言った。

「私としては、できる限りあなたのお役に立ちたいと考えております。私があなたにできることでしたら、喜んでいたします。都合のいい時にお呼びください。誰かお近づきになりたい人、あるいは見たいものはありますでしょうか？あなたがパリをそんなに楽しんでおられないことは残念なことです」

「いや、十分に楽しんでいますよ！」とニューマンは友好的な態度で返事した。「世話になりますな」

「正直に言えば、あなたにこのような申し出をするのは私自身としても変な感じがするのです。相応の善意を表すでしょうが、それだけでもあります。あなたは成功された方であり、私は失敗した存在です。あなたを私が助けられるかどうかなんて立場が完全に逆になっています」

「あなたが失敗者だなんてどのような具合に？」

「いえ、別に悲劇的な失敗者というわけではありません」と若い男は笑いながら大声を出した。

「高い所から落ちたわけではなく、私の犯した失敗も騒動を引き起こしたというわけではありません。しかしあなたは明らかに成功者です。財産も築き、大きな建築物も建て、財政的にも商業的にも力を有しておられ、どこかゆったりした心地よい場所を見つけ自分は成し遂げたのだという自負を抱きつつそこで横になれるまで旅を続けることができるのですから。そうではありませんか？まあ、それとは全く逆の立場を考えてみてごらんなさい。それが私ですよ。私は何も成し遂げておりません。何もできないのです！」

「どうして？」

「話せば長くなります。いつかまた別の日に話しましょう。それはともかく私の言っていることは正しいですよね？あなたは成功者なのですよね？財産を築いたのですよね？私に関係は確かにありませんが、端的に言えばあなたは金持ちなのですよね？」

「それを言ってしまうとまたもや馬鹿馬鹿しいことを言ってしまうことになります。違いますよ、金持ちの人間なんていないのですよ！」

「哲学者たちが貧しい人というのはいなかったと断言しています」とヴァランタン・ド・ベルガルドは笑った。「しかしあなたの抱いている価値観はそこからの進歩だとどうしても私には思われるのです。正直に言えば、一般的な考え方と同じく私は成功した人間というのは好きではなく、私は賢い人が多大な財産を築いたのを知るととても気分が害されます。彼らは私の足を踏むのですよ。私を不愉快にさせるのです。しかし私が初めてあなたをみた時から自分にこう言い聞かせました。ああ、この人とならなら上手くやってけるだろう。彼は成功者としての人の良さを持ちつつも、*morgue*[57]が全くない。我々フランス人を特徴付ける、あのイライラする忌々しい虚栄心というものがこの人には見られないのだ。端的に言えば、私はあなたのことが気に入ったのです。私たちはお互い全く違う性質の人間です。間違いありません。私たちが同じように考えたり感じたりする対象はないものと考えております。しかしそれでも上手くやってけると思っているのですよ。なにぶん、あまりにもお互い違いすぎて、口論する余地がないのですからね」

「私は口論することなんて決してありませんよ」

「決して？　時折口論するのは一種の義務なのですよ。少なくとも楽しみではあります。私も若かりし頃、二か三の大層な口論をしたことが思い出されますね！」そしてヴァランタン・ド・ベルガルドがそれらの出来事を思い起こしつつ美しい微笑みが彼の顔に浮かんだ。ほとんど肉感的な激しさであった。

ヴァランタン・ド・ベルガルドは会話を続けるにあたって、このような前置き的なものも織り交ぜて進めていった。そしてニューマンのところには長い時間滞在した。


二人の男性がニューマン家の燃えている炉辺に踵を乗せながら、はるか遠くにある鐘塔から鳴る朝の知らせを告げる鐘の音が聞こえてきた。ヴァランタン・ド・ベルガルドは自分が語るところによれば、この場面では明らかに特にお喋りになりたい気分でいた。笑みを浮かべることによって自分の好意を他者に示すのはその人種の特色であったし、丁寧な礼儀を崩すことがないのと同様に情熱を示すことも滅多になかったので、自分の相手に示す友情が厚かましいものだと思われることはないことに二重の根拠を持っていたのである。それに、古い木の幹に咲く花であった彼は、（もう一度この単語を使うとすれば）伝統というのは自分の気質にとって重くのしかかるようなものではなかった。それは社交性や洗練さへと包まれていくのである。ちょうど貴族の未亡人がレースや真珠の首飾りに包まれているように。ヴァランタン・ド・

ベルガルドはフランスでいう*gentilhomme*[58]であり、しかも純然たるものであった。そして人生における規則のうちの一つとしては確実に、*gentilhomme*としての役割を社会で演じることにあった。これは彼にとっては、ある程度好ましい素質に恵まれた若い男にとっては愉快に為すことができるものであった。しかしこれらのことは決して頭による理論ではなく本能的に彼は行っていたのであり、人柄の愛想の良さはとても度合いが高いものであるため、ある種のもろくて辛辣とすら思えてしまうところもある貴族的な道徳観ですらも、彼の場合だと極めて穏和なものへとその様相が変化するのであった。もっと若い時は低俗的な嗜好を持っているのではないかと疑われていたのであり、彼の母は公道の泥へと滑って体を突っ込んでしまい、自分の一家の家紋が汚されるのではないかと大いに恐れたものであった。それで学校や鍛錬において通常以上に多く課せられたのだが、教師たちによるその努力もあまり効果は出なかった。危険に無頓着な気質が矯正されることはなく、若い貴族たちの中で最も無鉄砲で最も幸福な男であり続けた。若い時に一家から短い手綱で縛られていたため、家族のその規律に対して大きな恨みを抱いていた。軽率な人間だったが、自分の一家の名前は同じ家庭の他の人間の何人かよりは自分は安全に守ることができる、そしてそれを示すための日がやってきたなら自分の力量を見せつけてやると家庭内において言ったとされている。この話しぶりはほとんど少年らしい喋り方と社交界らしい控えめで文物ある話し方が奇妙に混ざったようなものであり、彼はニューマンにとっては、後になってラテン人種の若い人たちにおいてもしばしば見受けられたことだが、愉快なほどに若々しいと同時に不愉快なほどに成熟していた。アメリカでは二十五や三十の青年は老いた頭脳と若々しい心を持っているか、少なくとも若い道徳は持っているとニューマンは考えた。ここでは若い頭脳と非常に年老いた心を持っていて、特に道徳には白髪が生えていて、皺ができていた。

「私があなたを羨むのはその自由さにあるのです。行動範囲が広く、自由に訪問しては自由に立ち去り、真剣に考え込みあなたから何かを期待しているたくさんの人々を引き連れておられないのです」とヴァランタン・ド・ベルガルドは言った。そしてため息を交えながら続けた。

「私は尊敬すべき母が私に目を光らせた状態に毎日を暮らしています」

「それはあなたがいけないのでしょう。一体何があなたの活動を制限するものがあるというのです?」

「あなたの発言には愉快なほどに単純ですね！何もかもが私を妨げているのですよ。まず初めに言っておきますが、私は一文なしなのですよ」

「私だって活動し始めた頃には一文なしでありましたがね」

「ええ、しかしあなたのその貧乏さというのがあなたの資本だったのでしょう。アメリカ人として生を受けたわけですから、生まれた時の状態のままでいることは不可能だったのでしょう。そして貧乏に生まれるということは、あなたが裕福になることは避けられなかったということではないでしょうか。私は正しく理解していますよね?あなたは他の人間が垂涎するような境遇にあったのですよ。あなたは周りを見回して世界はあなたが歩を進め掴みさえすれば手に入れられるようなものがいっぱいであるのを見たのです。私が二十であった時は、周囲を見回しても目に映るものは『手を触れるな』という札が貼ってあったのですよ。そして何が忌々しいのかって、それが全部自分に対してのメッセージだと感じたことです。私はビジネスの世界に入ることができず、そしてお金を稼ぐこともできませんでした。私がベルガルド一家の一員であったからです。政治の世界にも入ることができませんでした。やはりベルガルド一家の一員だったからです。ベルガルド一家はボナパルト一家を認めませんでしたからね。文学の世界にも入ることができませんでした、劣等生でしたのでね。裕福な女性とも結婚できませんでした。ベルガルド一家は **rotourière**[59] と結婚したものは一家で誰一人おらず、まさか私がその最初の人物になることなんて考えられませんでした。*de notre bord*[60]、結婚してよいとされる裕福で貴族の子女も、決してただで婚姻できるというのではありません。家柄には相応の家柄が要求されますし、財産についても同様です。私ができる唯一のことと言ったら、ローマ教皇のために戦いに赴くことでした。私はその努めを真面目に果たし、カステルフィダルド[61]で使徒を思わせるような傷を肉体に被りました。しかし私が知っている限りでは、その傷も私にもローマ教皇にも何か有益なことをもたらしはしませんでした。ローマはカリギュラの時代にはとても楽しい場所だったのは間違いないでしょうが、その後は悲しいことに落ちぶれてしまいました。私はサン・アンジェロの城で三年間過ごし、その後また世俗へと戻ってきました」

「ということはあなたには職業がないということですか？　何もしていないと？」とニューマンは言った。

「何もしませんよ！　私は楽しみを自分で見つけることとなっていて、正直に言えば、楽しく過ごすことができました。人はやり方さえわかれば楽しむことなんでできるのですよ。しかしだからといってずっとそのままの状態ではいられませんがね。さらに向こう五年間はこの状態を続けられるでしょうが、それだけ経過した後だともう意欲が湧かないのではないかと見込んでいます。そうなったら私はどうすればいいでしょうか？　修道僧になろうかとも考えています。真面目に言っておりますが、私の腰に縄を巻いて修道院に入った方がいいかもしれませんね。修道院に入るのは古くからある慣習で、その古い慣習はいいものです。昔の人々は私たちと同じくらいに人生というものを理解しているのです。彼らは割れるまで鍋を沸騰し続け、割れたものは棚にあげたままそれっきりというわけです」

「あなたは信仰心が厚い方なのですか？」とニューマンはおかしげな調子を出すような口調で訊いた。ヴァランタン・ド・ベルガルドは明らかにその質問の滑稽味のある様子を認識したが、極めて真面目な様子でニューマンの方をしばしみた。

「私はとても敬虔なカトリックの教徒です。属している教会を敬っております。聖母マリアも崇拝しており、悪魔には恐怖を感じております」

「なら、とても満足な境遇に身を落ち着けているではないですか。現在は面白く楽しいことをやっておられ、将来はその献身すべき宗教があるのですから。何がそんなに不満なのです？」

「不満を言うのが楽しみの一つなのですよ。あなたの置かれている境遇にどこか私を苛立たせるのがあるのです。今まで出会った中で羨望の心を抱いたのはあなたが初めてです。奇妙でしょうが、そうなのだから仕方がないのです。私が所有できたかもしれない人為的な利益の他に、金や頭脳を持っていた人は多数面識がありますが、どういうわけか彼らは私の機嫌を害したことはないのですよ。しかしあなたは私が羨ましいと思ってしまうような何かをお持ちなのです。それは金でもなく、頭脳でもありません。無論あなたの頭脳は素晴らしいものですが。羨んでいるのは百八十センチを超える身長でもないです。とはいえ私ももう少し高い身長が欲しいとは思いますがね。なんと言うか、世界のどの場所にいてもそこを自分の自宅であるかのようにくつろげるあなたのその態度ですかね。私が少年だった時、私の父はあなたのそうした態度を取ることにより世間の人々がベルガルド家の一員だと認識するのだと教えてくれました。そしてそのことに注意を払うように教示しました。ただ彼はそれを身につけろとは言いませんでした。私たちが成長すれば自然と身につくものだと彼は言っていたものです。私もそういう態度を身につけたとは思いました。というのもそのような感じがしていたからです。私の人生で置かれている位置は私のためにあらかじめあるものであり、そこを占有するのは簡単なようでした。しかし私の理解が正しければ、自分の位置を自分で作り上げたあなた、そして先日話されたように自分で洗濯たらいを作られたあなたの存在は、どういうわけか自分の立ち位置に安穏として佇み高みから物事を見下ろしているような人物という印象で私の心を打ったのです。自分が大量の蓄えを持ちながら鉄道で世界を旅する人物だと、私には思えるのです。どうもあなたの存在は私に何かが欠けていると嫌が応にも思わせるのです。一体それはなんなのでしょう？」

「勤勉な労働を誇りに思う自負ですかね。いくつかの洗濯たらいを自分で作ったという」とニューマンは冗談っぽくも真面目に言った。

「いえそれではありません。私はもっと沢山の労働をした人を知っています。単に洗濯たらいを作っただけでなく、石鹸を、大きな棒状をした強い匂いを発する黄色の石鹸を作った人もいます。しかし彼らの存在も少しも私を不愉快にさせないのです」

「ならそれはアメリカ市民でいることの特権でしょうかね。人が正しく矯正されるという特権」

「そうかもしれません。私が出会ったことのあるアメリカ国民のうち、全く正しく矯正されているようにも大株主に少しも思えないような人物と沢山出会ったことがあります。私が彼らに羨望したことは一度もありません。どうも私としては今のあなたはあなた自身の手で仕立てた人間と思えます」

「これはこれは、そう言われると虚栄心がくすぐられますな！」

「いえ、そんなことはありませんよ。あなたの虚栄心がくすぐられたり、逆に謙虚になったりするようなことなんてね。そうならない打ち解けた姿勢があなたなのですから。人々は何か失うものがある時のみ虚栄心を持ち、何かを得ようとする時だけ謙虚になるのです」

「私には何か失うものがあるのかどうかわかりませんね。しかし得ようと思っているものはあります」

「それは？」訪問者がそう尋ねると、ニューマンは黙った。

「お互いもっとよく知るようになってから、話しますよ」

「それが近い将来だといいのですがね。そして、もしあなたがそれを得ることにお手伝いができるのなら、喜んでいたしますよ」

「多分そうさせてもらうことになるでしょうね」

「なら私があなたの従僕だと言うことをお忘れなく」。そうヴァランタン・ド・ベルガルドは答えて、やがてニューマン宅を立ち退いた。

それから次の三週間、ニューマンはヴァランタン・ド・ベルガルドに数回会った。そして形式的な永遠の友情の誓いをすることなく、二人の男はある種の友愛精神を互いに築いたのであった。ニューマンにとって、ヴァランタン・ド・ベルガルドは理想的なフランス人、ニューマンがそれらの神秘的な力と交際した限りでの伝統とロマンスのフランス人であった。慇懃であり、気さくで、一緒にいて楽しく、彼が交際相手にもたらした作用（譬え相手が十二分に楽しくあったとしても）よりも自分が自分にもたらした作用の方に楽しさを感じていた。あらゆる明確な社会道徳を完全に手中に収めており、快適な心地よい感性について絶えず模索している。何かしら神秘あるものの聖なるものに献身し、近頃出会った美しい女性について語る時以上に恍惚とした様子でしばしば語ることがある。それらが彼にとって時代遅れなものでありながらも単純に美しい *honour*[62] のものだったからである。どうにもならぬくらいに愉快であり活気があった。ニューマンは人間の構成要素の混合のあらゆる可能性についてあらかじめ頭で考えていたとしても相手の性格を予測ができたとは思えなかったが、それでも彼の性格と一度関係を交わしたら正当に評価できるものでもあった。ヴァランタン・ド・ベルガルドは彼に対してフランス人が全員泡のように虚な存在であると言う前提を修正させようとは全く思わなかった。単にニューマンに対して、軽い素材というのもかき混ぜれば最も快い混合物にできることもある、ということを思い起こさせただけである。これほど異なった性質を有する二人の人間はいなかっただろうが、その違いこそによってお互いの独特な個性が相互を面白がらせ、友情を続けさせるための主たる根拠を形成したのであった。

　ヴァランタン・ド・ベルガルドはアンジュ・サン・オノレ通りにある古い家の地下に住んでいたが、彼のその小さな部屋は家の中庭とその後ろに広がっている古い庭園の間に位置づけられていた。その古い庭というのはパリで裏窓を覗き込むと不意に見つけ、空き地がなかなかないのにどうしてこれだけの広さを獲得したのかを不思議に思わせるような、大きく、日光が当たらず、湿気のある庭である。ニューマンは前の訪問のお返しとしてヴァランタン・ド・ベルガルドの部屋を訪ねると、彼の居住場所はニューマン自身のそれと少なくとも同じくらいに笑いたくなるような代物だということをそれとなく仄めかした。しかしその奇妙な点は、我らが主人公のオスマン通りにある金メッキがされた客間とは別のものといえた。相手の部屋の天井は低く、薄暗く、狭く、古い奇妙なガラクタで一杯だった。ヴァランタン・ド・ベルガルドは一文なしの貴族であったのに満足することを知らない蒐集家であったのであり、彼の部屋の壁は錆びついた武器や昔の羽目板や大皿が飾られていて、出入り口のドアには色褪せた綴織が垂れ下がっていて、床は獣の皮が敷かれていた。あちこちにフランスの室内家具が大いに象徴している優雅さというものに対する不愉快な捧げ物が見受けられる。鏡が置かれたカーテンに敷かれた凹みがあり、それが影に覆われているから何も見えない。また花飾りやひだ飾りがあるため座ることのできない長椅子がある。ひだ飾りやへり飾りなどによって装飾されていて、火が全くつかない炉辺がある。この若い男の所有品は美しさも感じられるが無秩序に散財していて、部屋はタバコの匂いというより形容し難い香水の匂いが混ざって漂っていた。ニューマンはそこを住むには湿っぽく陰気な場所だと思い、家具の邪魔になるようなバラバラな配置に当惑した。

ヴァランタン・ド・ベルガルドは自分の国の慣習に従い、自分自身について非常に饒舌に話し、物惜しみすることなく自分の身の上について纏っている神秘のヴェールを引き剥がした。その際、彼は必然的に女性について多くのことを語ることになり、自分の悲しみと喜びを創りあげた女性たちに感傷的で皮肉な調子で呼びかけた。「ああ、女性たち、女性たち、彼女たちが僕にさせたことと言ったら！」彼は光った目をしながらそう叫んだのであった。「*C'est égal*,[63]私が彼女たちのために行った愚かなことや馬鹿なことと言ったら、一つも忘れないよ！」

この件についてニューマンはいつものように控え目な態度をとった。このようなことに長々と詳しく語ることは彼にとってはあたかも鳩が鳴いたり猿がキャッキャッと音を立てることにどこか似ていると感じて、完全に熟した人格がこう語るのは自家撞着的なものだとすら思った。しかしヴァランタン・ド・ベルガルドの打ち明け話は彼を大いに面白がらせ、不愉快な気分になることは滅多になかった。というのもこの寛大な若いフランス人は皮肉屋ではなかったからである。

一度こう言ったことがある。「本当のところ、自分が同国民に比べて堕落した人間だなんて思っていないですよ。彼らもそこそこ堕落はしているのですからね！」女友達については彼女の良さについて大いにしゃべり、その女性たちは多数いて人間性も様々であったのだから、総合的には彼女たちには害よりも益するところが多いとはっきり言った。さらにこう言った。「ですが僕の言った言葉を、アドバイスとして受け止めてはいけませんよ。この方面について僕は権威としては信頼できない存在ですからね。僕は彼女たちの肩を持ってしまうタチなんですよ。僕は理想主義者なのですよ！」

ニューマンはいつもの中立的な笑みを浮かべ、自分は洗練された感性を持っていることを自分自身で喜んだのであった。しかしこのフランス人が女という性において自分では予想もつかなかったこと長所を見出したことはよからぬことだと心中思った。ヴァランタン・ド・ベルガルドはしかしながら、自分の喋りを単なる自伝的なものにとどめなかった。ニューマンに対しても自分の身の上について語ってほしいというほどに話の領域を広げ、ニューマンは相手が持っていたものよりもさらに興味深い遍歴を語ったのであった。自分の生涯を事実上最初から語り始め、そこから紆余曲折も漏らさずに伝えたが、話を鵜呑みにしがちな性分や繊細な人間性からニューマンの話に異議を挟もうとしても、ニューマンは毎回自分の話の彩度をさらに強くして話したのであった。彼は西部のユーモアに富んだ人たちと鉄のストーヴを囲みながら話し、「大袈裟な」な話を崩れさせることなくさらに大袈裟にする場に居合わせたことがあり、さらに自分の想像力が不思議な話を矛盾することなく積み重ねていくためのコツを学習したのであった。ヴァランタン・ド・ベルガルドはそうした話に耳を傾けながら自分のいつもの態度が、やがて笑うことによって自己防衛をするという態度に変わった。あらゆることを知っているフランス人であるという評判を維持するために、あらゆるものを徹底的に疑った。その結果、ニューマンは自分の輝かしい真実を相手に本当のものと納得させることが不可能だと分かった。

「しかし細かいことはいいのですよ」とヴァランタン・ド・ベルガルドが言った。「あなたには何らかの驚くような冒険を明らかに行ってきたことは確かです。あなたは人生の奇抜な一面も今まで見てきたのであり、私が大通りを往来するのと同じ感じで一つの大陸を縦横無尽に歩き回れた。あなたは非常に海千山千なお方だ！あなたはとても気怠いような時間を過ごされたこともあれば、とても不愉快なこともやったことがおありです。少年の時に夕食のために砂を掘ったこともあれば、金採掘の宿舎で犬の丸焼きを食べたこともある。計算を十時間もずっとし続けたこともあれば、別の席で可愛い娘を見るためにメソジスト派の説教を最後までずっと聴いていたこともある。これらは全部異常なことだと我々は思いますよ。しかしともかくとして、あなたは何か大したことを成し遂げたのであり、あなた自身も大した人物です。あなたは自分の意思を行使し、財産を築かれました。放蕩によって身を滅ぼすこともなければ、社会的な便益のために財産を抵当に入れたこともない。あなたは物事を安易に受け取り、私自身すらよりも少ない偏見先入観をお持ちだ。私は持っていないと考えていますが、実際は三、四ほどは持っているのですがね。幸福な男だ。あなたは強く自由なのです。しかしですよ」。そしてこの若い男は結論を述べつつ尋ねた。「あなたはそれだけの利点をお持ちでありながら何をしようとしているのです？本当にそれらを駆使したいのなら、ここよりももっと適切な世界へと身を移す必要がありますよ。ここにいる間はあなたにとって価値あることなんてありませんよ」

「いえ、でも何かしら大したものがあるとは考えていますよ」とニューマンは言った。

「それは一体何です？」

ニューマンはつぶやいた。「まあ、またいつかお話ししましょう！」

このようにしてニューマンは心に絶えず抱いていた件について話題に出すのを一日一日引き延ばした。一方で、その間にもその件について次第に近づいていったのであった。言い方を変えれば、その後も三回もマダム・ド・サントレの家を尋ねたのである。しかし彼女が在宅であったのはそのうちの二回だけであり、その時にも別の訪問者がいたのであった。訪問者たちの数は多く極めて冗舌であったので、マダム・ド・サントレの気を相応に引いたのであった。とはいえ、それでも彼女は自分の注意を少しだけは曖昧な笑みを浮かべつつニューマンへと注いだこともあった。その笑みの曖昧さは彼を楽しませたのだが、それはその時でも立ち退いた後でも、自分の最も気にいるやり方でその曖昧さに心中で意味を添えられるからであった。彼は無言で座り、マダム・ド・サントレの訪問者の出入りや挨拶や雑談について見ていた。あたかも自分が劇場にいるかのようであり、自分が話を挟もうとするのは上演されている劇を妨げるものだと感じた。時々、演劇の台本があればいいのにと思った。フランス劇座で翻訳された台本を売る人がいつもしているような白い帽子とピンクのリボンを身につけた女性が自分のそばへと来て、台本を一、二フランで売ってくれればいいのにと思った。何人かの女性たちは彼をジロジロ見ていたし、逆にチラッと見るだけの人もいた。彼の存在にすら全く目を向けなかった女性もいた。逆に男たちはマダム・ド・サントレだけを見ていた。これは必然であった。彼女が美しいかどうかとは無関係に、ちょうど心地よい音が人の耳を満たすように彼女の姿が人の目線を占有して満たしてしまったからであった。ニューマンは二十語程度しか交わさなかったが、厳粛な約束ですらもこれほど深い価値を与えないような印象を彼は受け取ったのであった。彼女は他のこの場の人たちと同様に彼が観賞していた劇の一部であった。しかし彼女が劇を支配し、その巧みなやり方といったら！彼女が立とうとも座ろうとも、帰宅していく友人たちと一緒に出口のドアへと行き、彼らが去っていく際に重たいカーテンを上げさせて彼らの後ろ姿を見送り最後の頷きをしようとも、あるいは手を組んで目を休ませながら椅子に彼女がもたれかかり耳を澄ませようとも微笑もうとも、どのような態度をとってもニューマンは彼女がいつも自分の前にいてくれ、表情豊かな好意を色々と示してくれたらいいと思ったのであった。それが「自分に」対してのものだったら、それは結構なことであった。「自分のための」ものだったらなおさら結構なものだった。彼女は背丈が高いがなお軽く、行動的だが静かであり、上品ながら素朴であり、素直でありながら神秘的であった。その神秘的なもの、彼女が劇から降りたありのままの姿が何よりもニューマンの興味を惹いたのであった。とはいえその神秘的な部分についてのどういう部分がどう気に入ったかについては言語化できなかったであろう。もし自分を詩的な言葉で表現する習慣があったのなら、もしかするとマダム・ド・サントレは部分的に満ちている月を朧げながら囲む円のような存在であったとしたかもしれない。とはいえそれは彼女が慎ましい振る舞いをしていたというのではない。むしろ逆に、流れる水のように素直であった。しかしニューマンは自分自身気づいていないような性質を有していることは間違いないだろうと考えていた。

　これらのことをヴァランタン・ド・ベルガルドに伝えなかったのはいくつかの理由がある。その一つの理由は、彼が何かしらの行動に出る時、いつも用心深く、色々な事を推測し、熟考するタチであったからだ。何かを本気で始めるにあたる際は大股で歩いていく人間らしく、熱意というものがあまりなかった。さらに単に黙ったままでいる方が個人として面白いと感じたからだ。そうすれば夢中になり興奮も覚えたのであった。しかしある日、ヴァランタン・ド・ベルガルドが彼とレストランで夕食をとっていて、彼らは長い時間そこで食事をしていた。そして席から立つと、ヴァランタン・ド・ベルガルドは、今晩はこれからマダム・ダンドラールの宅を尋ねてみてもいいんじゃないかと提案した。マダム・ダンドラールというのは小柄なイタリアの女性で彼女はフランス人と結婚したのであったが、その人は放蕩者であり人を人と思わない冷血人間であったため彼女にとって大きな苦しみの糧であった。彼女の夫は彼女の財産を全て蕩尽し、金のかかる楽しみに耽ることができなくなってしまったため、今度は退屈な時に彼女を殴ることに時間を費やすのであった。青いあざが体のどこかしこにできていて、それをヴァランタン・ド・ベルガルド含む数人に見せたことがあった。その後、夫と別居することができるようになると、彼女は自分の財産の残り（と言ってももうほとんどなかったが）をかき集め、パリへと引っ越してきて、今は *hôtel garni*[64] に住んでいた。いつも借りる部屋を探していて、他人に部屋はないかと尋ね回っていた。彼女はとても綺麗で、子供っぽく、とても奇抜なことを口にすることがある。ヴァランタン・ド・ベルガルドが彼女と知り合い、彼女に対する興味の源は、彼が言うには、彼女が今度どのような運命を辿るのかという点にあった。

「彼女は貧しくて、綺麗で、そして滑稽なんです」と言った。「まるで彼女がこれから辿る運命は一つしかないみたいでね。可哀想ですけど、僕にはどうにもなりませんね。まあ。半年くらいでしょうな。僕は彼女に対して何も手を出すことなく、ただ事の成り行きを見守るだけです。僕はただこれからどうなっていくのかに興味あるだけなんですよ。わかっていますよ、あなたが何を言いたいのかはね。この恐るべきパリは人の心を頑なにするということでしょう。しかし人の頭脳を活発にさせ、最終的には人に観察力をより洗練させる働きがあるのですよ。この華奢な女性のちょっとした劇を最後まで見るのは、僕にとって知性的な楽しみなのですよ」

「もし彼女が身投げでもしようとするのなら、彼女を止めるべきだと思うのですが」とニューマンは言った。

「止める？どうやって止めるのですか？」

「彼女に話しかけるのですよ。何かいいアドバイスでもしてあげてみるのですよ」

ヴァランタン・ド・ベルガルドは笑った。「そんなのとんでもないですよ！状況を思い描いてみてください。あなたが彼女のところに行って、アドバイスしたらいいじゃありませんか」

ニューマンがヴァランタン・ド・ベルガルドと一緒にマダム・ダンドラールに会いに行ったのはこうした会話を交わしたあとである。彼らが訪問を終えて立ち退くと、ヴァランタン・

ド・ベルガルドは自分の連れを非難した。

「声高々に言っていたあのアドバイスはどうしたのです。一言も聞きませんでしたよ」

「諦めましたよ」とニューマンはあっさり行った。

「じゃあ私と同じくらい悪い人ということですね」

「いえ、私は彼女のこれからやりそうな冒険に関して『知性的な楽しみ』を見出さないのでね。彼女が坂を転げ落ちていく姿なんて少しも見たくはありませんよ。他の方角を見た方がましというものです。やがてニューマンは尋ねた。「ところでどうしてあなたの妹さんを彼女に会いに行かせないのです？」

ヴァランタン・ド・ベルガルドは彼女を見つめた。「マダム・ダンドラールに会いに行かせる、私の妹を？」

「もしかすると彼女と話をさせるといい結果が生み出されるかもしれませんよ」

ヴァランタン・ド・ベルガルドは頭を振って突然深妙な態度を取るようになった。

「私の妹はあのような類の人物と会うことなんてできませんよ。マダム・ダンドラールなんてなんの価値もない人間ではありませんか。彼女たちが一緒に会合するなんて今後絶対にあり得ませんよ」

「私なりの考えとしては、妹さんは本人が会いたい人物なら誰にでも会わせてあげるべきだと思うのですがね」。そしてニューマンはマダム・ド・サントレともう少し仲良くなったら、彼女に対してあの愚かな小柄のイタリア女性に会いにいってはいかがと尋ねようと内心決心したのであった。

この場面に関連して、ヴァランタン・ド・ベルガルドとの夕食を終えた後、またマダム・ダンドラールのところへと赴いて、彼女の悲しみとアザについての話に耳を傾けてはどうかとニューマンを誘ったが、それに対して反対した。

「もっといいことがありますよ。私の家に一緒に来て、今晩の残りを炉辺の側で過ごしましょう」

ヴァランタン・ド・ベルガルドは長い時間に渡って会話できるのなら常に歓迎し、すぐに二人の男は、ニューマンの広間で高くまで配置されている装飾具にまで煌めきを放つ燃え盛る炎を見ながら座っていた。

# 第八章

「妹さんについての話を聞かせてくださいよ」とニューマンは突然話題を振った。ベルガルドは彼の方に向いて、短い一瞥を与えた。

「今振り返って考えてみれば、彼女について一度も僕に尋ねたことがないですな」

「それは自分でもわかっています」

「もしそれが僕を信頼してないからであるのならば、聞かないという姿勢は全く正しいです。妹のことになると理性的に話すことができないのです。あまりにも彼女について敬愛しているのでね」

「話せる限り話してください。どうぞお願いします」

「まあ、私たちはとても仲の良い友人です。オレステスとエレクトラ以来、[65]これほど仲のいい兄妹はいなかったでしょう。妹と会ったことあるでしょう。どういう女性だったかは覚えているでしょう。身長が高く、細く、身軽で堂々としていて、優しく、半分 *grande dame*[66] で半分天使のような存在です。誇りと謙遜が混ざっている、つまり鷲と鳩が共在しているのです。石を素材にした像としては失敗作で、自分の重大な欠点を甘んじて受け入れ、血肉のあるものとして生命が吹き込まれ、白いケープと長い裾を身につけるようになったのです。私が言えることといえば、彼女の顔、眼差し、微笑み、声色から期待させるような長所は全て兼ね備えているということです。一般的なこととして、もし女性がとても魅惑的に見えるのでしたら、私なら「気をつけろ！」といいますね。しかしクレールの場合は、魅惑的であると思えば思うほど腕を組みながら、川の流れに身を委ねてもいいのです。安全なのですからね。彼女はそれほどいい女性なのですよ！あれの半分も完全無欠な女性は未だかつて見たことがありません。全てを兼ね備えています。私が言えることと行ったらこのくらいですかな」。そしてベルガルドは結びの言葉を言った。「どうです、つい熱く語るって言ったでしょう？」

ニューマンはしばらく言葉を発さず、あたかも連れの言葉を吟味しているかのようであった。

「彼女はとてもいい女ということですね？」とやがて彼は繰り返した。

「ええ、神々しいほどに！」

「親切で、慈悲深く、柔和で、寛大なのですね？」

「寛大さそのものですよ。濃密なほどの親切さですよ！」

「聡明なのですか？」

「私が知っている限りでは最も賢い女性ですね。何か難しい問題でも今度持ってきて試してみてくださいよ。そうすれば私の言っていることがわかるでしょう」

「モテるのが好きですか？」

「*Parbleu!*[67]」ベルガルドは叫んだ。「好きじゃない女なんているんですかね？」

「モテるのが好きなのは結構ですけど、あまりに度を過ぎて求めすぎるとあらゆる愚行を犯してしまいますがね」

「そこまでモテたい欲求があるとは言っていませんよ！」とベルガルドは叫んだ。「そんな愚かなことを言うなんてとんでもないことですよ。彼女が何事にも中庸を外すなんてないのですよ！もし私が、彼女が醜いと言ったとしても、とても醜いということを意味するのではありません。他人を面白がらせることが好きなのであり、もしあなたが面白いと感じたのなら感謝の気持ちを抱くことでしょう。もし逆にあなたが面白いと感じないのなら、彼女はそのままなんとも思わない状態でいて自分にもあなたにも悪い気持ちを抱かないでしょう。尤も天国にいる聖者たちは喜んでくれるものとは考えるでしょうね。彼女がその聖者たち気を悪くするような手段を取って相手を喜ばせるようなことは絶対にあり得ないですから」

「真面目な方ですか、それとも陽気？」

「両方ですよ。そして時々によって変わるのではなく、常に不変で両方兼ね備えているのです。つまり真面目な性分に陽気さがあり、陽気な性分に真面目さがあるのです。尤も妹には特別陽気である理由はないですがね」

「彼女は不幸なのですか？」

「それについては答えないとしましょう。不幸というのはその人がどう捉えるか次第というところがありまして、クレールは幻影において現れた聖母マリアから授けられた規定に従って物事を捉えますからね。不幸であるということは不愉快であることであり、それは彼女にとって論外なことなのです。それで物事をそこに幸福を見出せるように組み替えるのです」

「彼女は哲学者ですな」

「いえ。彼女はただとても親切な女性なだけです」

「何かしら彼女の境遇が不愉快なものになったことはあるのですか?」

ベルガルドはしばし押し黙った。そんな風になるのは彼にとって滅多にないことであった。

「ああ、どうも何というか、それに答えるならばあなたが聞きたがっていること以上のこと、つまり私の一家の話へと詳細に立ち入るのなら」

「いや、むしろそのことを聞きたいのですがね」

「なら、特別な会合をあらかじめ設定する必要がありますね、朝早くから行われるの、ね。クレールがこれまで気楽な人生を送ってきたのではないことを今だけ申しておきましょう。彼女は十八歳の時に、希望に満ちていたはずの結婚をしたのですが、実際は悪い匂いばかり発して光が消えていくだけのランプのようなものだったのです。夫のサントレ氏は六十歳で、忌々しい老いた男でした。しかし結婚して間もなく死んでしまい、その後は彼の家族が彼の金を捕らえようとしてその未亡人に訴訟を起こしました。そして物事を強引に推し進めていったのです。彼らにとって都合の良い訴訟であったと言えます。というのもサントレ氏は自分の親戚の何人かの財産を保管していたのですが、何かしらの非常に尋常でないことを行い、罪を負っていると看做されていたからです。訴訟が進むにつれ、サントレ氏の身の上が明らかになるにつれそれが妹にとって不愉快なものとして映り、訴訟で自分の身を弁護するのをやめその財産から手を引きたいと思うようになったのです。彼女は窮地に陥りました。というのも夫の方の家族は彼女に財産を渡すまいとする一方、妹の家族は財産を奪うように強制するという炎のように盛んな二つの陣営の板挟みにあっているのですからね。私の母と私の兄は彼女の有している権利を放棄するなと切望しました。しかしそれに彼女は頑なに拒否し、最終的にはあることを対価として払うのを約束として訴訟から手を引くことに母に同意させ、自分の自由を獲得できたのです」

「その対価というのは？」

「次の十年間、尋ねられたことは結婚を除きなんでもやるということです」

「彼女は自分の夫が相当嫌いだったので？」

「どのくらい嫌いだったかは誰にも分かりませんよ！」

「その結婚はあなた方のおぞましいフランス流で、彼女の意見は一つも聞かずに両家族間によって行われたのですか？」

「それもこの物語の一章にしか過ぎませんよ。彼女はサントレ氏を婚姻する一ヶ月前に初めて見たのです。事細かな詳細が全て取り決められた時期ですよ、それは。彼を見ると顔が蒼白になり、蒼白なまま一ヶ月間過ごしました。挙式される前日の晩に気絶し、その晩ずっと咽び泣いていました。私の母は彼女の両腕を握りながら座っていて、私の兄は絵を行ったり来たり歩いていました。私はこの光景は唾棄すべき者だとキッパリ言って、妹に対してもし結婚したくないとはっきりというのなら、僕は彼女の味方をすると全員の前で言いました。しかし私には余計なことをするなと言われ、彼女はサントレ伯爵夫人になったのです」

これを聞いてニューマンは考え込みながら言った。「あなたの兄はとても気立てのいい人ですね」

「ええ口うるさいくらいに気立てがいいですね。若くないけれども。すでに五十を超えていて、私よりも十五歳年上なのです。彼は私と私の妹の父のような存在あったのです。相当に卓越した男で、フランスで一番の礼儀を備えています。そして極めて聡明なのです。もちろん学識も豊かです。彼は『生涯未婚であったフランスの王女達』に関する歴史を書いています」

このことがベルグルドはニューマンの方をずっと見つめながら非常に真面目な口調で語られ、そこには遠慮している様子は全くなかった。いや、或いは少なくともほとんどなかった。ニューマンはひょっとしたら何かわずかながら差し控えているのに気づいたのかもしれない。というのも彼は次のように言ったからだ。「あなたは兄を愛してないですよね」

「失礼ですが、育ちの良い人というのは自分の兄弟を愛するものです」とベルグルドはやけに形式ばって言った。

「そうですか、なら私はその男が好きにはなりませんね」

「会ってから判断しても遅くはないでしょう！」とベルグルドは答えたが、この時彼は、笑みを浮かべていた。

「あなたの母親も注目すべき人物ですかな？」ニューマンは一旦言葉を止めてから聞いた。

それにベルグルドは今度は強い重々しさで答えた。

「私の母に関して言えば、私は深い敬意を払っております。彼女はとても変わった人です。そのことに気づかずに彼女と接するなんてあり得ませんね」

「彼女は確か英国のある貴族の娘なのですよね」

「聖ダンスタン伯爵の娘ですね」

「その聖ダンスタン伯爵はずいぶん昔からある一家なのですか？」

「ある程度は。十六世紀からですね。私が戻って、戻って、戻って、遡れるのは父の方の血筋ですからね。古くからの家系を調べることを愛好する人でもずいぶん昔だから息を吐いてしまいますよ。シャルルマーニュ治世の九世紀のどこかで息も絶え絶えになりながらようやく開始地点を見出すのです。そこから私たち一家から始まるのですよ」

「そこには間違いはないのですよね」

「ないといいのですがね。少なくとも数世紀の間は間違えていましたからね」

「そしてあなたがた一家は古くから続いている家柄と今まで結婚して来たわけですよね？」

「それが一家のルールですから。ただ家系が始まってから長い時間が経ちましたから、その間にいくつかの例外はありますが。十七世紀と十八世紀にベルグルド一家の三、四人が*bourgeoisie*[68]の人と結婚したことがあります。弁護士の娘と結婚したのです」

「弁護士の娘、それはとても良くないことですな。そういうことですよね」

「中世の時代の例外結婚をした一家の者の方がまだましでした。その人は乞食の娘と結婚したのです、アフリカのコフェチュア王のようにね。そっちは遥かにマシでした。鳥や猿と結婚するようなものでしたからね。相手の一家のことなんて全く顧みる必要がありませんでした。一家の女性の方はよくやってくれているのですよ。どの人も*petite noblesse*[69]には嫁いでいませんでしたからね。身分違いの結婚についての結婚は私が知る範囲ではこの家系にはありません」

ニューマンはこの言葉をしばし吟味して、やがて言った。「あなたが最初私のところを訪ねた時、できることなら何でもやってくれると仰いました。そして時折、私がやって欲しいことについて言うことも述べました。覚えてらっしゃいますか?」

「覚えているかって?むしろ今か今かと待ち望んでいるくらいですよ」

「それは大変結構です。ではその機会がこれです。妹さんが私に好きになるように可能なあらゆる手段を尽くしてください」

ベルガルドは彼を笑みを浮かべながら見つめた。

「これはこれは、妹の方はあなたのことをにすでにもう抱けるだけ抱いておりますよ、好意を」

「私がまだ三回か四回しか会っていないということに基づいた考察ですよね?　それでは到底足りないのですよ。もっと親密になりたいということです。このことについて今まで何回も頭を巡らせてきて、あなたにようやく伝える決心がついたのです。私はマダム・ド・サントレと結婚したいと心の底から思っております」

ベルガルドは興味をそそられながら彼を見て、さらに彼の約束のお願いを切り出すのを歓迎するような笑みを浮かべていた。そしてニューマンのこの結婚したいという言葉を聞いても、彼から目線を逸らさなかった。しかし彼の浮かべていた笑みは二転三転、奇妙に変形した。どうも一瞬はその笑みを広げようという衝動に駆られたようであったが、それは直ちに抑制された。その後、しばしの間自問自答して最終的には退却することを決断したかのようであった。笑みはゆっくりと表情から消えていき、失礼に当たらないように配慮しつつ真剣さを湛えていた。ヴァランタン伯爵の顔には極度の驚愕の表情が浮かんでいた。しかしそのような表情をし続けるのは相手に対して失礼だと考えた。だが一体どうすればいいんだ?　扇動される形で彼は立ち上がり、炉棚の前に立った状態でなおニューマンの方を見ていた。このような場面で人が想定する以上の長い時間考え込んだ。

「もし私の願いを聞いていただけないのならキッパリと言っていただきたい」とニューマン

は言った。

「もう一度、はっきりあなたの言葉を聞かせてください。非常に重要なことですからね。あなたのお願いを私が妹に伝え、お願いするのですが、それは彼女と結婚、結婚したいということですね？ そうですな？」

「願いを伝えるというのではないのです。正確にはね。できることなら自分で直接申し込みたいと思っています。しかし彼女に対して私のことを良く伝えてください。時折ね。彼女に対してあなたが私のことを気に入っているようなことを話してください」

この言葉に対して、ベルガルドは少し軽妙な笑いをした。ニューマンは続けた。

「結局のところ、私が主に切望しているのは、私が考えていることをあなたに伝えたかっただけのことです。それこそがあなたの望んでいることでもあるのですよね？ 私はここでの慣習的な行いを実践したいのですよ。もし何か特にやっておく必要のあることがあるのなら、私にそれを知らせてください。やりますので。正式な手続きを全て経ることなしでは彼女には絶対に近づかないことを誓います。もしこの件についてあなたの母親のところに赴いて伝える必要があるのなら、喜んでそうしましょう。あなたの兄にもしますよ、必要なら。お望みなら誰にでもします。他に面識ある人が一人もいないので、あなたからこの件を伝えることを始めたのです。それがもし社会的な義務であるとしても、同時に私にとっては楽しみでもあるのです」

「ええ、分かりました、分かりましたよ」と軽く顎を叩きながらベルグルドは言った。「そのように考えるのは極めて適切です。それに私に最初に伝えてくれたことも嬉しく思います」。彼は喋るのをやめ、躊躇い、振り向いて部屋の向こうへとゆっくりと歩いた。ニューマンは立ち上がり、ポケットを入れながら炉棚に寄りかかりつつ、ベルガルドが歩いていくのを見た。若いフランス人がニューマンのところに戻ってきて彼の前に立ち止まった。「観念しました」と言った。「驚いていない振りをするのはやめましょう。私はもう全く、とっても、Ouf![70] ようやく一息つけました」

「こういったことの話は、いつも人を驚かせるものです」とニューマンは言った。「今まで何を経験してきたとしても、決して動揺しないほどに備えておくことはできないものです。しかしあなたがとても驚かれたというのなら、少なくとも楽しい気分でもあると期待したいです」

「来なさい！」とベルグルドは言った。「今からは極めて正直な態度を取ります。私が楽しい気分でいるのかショックを受けた気分でいるのか、自分でも分かりません」

「もし楽しい気分でいるのなら、嬉しいのですが。それに——励まされます。もしショックを受けているのなら、申し訳ない気分にはなりますが、落胆はしません。判断を決めるのはあなたです」

「その通りです、そのような態度を取るのがあなたの唯一の選択肢です。あなたは全く真剣な気持ちでいるのですよね？」

「真剣になれないフランス人だということですか？それはともかくショックを受けたと言う

のはどういうことですか？」

ベルグルドは手を頭の後ろに当てて自分の髪の毛を上下に素早く擦った。そして舌の先を突き出した。「たとえば、あなたは *noble*[71] ではないじゃないですか」

「いえ、*noble*[72] なところもありますよ！」とニューマンは叫んだ。

「ああ」とベルグルドは多少真剣度を上げていった。「あなたが称号をお持ちだなんて知りませんでしたよ」

「称号？　称号とはどういう意味ですか？　伯爵、公爵、侯爵等々。私はこの辺にことは詳しくないですし、誰がどの称号を持っているかも分かりません。しかし私は貴族なのも事実です。あなたがどういう意味合いで言っているのかはわかりませんが、この *noble* というのは気品のある言葉であり、気品のある観念なのですよ。私にも *noble* な資格はあるというわけですよ」

「しかしそれを持っていることを示すために、見せるものはあるのですか？　証拠は？」

「いくらでもありますよ！しかしよもや私が *noble* であると言う証拠を見せろと仰るのではないですよね？　逆にまずあなたが私が *noble* でないことを証明すべきなのですよ」

「実に簡単なことですよ。あなたは洗濯たらいを製造したことがあるのですよね」

ニューマンは相手を見た。「なので私が *noble*[73] でないと？　話が飲み込めません。私が今まで一度もやらなかったこと、できなかったことを教えてください」

「あなたはマダム・ド・サントレのような女性に申し出て簡単に結婚することなんてできな

いのですよ」

「つまり、私には結婚する資格がないと仰るのですね」とニューマンはゆっくり言った。

「無遠慮に言えばそうなります」

ベルグルドは一瞬躊躇い、その間ニューマンの注意深い眼差しの光はどこかより強くなった。ベルグルドのこの最後の言葉に対して彼はしばらく黙ったままであった。ただ顔を赤らめただけであった。そして彼は目を天井の方に向けて、そこに書かれている薔薇色のケルビム[74]の一体を眺めていた。

「もちろん単に頼んだだけで女性と結婚できるなんて思ってはいませんよ」とやがて言った。「まず彼女に受け入れられるようにしなければなりません。まず私に対して好意的でなければなりません。ただ僕が結婚を申し出る資格すらないことはいささか驚きましたね」

ベルグルドは困惑と同情と面白さをかき混ぜたような表情を浮かべた。

「そう言うのなら、明日にでも公爵の未亡人であろうとも結婚を申し込むことに尻込みしないということですかね?」

「もし彼女と私が合うと判断したら尻込みなんてしませんよ。しかし私は口うるさい男でして、彼女と全く合わない事もあり得ます」

ベルグルドは相手の話への興味がどんどん湧いていった。

「それで、もしお相手の女性があなたの申し出を拒絶したら、驚かれるのですか?」

ニューマンは少し躊躇った。「そうだ、と答えると思い上がっていると思われるでしょうな。しかしやはり。そうだ。と私は考えるでしょう。それこそ素晴らしいものを持参物として添えるつもりですので」

「それは具体的に何ですか？」

「彼女が望むものなら何でもですよ。もし私が自分の要求している水準にかなう女性を手に入れられるなら、どんなものを贈与してもその女が受け取るのはふさわしいと思いますよ。私はそういった女性を今まで長い間探し求めていて、そういった女性は稀有な存在であるというのがわかりました。僕が求めている各々の水準を複合して所有しているのは難しいですが、もしその困難を乗り越えた女性がいるならば相応の報酬を受け取らなければなりません。私の妻には相応の社会的地位を与えますし、私が善き夫になると恐れ多いですがはっきり言いましょう」

「それであなたが求めているその各々の水準とは、具体的に何ですか？」

「善良さ、美しさ、聡明さ、優れた教育、優雅さ、全部ですよ。一言で言えば、素晴らしい女性を形成するものです」

「それから高貴な生まれですね、当然」

「ええ、それも含まれてもいいですね。もしそうであるのなら。多ければ多いほどいいのですから！」

「それで、私の妹はそういったものを全て兼ね備えているとあなたは思うわけですね？」

「彼女こそがまさに私が探し求めていた女性です。彼女こそが私の夢を具現化しような存在です」

「そして、あなたは彼女に相応しい夫になると？」

「そのことをあなたが彼女に伝えて欲しいのですよ」

ベルグルドは話し相手の腕にしばし自分の手を乗せ、彼を頭から足まで見下ろして、その後は大きな笑い声を上げながらもう片手を振り、向きを変えた。彼は部屋の端まで歩き、また戻ってきてニューマンの前に立ち止まった。

「これらはとても面白いです、興味深いですな。私が今まで述べたことは私自身の観点からと言うよりも一家の代々の伝統や迷信の観点から申し上げたものです。私自身としては、正直に言えば、あなたの申し出を聞くと心がくすぐられました。最初は驚きましたが、それについて考えるにつれ、色々なものが見えてきました。とはいえ、何かを説明しようとしても無駄です。どうせあなたは私の言うことを理解してくださりませんからね。それに、その必要もなさそうで。理解せずとも何か大きな損失があると言うのではないですから」

「いや、もし他に説明しないといけないものがあるならぜひお願いしますよ！私は目を開いて全てを視野に入れた上で、この件を進めていきたいのです。理解するためには最善を尽くしますよ」

「いいえ、逐一説明することは私にとって不愉快なものです。あなたに拍手を送りますよ。私が最初あなたに会った時から好意を持っていましたが、それは今も変わりません。まるで私があなたを保護する者としてあなたに対して話すのは私にとって結構忌まわしいことです。以前私はあなたを羨ましいと思っていることは覚えておいでフランス語の *vous m'imposez* [75] とこの国では表現します。しかし私はあなたのことを本当の意味では五分前までは知っていなかったというわけです。なのでこのままにして、もし我々の立場が逆転したならあなたが私に対して言わないだろうことを、あなたに言わないことにします」

私はベルグルドが言及したこの神秘めいた機会について、自分がとても寛大なことをしているのか感じ取っていたのかは分からない。もし、そうなら彼は正当に報われなかった。その寛大さは正しく受け止められなかったのである。ニューマンはこの若いフランス人が自分の気分を傷つける力があることには気づかず、この事態から手を引いたり容易く諦めたりしようという気持ちは一向になかった。彼は相手に対して感謝の気持ちを僅かにも示さなかった。

「それでも私は理解していますよ、あなたが自分の家族や友人が私を冷たくあしらうと言うことに関してはね。そして私が質問をこの場で決めるしかないということもね。そのように物事に当たらないなら、私にはどうすればいいか分からないですな。私はただ、もしあなたが知りたいのならですが、私は世界で最高級の人間に決して引けを取らないのです。誰が最上級な人間なのかどうかはあえては言いません。そのことについても私は今まで考えたことがありません。本当のことを言えば、私はどちらかというと自分について優れた評価を常に下していますす。成功している男はそのような判断するのが尤もなことなのです。とはいえ、私が自惚れていたこともまた認めなければなりません。私が他の誰よりも抜きん出た人間だということに『そうだ』とははっきりは言いません。このような水準を設定することはするべきではありませんでしたが、それはあなたが始めたことは覚えておかなければなりませんよ。私が自己弁護をする側になったり、自分を正当化する必要が来ようとは夢にも思っていませんでした。しかしあなたがたがそれを要求するのなら、私はそれに応じてしまいましょう」

「しかし少し前に、あなたは私の母や兄に私たちの言い方をすると機嫌をとるということを申し出たではありませんか」

「とんでもない、私は礼儀を尽くしたいのですよ」

「よろしい！これは面白く、想像もつかないことになるようですな。私が冷淡に述べてきたのを許してください。しかしこの件については必ずや必ずや大層な見ものとなるでしょう。間違いなく興奮してしまう代物でしょう。私があなたに共感することとは別に、私は観察者と同時にできる限り俳優としての役割も務めましょう。あなたは素晴らしい人だ。あなたのことを信じていますし、助けもしましょう。あなたが私の妹を高く評価していることだけでも私は求めていた証拠になります。全ての人間は皆平等、特に美的センスのある人間はね！」

ニューマンはすぐに尋ねた。「マダム・ド・サントレは結婚しないと決心していると考えていますか?」

「そういう印象を受けますな。しかしそれはあなたとの結婚を拒絶しているという意味ではありません。彼女の決心をぐらつかせるのはあなた次第というわけです」

「それは骨の折れることになりますな」

「簡単ではないでしょう。私として一般的に考えてみれば、未亡人がどうしてもう一度結婚しなければならないのか、その理由が見出せません。彼女は結婚の恩恵、つまり自由と報酬を獲得し彼女は欠点を免れたのです。何でまた軛へと身を束縛されなければならないのでしょう。その場合は大抵野心という動機があります。もし男が高い地位を提供する場合、例えば王女や大使へと就かせてくれるのなら、その女性は軛の埋め合わせとして十分なものと考えるでしょう」

「それで、マダム・ド・サントレは野心的なのですか?」

「さあ?」とベルグルドは大きく身をすくめながら言った。「彼女がこういう存在であるとかこういう存在ではないとか言おうという気はありません。もし彼女が立派な男性の妻になれる見込みがあるのなら彼女は心動かされる可能性もあるかもしれません。しかし、彼女のすることは大抵、ある意味では側からだと *improbable*[76] ことだと思ってしまうようなことなのですよ。あまりにも確信的であってはいけないですが、かといって完全に疑いにかかることもよくないですな。あなたの企てが成功するための最善は、彼女にとって異様で予期せず、独創的な存在として自分を映らせることにまさにあるでしょう。自分以外の誰かになろうとはしないでください。ただ素直なあなた自身のままでいてください。徹底的にね。そうすれば何らかの事の進捗はあるでしょう。その具体的な中身をぜひ見たいと思っています」

「その忠告は大いに助かります」とニューマンは言い、さらに笑みを浮かべながら続けた。

「そしてあなたを楽しませていることも嬉しく思いますよ。面白いことになりそうです」

「面白いと言うだけでは言葉足らずでしょう。元気すら出させてくれます。私は自分の立場から見て、あなたはあなたの立場から見る。そして気分を変えるためなら何でも歓迎！昨日までは私は顎が外れるほどに欠伸をしていて、太陽の下には新しきことなしと宣言していた状態でしたからね！あなたが求婚者として我が一家へと入ってくるのが新しいことではないとしたら、私は大いに誤謬に陥っているでしょう。ええ、こう言わせてもらいますよ。私はこれを善とか悪とか言うのではなく、ただこれを新しいものだと呼ばせていただきます」

そして自分のこの言葉が今までの人生にはない新鮮な展望をもたらしているのを感じ取ると、ヴァランタン・ド・ベルガルドは炉辺の前にある深い椅子に身をなげ、揺らぐことない強烈な笑みを浮かべながら、炎の中にある薪から今後の展望の映像を読み取ろうとしていた。そしてしばらくすると目を挙げた。

「では頑張るのですよ。成功を祈っています。とはいえ本当に残念なのが、あなたが私を理解していないということです。僕が今しがたやっていることをね」

ニューマンは笑った。「いや、正しくないことはやらないでください。むしろ私に好きにやらせるか、全く私のやることを拒否してください、徹底的にね。あなたの良心に何かしらの負荷をかけることはしませんよ」

ベルグルドは飛び上がった。明らかに興奮していた。いつも目よりもなお輝く光がきざしていた。

「あなたは決して理解しないでしょう、決して知ることはないでしょう」と言った。「もしあなたが成功して、その際に私があなたを助けとしても、決して私に恩を感じることはないでしょう。私の働きに応じた恩をね。あなたはいつも素晴らしい人間でありますが、恩を感じることはないでしょうよ。まあそれは構いませんよ。私なりにこの件を楽しんでいるのですから」。そして大笑いして吹き出した。「困惑しちゃったようですね。怯えてすらいるような気もします」

「あなたを理解できないことは残念なことです」ニューマンは言った。「とても面白い冗談を何かと見過ごしてしまいます」

「以前いいましたよね、私たち一家はとても変わっている」とベルグルドは続けた。「もう一度警告しますよ。変わっているのですよ！私の母は変わっているし、兄も変わっています。私はその二人よりもさらに変わっていると自分で考えています。私の妹ですら少し変わっていると思うでしょう。古い樹というのは歪んだ枝を持っていて、古い家には奇妙なひびがあります。そして古い家柄には奇妙な秘密が隠されています。私たちに八百年の歴史があることを覚えておいでいただきたい！」

「いえ、大変結構ですよ。そういった事のためにわざわざ私はヨーロッパに来たのですから。あなたがたも私の予定に組み込まれたのですよ」

「なら、*Touchez-là*[77]」とベルグルドは手を差し出した。「これは契約ですな。私はあなたのことを受け入れます。あなたの要求を支持します。それは私があなたを気に入っているからです、大いにね。しかし理由はそれだけではありません」。ニューマンの手を握りながら、横目でしばらく彼を見た。

「他のは？」

「私は野党側にいるのです。誰か別の人を嫌っているのです」

「兄ですか？」とニューマンは声色を変えないその口調で聞いた。ベルグルドは彼の唇に指を当てて、シッと囁いた。

「古い家柄には奇妙な秘密があるのですよ！さあ、行きますよ、私の妹に会いに来てください、私があなたを必ず援助しますので！」

こう言ってベルグルドは立ち退いていった。ニューマンは炉辺の前にある椅子にどっと座り込んで、燃え盛る炎を見つめながら長い間そこに座っていた。

# 第九章

翌日マダム・ド・サントレに会いにいって、召使いから彼女が在宅であることを知らされた。いつも通りに、彼は長くて冷たい階段を登っていって、その上にあるどの壁も色褪せて剥がれかかっている金メッキが付着しているドア用の小さな鏡板で成り立っているような広々とした玄関を通っていった。そして以前案内されたことのある居間へとまた案内されたのであった。誰もそこにはおらず、召使いは、伯爵夫人はもう間もなくお見えになります、と伝えた。待っている間に、ニューマンは昨晩からベルグルドは彼女と会ったのかどうか、そして昨晩の話を彼女に伝えたのかどうかについて考えを巡らせていた。もしそうであったのなら、マダム・ド・サントレをニューマンが家に迎え入れるのは展望が良さそうだということになる。とはいえ、彼女が彼による熱烈な賛美とそれに基づく計画を立てたことを承知でそれを表情に湛えながらくることに考えてみると、ニューマンにとってある種の恐れが感じられた。しかしそのような恐れも決して不愉快なものではなかった。彼女の美しさが損なわれているような顔をするのは考えられないし、あらかじめ述べてある申し出を彼女がどう思おうとそれを冷笑したり皮肉ったりするような態度をすることは考えられないと確信していた。自分の心の奥底を読み取りその善意の程度を推し量ってくれれば、彼女が全く丁重な態度を取ることを予感していたのだ。

ニューマンはとても長い間彼女はここに来るのを躊躇しているのではないかと堂々巡りしていて、ついに彼女がやって来たのである。彼女はいつもの素直さで笑みを浮かべていて、手を差し出した。柔和で輝くような目で彼を真っ直ぐ見て、声を震わせることなく彼女はニューマンに会えて嬉しく思い、調子がお変わりなければ幸いですと述べた。彼は彼女に以前見出したもの、つまり世間との接触で摩耗された彼女の内気さのかすかな香りをやはり見出したが、彼女に近づくほどにより感知されるのであった。その微かな内気さが彼女の態度において絶対的に確実に見られる要素に独特な価値を添えるのであった。それはまるで何か特別な能力、美しい才能、ピアニストの極上のタッチと比肩できるような何かであった。それは実際に美術家の言葉を借りれば、マダム・ド・サントレの「権威」というべきものが特にニューマンに感銘を与えて魅了したのである。もし妻をもらうことによって自己を完成させることがあったのなら、それと同じ「権威」によって妻が自分を世間において理解してくれたら絶えず思い返すのであった。ただ道具があまりにも完璧すぎると自分とその才能にあまりに大きな隔たりができてしまうという懸念が実際はあった。マダム・ド・サントレはニューマンにとって念入りな教育が施されたものと感じるし、若い時に教養の神秘的な儀式や過程もくぐり抜けたとも感じるし、ある種の高尚な社会的な必要に適応し柔軟な姿勢を取れるような感じもするのである。これらは全て私が以前確言したように、彼女が唯一無二な存在である、彼に言わせれば、非常に高価な品物で自分の周りには最上級のものしか置かない男ならそれを手に入れることに無上の喜びを感じであろうという品物、という印象を他者に与えるのである。しかし個人的な幸福ということを視野に入れてそれを見ると、ニューマンはこれほど絶世とも言える混合物に先天的な自然の要素と後天的な技巧の要素を分かつ線はどこにあるのかと不思議に思った。特別な意図はいったいどこで良き作法の習慣と分かつのだろうか？気品はどこに終わり誠実さはどこで始まるのか？ニューマンは自分が賛美する対象にいつでも応対できる姿勢をとりながらも、これらの複雑な疑問をあらゆる角度から自問自答したのであった。しかしこういった疑問は彼がまた余裕がある時に、そのメカニズムを全き安全な状態で吟味できると感じるようになった。

「一人でいらっしゃるのは嬉しいことです。一対一で面談ができることはご存知のように今までありませんでしたからね」

「でもこれまでにあなたはご自分の運の良さに満足しているようでしたわ」とマダム・ド・サントレが言った。「面白げに私の訪問者を座って見ていたではありませんか。彼らについてはどう思ったのですか？」

「いいえ、その女性たちはとても優雅で気品があり、会話もとても当意即妙なものとお見受けしました。しかし私が専ら考えていたことは、その人たちのおかげで私はあなたをますます賛美するようになったということですよ」。それは異性への慇懃な振る舞いとしてニューマンがそう言ったのではなく、実際はむしろ逆である。それは単に実践的で自分が欲しがっているのが何かがわかった男の本能的な行動であり、それを獲得するために実際に着手し始めたというものである。

マダム・ド・サントレは微かに身を驚かせ、瞼を上げた。彼女はこれほど熱烈なお世辞を受けようとは明らかに予想していなかった。

「まあ、それなら」と笑った。「あなたが私一人でここにいるのを見出すのは運がいいとは言えませんね。誰かがすぐにこの部屋に入ってくるといいのだけれど」

「いえ、それは困りますよ。私はあなたに言いたいことがあるのです。兄とはお会いしましたか」

「ええ、一時間前に会いましたよ」

「彼はあなたに対して兄と私が昨夜会合したことについて話しましたか?」

「ええ」

「そして私たち二人が話し合ったことについては聞きましたか?」

マダム・ド・サントレは少し黙った。ニューマンがこれらの質問をするにつれて彼女は少し蒼白になっていった、あたかも何が必然的にこれから起こるのかについては承知しつつ、それが気分のいいことではないことも分かっているかのように。

「兄に何か私宛のメッセージを伝えたのですか?」と彼女は聞いた。

「それは厳密にはメッセージというものではありません。お願いをお兄さんに頼んだのですよ」

「そのお願いというのはあなたを賛美するということではないですの？」彼女はあたかも自分を楽にさせるために、この質問をする際に小さな笑みを添えた。

「ええ、結局はそういうことになるでしょうね」とニューマンは言った。「お兄さんは僕のことを賛美していましたか？」

「彼はあなたのことをとてもよく話していましたわ。しかしそれがあなたによる特別なお願いに基づくものであることがわかっていたなら、その讃辞を多少は加減して耳を傾ける必要がありますがね」

「いいえ、違いはありませんよ。あなたのお兄さんは自分が本心で思っていることしか話ませんからね。あまりに正直な人間なので、私をよく思っていないのなら褒めることなんでないでしょう」

「真剣に言っていますの？あなたは私の兄を褒めることによって私を喜ばせようとしているんじゃないかしら？そのやり方はうまいとは思いますけどね」

「私にとっては、成功するやり方ならなんでもいいのですよ。私にとって得になるのなら、一日中でもお兄さんを褒めますよ。彼は小柄ながらも高潔な人間です。彼は私に助けとなることならなんでもしてくださるって約束してくれて、彼を大いに頼ってしまうような気持ちになりました」

「あまり真に受けない方がいいわよ」とマダム・ド・サントレは言った。「あなたのことを実際はほんの少ししか助けられませんもの」

「もちろん、根本的には自分で何とかしなければならないのはよく分かっていますよ。ただ私としてはその機会が欲しいのです。あなたに昨夜のことを伝えた上で私に会ってくれることを承諾してくれたのを見ると、どうやらその機会を与えてくれたようです」

「ええ、あなたと会っていますわよ」とマダム・ド・サントレはゆっくりと真面目に言った。

「私は兄とそうするって約束しましたからね」

「実に素晴らしいお兄さんですよ！」とニューマンは叫んだ。「昨夜私があなたに伝えたのは以下の通りです。私は今まで出会ってきたどの女性よりもあなたが素晴らしい女性と思っていて、あなたを私の妻として熱烈に受け入れたいのです」

これらの言葉を極めてはっきりとしっかりとした態度で、何一つ混乱することなく述べた。彼はこの言葉で頭がいっぱいだったのであり、そしてそれを完全に自分のものとしていたので、彼は気品をというものをその一身に全て備えているマダム・ド・サントレを彼の力強い良心という高みから見下ろしていたのであった。今のこの特別な態度と声色は彼が発揮できる限りの中で最上のものだったであろう。とはいえ話し相手がさっきまで浮かべていた漠然としつつも作り笑いをしているのがわかるその表情も、この話を聞くとその微笑みも消え褪せていって、彼女は座りながら唇を開き、悲劇の仮面のように厳粛な表情をしつつ彼を見ていた。この場面では彼が原因で彼女は大いに苦痛を感じているのは明らかではあったが、動揺には決して怒りの声が感じられなかった。ニューマンは彼女を傷つけたのかどうかがわからなかった。彼としてはもの惜しみない献身を表現したつもりでいるのにそれがどうして不愉快に受け取られるのか考えもつかなかった。彼は立ち上がり彼女の前にきた。そして片手を炉棚に寄せた。

「このことを言うにはまだ早すぎるのは分かっています、会って間もないですからね。そういうわけで、私の今の言葉は失礼だと受け取られるかもしれません。それも私の不運ですな！本当はあなたと初めてお会いになった時に言うべきだったのです。実は以前にもあなたと会ったことがあるのですよ。私の空想の中でね、あたかも旧友のように。ですから私が言うことは単なる礼儀でもお世辞でもないし、決してナンセンスなことでもありません。私にはそういう風に喋ることはできません。どうすればいいかは分かりませんし、かといって分かっていたとしてもあなたにはそんな風に喋ることはないですが。私が今言ったことは本心からの真剣そのものです。私はあなたを知っているし、あなたがどれほど美しく賞賛されるべき女性かも承知しています。もしかすると日が経過すればさらによく知るようになるでしょうが、とりあえず今では一般的な考えしかありません。あなたは私がまさしく探し求めていた女性であり、例外を述べるとすれば私のその期待を上回るほどに完璧だと言うことです。私はいかなる断言や誓約はしませんが、私を信じてください。これらのことを全ていうのは、あまりに早すぎることは承知しています。しかし時間を節約できるなら、そうしない理由はどこにあるでしょう？そしてあなたが反芻するだけの時間が欲しいなら、もちろん欲しいでしょうが、早い段階から始めてくだされば私にとっても得なことです。あなたが私についてどう考えておられるかは分かりません。しかし私に何か秘密があるとかそういったことはありません。あなたが見ての通りの私なのです。あなたのお兄さんは私の祖先や職業は私にとってこの件で不利だと仰いました。あなたの一家は私よりも高い社会的な地位にどうやらあるようです。そういった考え方は、私としては当然理解できないですし受け入れられるものではありません。しかしあなたにとっては一向に関係のないことですね。私は堅実な人間であるということは大いに自分で保証しますし、もし私がその気になれば数年だけで私がどういう人物なのかを説明することに時間を浪費することなしにご理解いただけるようにすることができます。あなたが私のことを好きか否かはご自分で判断なさってください。私はご覧の通りの人間です。私は自分が悪徳を隠していたり卑劣な策を企んでいることはないと自分で自分を心から信じているのです。私は言葉で表現できないほどに親切な人間なのです！男が女に与えられるもの全てをあなたに与えます。私には莫大な資産があります。蕩尽することのないほどにね。もしいつかお許しいただけるのなら詳細について話します。華美なものが欲しければ、金に抛れば獲得できるものである限り、あなたのものとなります。そして結婚において何かあなたが諦めたり手放したりしないといけないものがあったとしても、それに対する埋め合わせは絶対にないなどとお考えにならないように。全部私に任せてください。私があなたのことを世話します。あなたが必要だと思っているることを知りたいのです。精力と創意さえあればなんでも用意できます。私は強い男なのでね！以上です、以上が私が心の中で思っていること全てです！こうしてそれを発散させてとてもいい気分です。もしこの話があなたにとって不愉快な気分にさせたのならとても申し訳ないと思います。しかし物事というのははっきりとした方が何倍もいいのです。もし今答えたくないのなら、それで構いません。どうか考えてください。心許すまでにじっくりと考えてくださ い。もちろんあなたに対する賛美の気持ちについては私はまだ半分も言っていないし、そもそも言葉で完全に言い尽くすことができません。しかし私に対して好意的な目線で捉えてみてください。そうしていただくのが公平というものでしょう」

このニューマンが誕生して以来最も長い言葉を喋っている間、マダム・ド・サントレは彼から目線を全く離さず、最終的にはそれがどこか魅せられたかのような凝視のようなものへと広がっていった。話が終わると、彼女は目線を下げ、しばらくの間下を見ながら座って、そして自分の前を真っ直ぐに見つめた。そしてゆっくりと立ち上がったが、彼女が少しその動作を震えながらしているのをもし見るものの両眼が尋常でないほどに鋭かったら気付いたであろう。彼女の極めて真剣な表情は揺らいでいなかった。

「このような申し出をしてくださりありがとうございます。とても奇妙な感じがしますけど、先に伸ばすことなくこうして話してくださったことを嬉しく思います。この件についてはこれで終わりにしてしまうのが宜しいかと存じます。あなたが言われたことは全て嬉しく思いますし、私にとって大いなる栄光でした。しかし私はもう結婚しないと決めております」

「おや、そのようなことは言わないでください！」とニューマンはその懇願し愛撫するような抑揚で全く *naïf*[78] な声色で叫んだ。彼女は振り向いたが、その言葉を聞いてその場で背を向けたまま立ち止まった。「考え直してみてください。あなたはあまりにも若いし、あまりにも美しいし、あまりに幸福になるように生まれてさらに他人を幸福にする存在なのですよ。もしあなたが今の自分の自由を失うのが嫌なのなら、今あなたがここで人生で味わっている自由なんて私があなたに提供する自由に比べれば、それは侘しい束縛だということは断言しますよ。おそらくあなたが今まで行ったことのないことを行うことができるようになるのですよ。お望みとあらば広い世界のどこにでもあなたを連れていきそこで住むことができます。今の暮らしは不幸なのでしょう？私からするとあなたは今不幸な人生を送っているように思えます。しかしそんな惨めな思いをするのはあなたの正当な権利に反しますし、そのためにあなたは生まれてきたのではありません。私があなたがたの中に介入して、その惨めな暮らしを終わりにさせます」

マダム・ド・サントレはその場でしばし佇んで、彼からは目線を逸らしていた。彼の話し方によって心の琴線に触れられるとしても、それはあり得ることである。ニューマンのいつもはとても落ち着いていて尋ねるような口調なのだが、今では次第に自分が愛玩している子供に向かって語りかけるように優しく、柔和な口調で説明を聞かせるような口調になっていた。立ったまま彼女を見ていて、彼女はやがてもう一度振り向いたが、今回は彼の方を向くことはなく、明らかに無理しているような感じで静かな口調で話を始めたのであった。

「私が結婚をするべきではないのは、たくさんの理由があります。それらを全てあなたに説明することはとてもできません。私の幸福についてですが、今私はとても幸せです。あなたの申し出は私にとって奇妙なものに思え、その理由を言い尽くすことはできません。もちろんあなたがそういった申し出をする権利はあります。しかしそれを受け入れることはできません、無理です。このことについては絶対にもう二度と話さないでください。もしそれを約束できないのなら、もうここには来ないでくださいと言わざるをえません」

「どうして無理なのです?」とニューマンは尋ねた。「今申し出たばかりなので、実際のあるべき気持ちとは違った気持ちを抱いているかもしれません。最初からあなたがこの申し出に喜ぶとは思ってはおりません。しばらくの間このことについてじっくりと考えてくだされば、私の申し出に満足を覚えるかもしれません」

「私はあなたのことを知らないのですよ。あなたのことなんてほんの少ししか知らないことを考えてみてください」

「もちろんほんの少ししか知りませんとも。ですから最終的な判断をこの場で下してくれることはお願いしておりません。私はただ『いや』とは言わず、希望を持たせてくれることをお願いしているのです。あなたが望むまでいつまでも待ちます。その間にあなたは私のことをもっと見て、もっと知ることができるようになり、そして夫として、一人の候補者として結婚してもいいと思うような目線で私を見ることができるようになります」

マダム・ド・サントレの脳内には何かが素早く生じていた。ニューマンの両眼の下に自分の目線を据えつつ、心の中で一つの問題を重点的に考えていた。

「あなたの家から立ち退いて二度と戻ってこないでほしいと非常に無礼なお願いを強制させず、私はこうしてあなたの話に耳を傾けて、あなたに希望を与えているようです。私は自分の判断に反して、あなたの話を聞いたのですよ。それはあなたが雄弁に喋り続けるからです。もし私が今朝、あなたを夫の候補者として受け入れろと言われたら、それを言っていた人は少し頭がおかしいのではないかと思ったでしょう。私はあなたの言っていることを聞いているのですよ、分かりますよね！」

そして彼女は腕をしばし差し出して、今度は何か弱さをかすかに訴えるかのように腕を落とした身振りをした。

「ええ、いうべきことはこれで全て申し上げました。私はあなたのことをどこまでも信じていますよ。私はあなたをこれ以上は不可能なほど素晴らしい方だと思っております。今しがた言ったように、私はあなたが私と結婚してくださるのに何も心配することはないと強く信じております」。ニューマンは微笑んで続けた。「私に悪い癖や習慣はありません。私はあなたに多くのことを尽くすことができます。そしてあなたが今までとってきた上品で繊細で生真面目な習慣に私が順応できないのではないかということが不安なのなら、それについてはどこまでもそう思っていただいて構いません。私は繊細なのですよ!今にわかります!」

マダム・ド・サントレは少し彼から距離を取って、窓の前に置いてある磁器製の鉢の中で咲いている大きなアザレアの前に立ち止まった。彼女はそこから花を一枚むしってそれを指で捻り、今きた足跡を戻り無言のまま座った。その態度はニューマンにとってはもっと話してほしいという同意だと思われた。

「どうして結婚は不可能だとおっしゃるのですか?」とニューマンは続けた。「それだけの理由として唯一考えられるのは、あなたはすでに過去に結婚されたことがあることでしょう。前の結婚生活が不幸だったから?それならまだ分かります。それともあなたの一家があなたに圧力をかけて、介入して、邪魔をするからですか?それもまあ尤もな理由です。あなたは全く自由な存在であるべきで、それが私との結婚によって実現されます。私はあなたの一家について何か悪いことを言うつもりはありません、そのことは理解して欲しい!」とニューマンは鋭利な観察者なら笑みを思わず浮かべてしまうような熱心さで言った。「あなたの一家に対してあなたがどう思われるようとそれは自由なのです。そして一家の人々に対して私が彼らとうまくやっていくためにこうして欲しいというお願いがあるのなら私はできるかぎりそれに応えます。そのことは信じてください!」

マダム・ド・サントレはまたもや立ち上がってニューマンが側に立っていた炉辺のところへと進んだ。苦痛と当惑の表情が彼女の顔から消えていたが、その表情は、ニューマンは少なくとも今の時点ではそれが習慣的な癖によるものなのか意図して作っているのか、人為的なものかあるいは自然的なものかについての疑問に当惑する必要がないものを湛えていた。彼女の表情は、友情の境界線を踏み越えて自分の周りを見ながら、その領域が広大なものであることに気づいたかのようなものであった。

「あなたともう一度会うことを拒絶しはしません」と彼女は言った。「というのもあなたが今仰った多くのことは私を嬉しくさせたのですから。ただし今後は次の条件に従ってください。当分の間は今回のような話を私にこれ以上一切しないことです」

「当分とはどのくらい？」

「半年です。これは厳粛な約束です」

「わかりました。約束しましょう」

「それでは今日はこの辺で」と彼女は腕を伸ばした。彼はそれを握ったが、あたかもさらに何か言おうとしていたかのようだった。しかし彼は彼女を見ただけであった。そしてそこを立ち退いた。

その晩、大通りでヴァランタン・ド・ベルグルドと出会った。会釈を交わした後、ニューマンは彼に対してマダム・ド・サントレを数時間前に出会ったことを伝えた。

「知っていますよ」とベルグルドは言った。「ユニヴェルシテ通りで一緒に食事をしましたからね」

そして二人は黙るようになった。ニューマンはベルグルドに対して自分の今日の訪問はどのような具体的な印象をもたらしたのかを聞きたかったし、ヴァランタン伯爵はヴァランタン伯爵で聞きたいことがあった。

「これは私には関係ないでしょうが、妹には一体全体どんな話をしたのですか?」

「喜んでお教えますよ、彼女にプロポーズしたのですよ」

「もうですか!」そして若い男は口笛を吹いた。「時は金なりですな!確かアメリカではそう表現するのでしたよね?それでマダム・ド・サントレの答えは?」と質問する口調で続けた。

「彼女は私のプロポーズを受け容れてくれませんでした」

「できませんよ、そのようなやり方ではね」

「しかしこれからも会いに行ってもいいということです」

「女ってのはよく分からんな!」とベルグルドは叫んだ。そして彼は止まって、ニューマンを腕一杯に引き離した。「あなたのことを尊敬しますよ」とまた叫んだ。「あなたは我々のいう個人的成功を納めたのです!だから今すぐに私の兄にあなたを紹介しないと」

「いつでもどうぞ!」とニューマンは言った。

# 第十章

ニューマンは友人のトリストラム夫妻とは依然と同じく、絶えず会っていた。しかしトリストラム夫人の言うところに耳を傾けると、ニューマンがより地位の高い人と交際したということに皮肉的ながら相手にされなくなったことを考えていたと思うかもしれない。

「競争相手がいなかった時が一番いい関係を結べていましたね。私たちもいないよりはマシな相手でしょうから。しかし今ではあなたが幅を利かせるようになり毎日三回も夕食から招待されて取捨選択するようになったのですから、私たちは片隅に追いやられたというわけです。あなたがこちらに足を運んで月に一回あってくださるのはとてもいいことです。封筒に入れた招待状を送っていただけませんか。その際はどうか黒縁を使ってくださいな。私の抱いている幻も止めを刺されるというわけです」

このように痛烈な言葉がトリストラム夫人がニューマンのいわば相手にしないような態度を説教したわけであるが、実際のニューマンの態度は極めて模範的な忠実なものであった。もちろん彼女は冗談として言っていたのだが、冗談にはいつも皮肉的なものが込められていた。というのも彼女の真面目さにはどこか陽気なものが込められていたからである。

「私としてはあなたにとても丁重に接してきたつもりで、実際の証拠としてそうやって私に馴れ馴れしく接して来るではありませんか。度を過ぎた親しさというのは軽蔑を生みます。自分を安く取り扱いすぎました。もし私がもっと適切な誇りを持って振る舞っていたなら私はしばらく離れていたでしょうし、仮にあなたが私を食事に招待したとしても、私はボレアルスカ公爵のところへと足を運ぶと言って断ったでしょうな。とはいえ自分の楽しみに関しては私の抱いている誇りは無関係なので、あなたが私と交際を続けたい気持ちにさせ続けるためには、たとえそれが私の悪口を言うためであったとしてもですよ。私はあなたの要求についてなんでも同意しますよ。私がパリで最大の俗物だということは認めます」

ニューマンは実際のところ、好奇心旺盛なポーランド夫人のボレアルスカ公爵夫人から個人的な招待を受けたことがあったが、トリストラム夫人とその日食事をするということで拒絶したことがあった。それで彼が古くからの友人に対して薄情だというイエナ街の女主人の単なるひねくれた理論に過ぎないということになる。だがトリストラム夫人は、彼から結構な頻度で訪問を受けていたそのことによって道徳的な苛立ちを覚えていたことの根拠をこのように無理やり引っ張る必要があった。とはいえ、もしこの説明にピンと来ないのなら、私よりも優れた分析家による説明が必要になるだろう。ともかく、我らが主人公を奔流へと放ったわけだが、彼女はニューマンを運び去っていくその流れがあまりにも早すぎてあまり嬉しくないようである。あまりにも成功しすぎたのであった。このゲームをあまりに聡明なやり方で事を運んでいってしまい、手札をもう一度ごちゃ混ぜにしたくなったのである。ニューマンは彼女に対して、調子よく流れている時に、彼女の友人は「十分」だといった。この言葉は決してロマンティックなものではないが、トリストラム夫人はその言葉の背後にある彼の気持ちの真髄を容易に察したのであった。実際、その言葉がそっと発せられた際の含蓄を含んだ端的さや、椅子の背に頭を持たせつつ目を半分閉じていたニューマンの訴えかけつつも計り知れないような外観は、今まで生きてきて、これほど雄弁に成熟した感情を表しているものに出会ったことはないという感じを受けたのである。ニューマンは、フランスの言葉によれば、「感性のみでいっぱいである」。つまり彼女と同じ考えであったのだが、彼の温厚な恍惚感は彼女自身が数ヶ月間包み隠さずに表した熱心さに奇特な影響を引き起こした。そして彼女は今ではマダム・ド・サントレに関して純粋な批評的な捉え方をするようになってきて、その女性が徳という徳をその身に一身に備えている存在であるなどというのは絶対思ってほしくないことを理解して欲しいと願った。

「あの女性ほど素晴らしい女性は今まで見たことないわね。シェイクスピアが『オセロー』でデズデモーナのことをなんていったか思い出してちょうだいよ。『少しも油断のならないヴェネツィア人』よ。マダム・ド・サントレは少しも油断のならないパリ人だというわけ。彼女は魅力的な女性で五百もの長所があるの。でも油断のならないことは覚えておくといいわね」

トリストラム夫人は単にセーヌ河の向こう側に住んでいる親愛なる友人に対して嫉妬を覚え始めたのを自分で見出し、理想的な妻をニューマンに与えるという企てにおいて自身のあまりに私心のない助けに頼りすぎていたことに気づき始めたのであろうか？それを疑っても不当ではあるまい。この首尾一貫性の欠けたイエナ街の華奢な女性は、自分の置かれている状況を変えるための知性的な必要に迫られていた。想豫力は活発であり、自分の主要な信念の正反対なものについても時折空想する能力を持っていて、そのあまりの鮮烈さは自分が確信して事柄以上に鮮烈なものである。物事を正しく考えることにうんざりし始めていた。しかし深刻な害がもたらされるわけでもないことを見出した。なぜなら誤って考えることにもうんざりしていたのだから。彼女のこういった不思議なつむじまがりな態度をとっている際にも、ある時に素晴らしいほどに公平な考えを閃くこともあった。そういったことはニューマンがマダム・ド・サントレに対して形式的なプロポーズをしたことを伝えた時に生じた。彼は短い言葉で自分のマダム・ド・サントレに伝えた言葉を彼女に要約し、そして彼女の答えについては多くの言葉で説明した。トリストラム夫人は大いに興味を持ってその話に耳を傾けた。

「でも結局のところ、私が祝福されるようなことはないですね。決して勝利の凱歌を収めたわけではないのですから」とニューマンは言った。「いえいえ、それは大いなる凱歌ですよ。何せあなたの言葉を最初聞いた時ですら、あの人は押し黙ったり二度と話しかけるなと言われたわけでもないですから」

「そんな風にはあまり思えませんが」

「それはそうでしょう。そう思ったら逆に変ですよ。私があなたに自分で事を進めて頭に浮かんできたやり方でやっていった際、これほどまでに一足とびで一気に進めてしまうとは思いませんでしたわ。五回か六回、朝の訪問をしただけでプロポーズをするなんて夢にも思いませんでしたの。それなのに、いったいどういう事をすれば彼女にあなたが好かれるようになったのですの？あなたは単に座ってただ相手を見ていただけでしょう。それもそこまでジッとではなく。でも彼女はあなたに好意を持っていますよ」

「それに関してはまだはっきりとはしていません」

「あら、もう証明されましたわ。そこからどう進展していくのはまだはっきりしていませんけどね。面倒なプロセスをすっ飛ばして、一気に彼女に結婚を申し込むなんてまさか彼女は夢にも思ってもなかったのでしょうね。あなたが実際にその話をしている時に、彼女がどういう気持ちで何を考えているかなんてあなたには全くわからないでしょうね。もし本当にあなたと結婚することがあれば、全人類が女性に対して取っている日常茶飯事の不公平な態度によってその結婚もまた特徴付けられるでしょうね。あなたは彼女に対して寛大な目で見ているとお考えでしょう。しかしあなたの申し出を受け入れる前にどれほどの感情の未知な荒波を乗り越えていったかは皆目検討がつかないでしょうよ。彼女があなたの前に立って話を聞いていた時、その荒波に飛び込んだのですわ。彼女はこう言ったのですよ。『別にいいではありませんか』

とね。そしてそれは数時間前まではとても考えることすらできなかった感情なのですよ。まるで回転軸のように無数の先入観や慣習をかき集めては思いを馳せ、今まで見たことのない方面へと目を向けたのです。私がこのことについて、マダム・ド・サントレと彼女を代表するもの全てについて、そこには何かとても素晴らしいものがあると考えてしまうの。私が彼女にあなたが運を試してみる事を勧めた時、もちろんあなたが成功することを望んではいましたし、罪をいくつか犯したにしても今もそう思っております。しかし正直に言えば、私は彼女のような存在があなたに対してそのような態度を取るなんて、あなたが本当はどういう方で何を行ったのかわからなくなってしまったの」

「いえ、どうもそこには何か素晴らしいものがあるようですね！」とニューマンは笑いながら言葉を繰り返した。そこに何か素晴らしいものがあることを聞いて異様なまでに満足感を覚えたのであった。そのことについて自分で微塵にも疑わなかったのであり、世間の人々がマダム・ド・サントレを称賛していることの価値を見積り、その彼女を所有することにより一層の満足を覚えられるようになることを考えたのであった。

ヴァランタン・ド・ベルグルドがやってきて友人のニューマンを他の家族に案内するためにユニヴェルシテ通りへと連れて行ったのは、ちょうどこの会話が終わってからであった。

「もうすでに紹介は済んでいて、話題に上っていますよ。私の妹はあなたが家へと訪問するたびに母にそのことを話したのですが、母が毎回不在だったのは偶然です。私はあなたのことを莫大な富を持ったアメリカ人で世界でも最もできた人物であり、妻をもらうために非常に優れた女性を探しているという具合に話しています」

「マダム・ド・サントレはあなたの母親に私が彼女と交わした会話について話されたと考えていますか？」

「していないと私は強く確信していますよ。そして今後もせず心の内に秘めておくでしょう。その間に、残りの家族の人たちと仲良くなるようにしなければなりません。家族の者たちはあなたについて多数のことを知っておいでです。あなたは商売で多大な財産を築き、やや変わった人物であり、私たちの愛するクレールを敬愛していると包み隠さずに表明しているということです。義理の姉は、マダム・ド・サントレの客間でその人と会ったのは覚えていらっしゃるでしょう、どうやらあなたのことを気に入ったようですよ。あなたは *beaucoup de cachet*[79] を持っているような人だと言っていました。そういうわけで、私の母はあなたに会いたがっておられます」

「彼女は私のことを笑ってやるつもりでいるのですね？」

「笑いませんよ。もしあなたのことをお気に召さなかったら、わざわざ面白がらせるようなことをして好意を引こうとはしないでくださいよ。いいですか、私のこの言葉を肝に銘じておいてくださいよ？」

この会話は夕方に行われ、三十分後ヴァランタンはユニヴェルシテ通りにある家のある部屋へとニューマンを連れて、まだ一度も通されたことのないベルガルド侯爵未亡人の客間へと案内された。そこは広大で天井が高い部屋であり、壁の上の部分と天井が白っぽい灰色で塗られた精巧で重苦しい蛇腹で飾られていて、出入り口のドアと椅子の背には入念に修繕されたが相当色褪せた綴織がかけられていた。床にはとても古いにもかかわらず、いまだに柔らかくフカフカしていて、明るい色をしたトルコ製の絨毯が敷かれている。そしてベルグルド夫人の各々の子供の十歳の時の肖像が、赤い絹の幕を背にかけられていた。部屋はちょうど会話をするのに十分なほどに六本の、部屋の隅々に置かれて距離も十分に取られている蝋燭の光によって照らされていた。炉辺の近くにある深い肘掛け椅子に、身を黒く仕立てていた老婦人が座っていた。部屋のもう片端には、もう一人の人物がピアノの前に座っていて、非常に表現たっぷりにワルツを弾いていた。ピアノを弾いている人物が若きベルグルド侯爵夫人であることをニューマンは認めた。

ヴァランタンは自分の友人を紹介し、ニューマンは炉辺のそばにいる老婦人へと歩いていき握手をした。白くて華奢で老いた人物の顔つきであり、額は高く、口は小さく、それでいて若さのみずみずしさをまだそれに内包している冷淡な青色の両眼をすぐに見出した。ベルグルド侯爵夫人は彼をジロジロ見て、彼の差し出した握手をある種のイギリス的な好意が感じられて、それが、彼女が聖ダンスタン伯爵の娘であることをニューマンに思い出させた。彼女はピアノを弾くのをやめて、ニューマンに愉快げな笑みを与えた。ニューマンは腰を下ろして周りを見回した。その間にヴァランタンは若き伯爵夫人のところへと進みその手に接吻した。

「もっと前からあなたにお目にかかるべきでしたが」とベルグルド侯爵夫人は言った。「私の娘を数回訪ねましたよね」

「ええ」とニューマンは微笑みながら言った。「マダム・ド・サントレと私は今では旧友のような間柄になりました」

「あまりに早く進めすぎましたね」とベルグルド侯爵夫人は言った。

「私としてはそれでも遅いと感じています」とニューマンは勇敢な調子で言った。

「私も野心的ですのよ」と言った。

ニューマンは彼女の本性を見抜くのは決して簡単なことではないと悟った。彼女は得体の知れぬ、底の見えない小柄な女性であった。娘に似てはいるが、実際は全く異なっている。マダム・ド・サントレと血色は同じであり、その額と鼻に極めて気品が感じられるのも相似している。だが顔はこれまた彼女と似ているがより大きく他者から強制されているようなものがない感じで、娘の慎ましい口とは著しい違いが特色として示されている。唇はふくよかでありながら引きしまっていて、その口が閉じているとグースの実を飲み込んだり「いえ、それは違いますよ！」と話すこと以上に開くことはできなさそうであった。それはあたかも四十年前に幾つかの『美の本』において載せられていた、エメリーン・アセリング嬢のような貴族的な美しさを描く最後の仕上げとして看做してもいいかも知れない。マダム・ド・サントレの顔は風によって模様が作られ雲が偏在している西部の平原の地平線のように快いほどに多彩な表現を持っている。しかし彼女の母の白くて真面目で体裁の良い表情は、そのよそよそしい目線と曖昧な笑みはまるで署名され封をされた書類のようであった。羊皮紙とインクと定規で引かれた線の書類。

「慣習と礼儀でいっぱいの堅苦しい女性だな」。ニューマンは彼女を見て自分に言った。「彼女の持っている世界は永遠不変にすでに定められているものだ。しかしその世界でどれほど寛いでいるのか、そしてそこをなんと居心地のいいものと感じていることか！そこにあたかも花が盛んに開花している公園、エデンの園のように散歩しているのだ。そして彼女が『これは気品である』とか『これは不適切だ』という文字が標識に書かれているのを見ると、恍惚とした気持ちで立ち止まりあたかもナイチンゲールの鳴き声に耳を澄ませたり薔薇の香りを嗅いでいるような気分でいるのだ」

ベルグルド侯爵夫人は顎の下で結んでいる小さな黒色のビロードのフードを被り、古い黒色のカシミヤ製のショールで身を包んでいた。

「アメリカ人ですよね、あなたは？」と彼女はやがて言った。「アメリカ人も何人か見たことがありますよ」

「パリにもアメリカ人が何人かいます」とニューマンは冗談で言った。

「あら、そうなの？私がアメリカ人と出会ったのは英国かどこかであって、パリではありませんでした。何年も前に、確かにピレネー山脈だったはずです。あなたの国の女性は非常に綺麗だと聞きます。実際にあったことのある一人は綺麗でしたわ！その類い稀な顔色といったら。ある人から、誰かは忘れましたが、紹介状を私に見せてくれて、それと一緒に短い手紙を送ってくださったのよ。その手紙を長い間私は保管していたの。何せその文章表現がとても変わっていたからね。以前はその文章のいくつかを暗記していましたわ。しかし今ではもう忘れてしまったわね、何せもう何年も前でしたからね。それ以来アメリカ人とは出会ったことがないわ。私の娘は会ったことがあるはずです。彼女は遊び人ですし、誰とも出会いますからね」

こう言うと若い方の夫人の自分の細い腰をとてもきつく締められたいかにも苦しい様子で音をたてて彼女の方に近づき、相手の舞踏のために仕立てられたように思える衣装を物憂げに見つめていた。奇妙なことに彼女は醜くもあると同時に綺麗でもあった。突き出たような目をしていて、その唇は奇妙なほどに赤かった。ニューマンに友人であったニオシュ嬢を思い起こさせた。彼女の様子が、あの行動を妨げられている若い女性がどのようなものになりたがっていたかを彼に示していた。ヴァランタン・ド・ベルグルドは距離をおいて彼女の後ろを歩き、後ろに長く引きずっている裾を踏まないように気をつけた。

「肩はもっと曝け出すようにしたほうがいいですよ」と非常に真面目な調子で言った。「いっそのこと立ったひだえりをつけたほうがいいですね」

若い女性は炉辺の上にかけてある鏡から背を向けて、ヴァランタンのその意見を確かめるために後ろを見たのであった。鏡は低く下げてあったが、映っているのは皮膚が露出した大きな肩だけであった。若き侯爵夫人は自分の手を自分の背に当てて衣装の腰を下へと引っ張った。

「こういう感じでいいの？」

「多少はマシになりましたね。でもまだまだ改善の余地はありますよ」

「私としては極端なことはしたくないわ」と彼女は言った。そしてベルグルド侯爵夫人の方へと向いていった。「今私の事なんて言いました？」

「遊び人って言ったわよ」と老婦人は言った。「でももっと別の言葉を使ったほうがいいかもね」

「遊び人？汚い言葉ね！どういうことよ？」

「とても美しい人物」と二人の会話がフランス語で行われているので、あえてニューマンはこのように言った。

「それはお世辞としては結構ですけど、翻訳としてはだめね」とベルグルド侯爵夫人は言った。そして彼をしばし見つめた。「踊るのはどうかしら？」

「全く無理ですね」

「それじゃあだめね」とそっけなく言った。そしてまた後ろの鏡をチラッと見ると、その場から離れた。

「パリはどう、気に入っているかしら？」と老婦人はどうもアメリカ人と話す適切な喋り方を模索している様子で聞いた。

「ええ、かなり」とニューマンは答えて、好意的な口調で続けた。「あなたは？」

「そもそもパリをわかっているは自分で思えないわ。私はこの家を知っているし、友人たちのことも知っている。でもパリについては知らないの」

「それだと、大いに損していますな」とニューマンは同情するように言った。

ベルグルド侯爵夫人は彼をジッと見た。どうやら彼女の損失についてお悔やみをいただいたのはこれが初めてのようだった。

「私は自分の持っていることで満足しているわ」と彼女は威厳を以て言った。

ニューマンの両眼はその瞬間では部屋の方へと彷徨っていたのだが、受けた印象としてはみすぼらしいものというより悲しいものだという感じで心を打たれた。小さなガラス窓に厚いはめ枠を使った高い開き窓から、窓の間に挟まっているパステルで描かれた前世紀の二、三枚の黄ばんだ肖像画へと目を映していった。この老婦人が現在の境遇に満足していることはとても自然なことであると答えるべきだったのは明らかだった。実際に多くのものを彼女は有していたのだから。しかしこのことはその後に続いたしばらくの彼女の沈黙の間では彼は思い浮かぶに至らなかった。

「それでお母さん、僕の親愛なる友人であるニューマンさんをどう思いますかね？この前言ったように、素晴らしい男と思いませんか？」とヴァランタン侯爵は炉辺に寄りかかりながら聞いた。

「まだニューマンさんとはそんなに仲良くなっていないのよ」とベルグルド侯爵夫人入った。

「ただそれでもこのとても慇懃な振る舞いは好ましく思うわね」

「私のお母さんはそういったことについて判断するのは大の得意なのですよ」とヴァランタンがニューマンに言った。「もし彼女の好意を得られたなら、それはまさに一つの勝利ですよ」

「意を得られたいものですね、いつか」とニューマンは老婦人の方を見た。「まだ何もしていませんが」

「私の息子の言うことに耳を傾けちゃダメよ。何か面倒ごとに巻き込まれるわ。彼は何も考えていないのですからね」

「いえ、私は彼を気に入っていますよ、気に入っていますとも」とニューマンは愛想良く言った。

「あなたを面白がらせるわけね?」

「ええ、全く」

「ヴァランタン、聞いたかい?ニューマン殿があなたのこと面白いってさ」

「僕たち全員いつかそうなるといいな!」とヴァランタンは叫んだ。

「もう一人の息子とも会ってちょうだい」とベルグルド侯爵夫人は言った。「彼はこいつよりも遥かにましよ。でも彼と会っても面白い気分にはならないでしょうね」

「わからんよ、わからんぜ！」とヴァランタンは物思い気につぶやいた。「まあすぐにわかるさ。噂をすれば *Monsieur mon frère* [80] がおいでました」

ドアが開いて一人の男が入ってきたが、その男の顔はニューマンに見覚えがあった。ニューマンが初めてマダム・ド・サントレに面会しようとした時に大いに狼狽させた当の本人であったのだ。ヴァランタン・ド・ベルグルドは自分の兄のところに行き、彼をしばし見た後に腕を取ってニューマンのところへと引き連れていった。

「彼が私の優秀な友人ニューマン氏だ」と彼は淡々と言った。「ぜひ彼と話してみてくれ」

「ニューマン殿に出会えて光栄です」と侯爵は低くお辞儀をしたが、手は差し出さなかった。

「こいつはあの老いた夫人の模造品だな」とニューマンはベルグルド氏に対して挨拶をしながら心の中で思った。そしてこれを出発点として彼は色々と憶測しつつ理論を組み立てていった。すでに死去した侯爵はとても愛想の良い外国人であり人生をのんびりと過ごそうと思っていたが、あの炉辺に座っている堅苦しい小柄な老婦人の夫としては、それは難しいということを悟り、そんな妻には慰めを得られることはほとんどないにしても、自分の二人の子供は、老婦人が長男に愛着したのと比較して、大いに慰めを見出したのではなかろうかと考えた。

「私の弟があなたについての話を伺いました。そして私の妹ともすでに面識があるとのことで、今こうして初めて話をするのは時期として適切だと考えていいでしょう」とベルガルド氏は言った。彼は母の方を振り向いて、彼女の腕に丁重に身をかがめてそれに唇をつけた。そして気取った様子で炉辺の前に立ったのであった。長くて痩せた顔、突き出た鼻、曇ったような小さな両眼は、彼をむしろイギリス人だと思わせるのに十分であった。彼の頬髭は美しくつやがあり、明らかにイギリス人に由来する大きなえくぼが彼の器量の良い顎の真ん中にあった。磨かれた爪先まで「気品ある」状態であり、その洗練された直立的な人物による動作には高潔さや威厳というものと無縁なものはただ一つとしてなかった。ニューマンはこれほど自分を真剣に取り扱っている術を心得て備えている人物に今まで直面したことは一度もなかった。何か壮大な建物の正面に立った時のように、衝動的に退こうという思いに駆られた。

「ユルバン」とどうやら夫が自分を舞踏へと連れていってくれるのを待ち望んでいる様子である若いマダム・ド・ベルガルドが言った。「私はもうとっくに支度は終わっているのよ、ほら見てちょうだい」

「それはいいアイディアだな」とヴァランタンはつぶやいた。「ただそうする前にニューマンさんと少し会話をするほうが私としてはいいと思うのだがどうだろう」

「いいえ、もしパーティへと出かける予定でしたのなら、お気遣いなく」とニューマンは反対した。

「またお会いできることは間違いでしょうからね。もちろん、私と会話することをお望みならばいつでも都合に合わせますよ」。彼はあらゆる質問に答え、全ての要求に応じる気でいることを相手に悟らせるのに熱心であった。

ベルガルド氏は炉辺の前で均衡の取れた体勢で立ち、美しい顎ひげの一部分を彼の白い手で愛慰しニューマンを見ていた。そしてその目は基本的に何の意味も込められていない笑みでありながら、半分横目だったのを観察眼が優れていれば気づいただろう。彼は言った。

「そのような申し出をすることは大変結構ですな。ところで私が誤っていなければ、あなたが従事しておられる職業は時間がとても貴重なものでしたな。あなたは、えー、この国の言い方では、*dans les affaires*[81]のですよね？」

「ビジネスをしているということですね？いえ、目下のところはビジネスは放り投げてしまっていて、今の私は、私の国の言葉を借りれば『ぶらついている』のです。

「ぶらつく、ああそうだ、そのような言葉は聞いたことがある」

「ニューマン氏はアメリカ人なのよ」とマダム・ド・ベルガルドが言った。

「私の兄は優れた人類学者でね」とヴァランタンは言った。

「人類学者？黒人の頭蓋骨とかを収集するわけですよね」

侯爵は弟の方をジロジロ見て、自分のもう片方の頬髭を撫で始めた。そしてニューマンの方を振り向いて気品を損なわない状態で訊いた。「旅行をしているのは単なる娯楽として？」

「いや、色々なことを知ろうと思ってあっちこっち動き回っている状態です。もちろんそこから楽しみは大に引き出せますがね」

「特に何に惹かれるのですか？」

「まあ何もかもに惹かれてしまいますな。何か特別なことを望んでいるわけではありません。とはいえ一番関心があるのは製造に関してですね」

「それがあなたの専門だったということですか？」

「専門が自分にあったとは主張できませんね。私の専門は最も短い時間でできる限り莫大な財産を産出することにあったのです」。ニューマンはこの最後の言葉をとても重みを込めてゆっくりと言った。もし必要が生じれば、彼のこの最後の言葉に関して財産を作る手段について権威を以て語りたかったからだ。

ベルガルド氏は愉快そうに笑った。「成功したのならいいですな」

「ええ、相応に短い時間で財産を作ることはできました。私はこのように老いていません」

「パリはあなたのその財産を使うにはとてもいい場所ですよ。大に楽しい時間を過ごせることをお祈りいたします」。そしてベルガルド夫人は自分の手袋を取り出してはめた。

ニューマンは彼がその白い両手を高級なキッドの手袋に滑り込ませるのをしばらく見ていたが、手袋をつけるのを終える頃には彼の感情は奇妙な方向へと曲がり始めた。ベルガルド氏の好意的な今の願いが彼の荘厳とも言える平穏さから、ゆっくりと舞い落ちてくる雪の動きのように白い広がりから舞い降りてくるように思えた。それでもニューマンは苛立った訳ではなかった。自分が助けられている身分だとは思わなかった。このような高潔な調和の中に、不調和なもの持ち込もうとは微塵も思わなかった。ただ彼は、友人のヴァランタンが言ったように戦いは避けられないということに彼個人が直面したと突然感じ、その力が並々ならぬものであることも意識した。彼は何かしらそれに応じたようなことを表明しようと思った。体を伸ばし、自分の持っている音階で最高級の音を出したいと思った。この衝動は悪意あるものでも敵意あるものでもなく、ユーモアが含まれたような期待感がないのではなかった。ニューマンは、もしこの一家がショックを受けたような状態になった場合に自分は彼らにそんな衝撃を与える気はサラサラなかったので、彼の平素の緩い感じで調節された笑みをいつでも浮かべられる状態にあった。

「パリは怠けた人にとってはとてもいい場所です。あるいはそうでなくとももし一家揃って長い間その地に身を落ち着け、知り合いができて親戚も周りにいる場合もやはりとてもいい場所です」とニューマンは言った。「ここのように立派な家を所有していて、妻も子供も母も妹もいて、快適なものが全部揃っているのならこれまたとてもいい場所です。私は隣り合った部屋で全員揃って一緒に暮らすことは好みませんね。しかし私は怠惰な人間ではありません。そうなりたいとは思っているのですが、どうにもなれないのです。どうも地肌に合わないのですよ。私の商売上の習慣はあまりに肌に染み込みすぎているのです。そして私は自分の家や家族と言えるようなものを持っていません。まあいるといえばいますが、私の妹は一万キロ彼方にいますし、母は私が子供の時に亡くなり、妻は持っておりません。ああ持っていたらいいのに！こんな具合に、私は具体的に何をすればいいのかわからなく途方に暮れているのです。あなたがたのように本が好きだというわけでもなく、夕食に出かけて行ったりオペラ座へと足を運ぶのも飽きてしまいました。私のかつてのビジネス活動が懐かしく思います。私は生計をほとんど赤ちゃんの時から立て始めて、数ヶ月前までは仕事用の鋤を握り続けていたのでした。優雅な閑暇というのはとても扱い辛いものですな」

この言葉の後、聞き手側にはしばらく無言の沈黙が続いた。ヴァランタンは立ってポケットに手を入れながら彼をじっと見ていて、そして半分滑るような足取りで部屋からゆっくりと出ていった。侯爵は変わらず手袋をはめる作業を続け、愛想の良い笑いをしていた。「ほんの赤ちゃんの時から生計を立て始めた、ですって?」と侯爵は言った。

「はい、そんな具合です。少年の時から」

「あなたは本が好きではないとおっしゃいましたね」とベルガルド氏は言った。「しかしあなたの勉学は子供の時から中断されていたことを考えれば当然かと思いますが」

「ええ、まさしくそうです。十歳の誕生日に私は学校に行くのをやめました。むしろそっちの方が逆に勉強を続けるのに最適な方法だと思ったからです。しかし後になって知識をいくつか集めましたが」とニューマンは相手を安心させるように言った。

「姉妹はおられるので?」と老いたマダム・ド・ベルガルドが効いた。

「はい、二人います。とても素晴らしい女性ですよ、二人とも!」

「彼女たちの場合、人生の苦労はもっと遅くなってから味わったのならいいわね、あなたと比べて」

「結婚を苦労というのなら、彼女たちはとても若い年齢で結婚しましたね、西部ではそれが習慣的なのですが。そのうちの一人は西部にある最も大きなインド製の弾性ゴムの家の所有者と結婚しました」

「あら、そちらの国ではインド製の弾力ゴムでできた家があるの？」と侯爵夫人は聞いた。

「家族の人数が増えるにつれ家を引き伸ばすことができるということね」と長い白色のショールに身を包んでいた若きマダム・ド・ベルガルドが言った。

ニューマンはとても愉快な気分になり、義弟が住んでいた家は大きな木製でできているものであるが、そこで大きな規模でインド製のゴムを製造し販売したことを説明した。

「私の子供たちは各々小さなゴム靴を持っていて、じめじめした天気だとパリのテュイルリー宮殿へと遊びに行くときにそれを持っていきますよ」と若き侯爵夫人が言った。「それらの靴は、あなたの弟が製造された可能性がありますね」

「ええ、十分あり得ます。もし実際にそうなら、そのゴム靴の出来がとても良質なものの筈です」

「まあ、パリが退屈でも落胆してはいけませんよ」とベルガルド氏は、微かに気品を示しつつ言った。

「いえ、そのつもりはありません。私にはいっぱい考えるための計画があるのでして、それが私のやるべき仕事です」

そしてニューマンはしばし黙って、躊躇しながらも素早く思考を巡らせていた。はっきり言ってしまいたかったが、その場合どうしても自分の流儀に反するやり方で話すことになってしまうのであった。それでも老いたマダム・ド・ベルガルドを相手に言葉を続けたのであった。

「私の計画を言いたいと思います。もしかすると私を助けてくださるかもしれません。私は妻が欲しいのです」

「それは大層な計画だけれど、とはいえ私は結婚相手の紹介はしておりませんよ」と老婦人は言った。

ニューマンは一瞬彼女を見て、そして極めて誠実な態度で言った。「それは承知しております」とはっきりした口調で言った。マダム・ド・ベルガルドはこの人はあまりに真剣すぎると思った。彼女は何かをフランス語で鋭く呟いて、自分の目を息子へと向けた。その瞬間は部屋のドアが大きく開いて、ヴァランタンが素早い足取りでまたもや姿を表した。

「伝えたいことがあります」と彼は義理の姉に言った。「クレールが舞踏に行くのはまだやめてくれとのことです。彼女があなたと一緒に行くと言っていますよ」

「クレールが私たちと一緒に来る！」と若い侯爵夫人は叫んだ。「*En voilà, du nouveau!*[82]」

「彼女は考えを変えたのです。三十分前に行くつもりでいて、最後のダイヤを頭につけている最中です」とヴァランタンは言った。

「一体、あの娘はどうしたっていうの？」とマダム・ド・ベルガルドは厳しい口調で言った。ここ三年間、彼女は世間に顔を全然出してなかったじゃない。たった三十分で私に対する相談一つもなしに、そんなことを考え出し始めるの？」

「私に相談してくれましたよ、お母さん、五分前にね。そして彼女のような美しい女性、その美しさは今にわかりますよ、が生きたまま世に埋没していいはずがないと言いました」とヴァランタンは言った。

「クレールに対して母の意見も聞くべきだと言うべきでなかったかね、弟よ」とベルガルド氏がフランス語で言った。「それにしてもこんなことってあるのか」

「いっそのことここにいる全員に意見を聞いてもらいましょう！彼女が来ますよ」とヴァランタンが言って、ドアの方へと言った。そしてマダム・ド・サントレを入り口で迎え、彼女を部屋へと連れてきた。白色の衣装で身を包んでいたが、足まで届こうかという袖なしの青のマントも身に付けていて、それが銀の締め金で肩に留められている。とはいえ、それを後ろにかけているので彼女のその長くて白い腕は露わになっている。彼女の色濃く豊かな美しい髪には十くらいのダイヤが煌めいていた。真剣な面持ちをしていて、どこか蒼白であるとニューマンは捉えた。しかし彼女は自分の周りを一瞥し、ニューマンを見ると微笑んで手を差し出した。ニューマン極上なまでに美しいと彼は思った。彼は彼女の顔全体をじっくりと見る機会を得た。というのもというのも、彼女は部屋の真ん中にしばらく佇んでいてどうやら躊躇いがちに彼と目を合わせようとはせずどうしたらいいのかわからない状態にあったようであったからだ。やがて彼女は自分の母のところへといき、炉辺の側の深い腰掛け椅子に座っていた彼女はマダム・ド・サントレを厳しいとすら思える目で見た。他の人に背を向けたまま、マダム・ド・サントレは自分のマントを大きく開いて衣装を見せた。

「どう思いまして」

「厚かましいんじゃないのかい。私はたった三日前に、リュジニャン公爵夫人へと行くようにと特別な頼みをしたというのに、その時は、自分はどこにもいかないと言ってそれは一貫して譲らないと言ったじゃない。そしてお前の今の態度が一貫しているとでもいうのかい？どうしてまたマダム・ロビノーだけは特別扱するんだい？いったい今晩は誰のご機嫌を伺いたいの？」

「自分の機嫌を取りたいのですよ、お母さん」とマダム・ド・サントレが言って身をかがめて老婦人に接吻した。

「私はこんな不意打ちは嫌だね」とユルバン・ド・ベルガルドは言った。「特にこれから客間に入ろうとしているのに」

ニューマンはこの瞬間に霊感を受けたかのように話し始めた。

「もしマダム・ド・サントレとご一緒に部屋に行くというのなら、ご自分が注目される心配はいらないですよ！」

ベルガルド氏は自分の妹を、気楽とはとてもいえない強い笑みを浮かべならも見た。

「自分の兄を顧みずに払われたお世辞を聞いてとても良い気分だろうね。さあ、来るんだ」

マダム・ド・サントレに腕を差し出すと、彼女を素早く部屋から連れ出して行った。ヴァランタンも若きマダム・ド・ベルガルドに同じ労を払ったが、彼女は自分の義妹の付けている舞踏用の衣装が自分の比べてはるかに煌びやかではないと思いはしつつもそこから絶対的な愉快さを得ることはできなかった。別れの笑みを浮かべながら、このアメリカ人の訪問者に自分を足りない慰めを補うだけのものを求めたが、実際にある種の神秘的な輝きを見出したので、求めたものが見つかったと楽しい気持ちになったとしても不思議なことではなかった。

老いたマダム・ド・ベルガルドと二人っきりになったニューマンは、しばし彼女の前に無言のまま立っていた。

「あなたの娘さんはとても美しいですね」とやがて口を開いた。

「とても変わった娘よ」

「そう聞けて、嬉しいです。希望を持てますのでね」

「なんの希望だい？」

「彼女がいつの日か私と結婚してくださることに」

老婦人はゆっくりと立ち上がった。「それがあんたの本当の計画というわけね」

「はい、賛成していただけるでしょうか？」

「賛成する?」とマダム・ド・ベルガルドは見て頭を振った。

「だめ!」と彼女は静かに言った。

「では許していただけるでしょうか? 黙認していただけるでしょうか?」

「あんた、自分が何を聞いているか分かっているの? 私はとても誇りが高くてお節介やくのが好きな年寄りよ」

「ただ、私はとても裕福ですよ」

マダム・ド・ベルガルドは目をじっと床に注いで、ニューマンは彼女が今の自分の言葉の不躾さに対して怒りを表すための理由を考えているのではないかと思った。しかしやがて目を挙げて言った。

「どのくらい裕福?」

ニューマンは自分の収入のおおよその金額を述べたが、その額はドルがフランへと換金された時の莫大な数字の響きを轟かせていた。さらに財政上のことについてもいくつか言及し、それらによって彼の莫大な富を感じ取らせるのに十分すぎるものであった。マダム・ド・ベルガルドは彼の言葉を無言のまま聞いた。

「とても正直に話すのね。なら私も正直に申します。あなたを渋々許すのではなく、味方として応じるとしましょう。そのほうが簡単ですから」

「どんなことでもこちらとしては嬉しいのです。しかし目下のところ、だいぶあなたは私に気を遣っていただいであろうから、この辺でお暇したいと思います。おやすみなさい!」そして彼はそこを立ち退いた。

# 第十一章

ニューマンはパリに戻ってからも、ニオシュ氏とのフランス語の会話レッスンを再開しなかった。そんな時間の余裕がないと感じたからである。ニオシュ氏は、後援者が糸口すら掴めない不可思議な方法でその居場所を見つけ、すぐに会いにきた。この縮んだ小柄な資本家は一度ならず繰り返して彼を訪問したのであった。金をもらいすぎたという恥で身が圧迫されるような気分になり、文法上ならびに統計上の情報を少しずつ提供していくことによって自分の負債を帳消しにしていきたいと思っているようだった。数ヶ月前と同じような上品気味な憂鬱を抱いている。数ヶ月間多少自分のコートや帽子をブラシで磨いたとて、その古びた艶はほとんど変化することがない。しかしこの貧しい老人の精神は僅かだが以前よりも摩耗されていた。どうも夏にきつく擦られたかのようであった。ニューマンは興味本位でノエミ嬢について聞いた。

「どうかムシュー、聞かないでください」とやがて言った。「私は座って彼女を見ていますが、私にはどうにもできません」

「つまり彼女は不義を犯しているとでもいうのですか?」

「よくわかりません。彼女についていけません。理解もできません。何かを頭で企んでいます。しかし何をやろうとしているのかは分からないのですよ。私にとってあまりに捉え難い存在です」

「まだルーヴルに彼女は行っているのですか？以前依頼していた模写について、あれから一品でも完成しましたか？」

「ルーヴルには行きますが、模写は全然見ません。画架には何かが載せられていますがね。おそらくあなたが依頼された絵画のうちの一枚なのでしょう。注文内容があまりにも素晴らしいので、妖精が如き筆捌きでやらないといけませんね。しかし熱心ではないようです。私は彼女には何も言えません。怖いのですよ、彼女が。この前の夏のある晩に、シャンゼリゼに連れて行ったら、私を怯えさせるようなことをいくつか言ったのです」

「具体的に何と？」

「お伝えできません。そのような不幸な父をお許しください」と二オシュ氏はさらさのポケットハンカチを開きながら言った。

ニューマンはルーヴルにいるノエミ嬢にもう一度足を運ぼうと決心した。自分が依頼していた模写の進捗具合が気になっていたが、さらに彼はノエミ嬢自身についてもその進捗具合が気になったことは付け加えなければならない。

ある日の午後に巨大なルーヴルの美術館へと行き、色々な部屋を歩き回ったが彼女を見つけることはできなかった。イタリアの巨匠が並んでいる画廊を歩いていたが、突然彼はヴァランタン・ド・ベルガルドとバッタリと出会った。若いフランス人は熱心な挨拶をしてこれは思わぬ幸運だと強く言った。彼自身は機嫌が殊更に悪い状態で、誰かと口喧嘩をしたい気分にあった。

「これだけ美しい芸術品があるのに悪い機嫌ですと？あなたは確か絵が相当好きだったはずですけど、特に古い黒いのが。ここにも二、三枚、あなたの機嫌を治すものがあるはずですよ」

「いえ、今日はね、私は絵を鑑賞したい気分ではないのですよ。絵が美しければ美しいほどむしろそれらが嫌いになります。それらのこちらを威圧して見つめるような目線と固定された姿勢が私を苛立たせるのです。まるで私が何か退屈なパーティに参加していて、部屋に話したくもない大勢の人々がいてその真っ只中にいるような気分です。それらが美しいからといって私に何だというのです？退屈だし、一層ひどいことに非難される気分にすらなります。とてもとても *ennuis*[83] な気分で、悪意のある気分にすらあるのです」

「もしルーヴルにいて心地よくないのなら、なんでまたここに来たんですか？」とニューマンは尋ねた。

「私が落ち着かない気分の原因の一つです。実は従姉妹に会いにきたのですよ。私の母の家族の一人でとても嫌なイギリス人の従姉妹です。その人は夫を迎えるためにパリに一週間滞在していのですが、その人が『主要な美』を見せろと私に言うのです。緑色のクレープのボネットを十二月に被り、やけに長い長靴から足首から革紐が突き出ているような女性を思い浮かべてみてくださいよ。私の母が彼らの世話をしろと私にせがむから、今日の午後に私は*valet de place*[84]を演じることになったのです。彼らとここで二時に会う約束でしたが、すでに二十分経過しているのにまだ来ないのですよ。どうして彼女はここに来ないのでしょうか？少なくとも自分を運んでくれる二本の足は持っているのにね。彼らが私との約束を破ったことに怒るべきなのか、それとも世話せずに済んだから喜ぶべきなのかわかりませんね」

「私があなたでしたら怒りますよ。というのも今からでも来るかもしれないですし、その時は感じた怒りにもまだ意義があるでしょうからね。一方で喜んでいたのに彼らが現れたら、その喜びでどうすればいいか途方に暮れるでしょう」

「実に優秀なアドバイスですね。気分がそれだけでだいぶましになりましたよ。怒ることにしましょう。あいつらは放っておくとして、私はあなたと一緒にいるとしましょう。あなたにも人と会う約束があるのなら別ですが」

「厳密には約束ではないですね。しかし実際はある人に会おうとここに来たのです、絵ではなくてね」

「女性、ですよね？」

「若い女性ですね」

「ほほう。その人が緑色のチュールを着ていたり、足が不恰好だったりしないといいんですかな」

「足はわかりませんが、彼女はとても綺麗な手をしていますよ」

ヴァランタンはため息をついた。

「もし会うのが確実ならあなたとは別れた方がいいですかね」

「その若い女性と実際に出会えるかは定かではないです。そしてそのことを想定して、あなたと別れるのは私の本意ではありません。あなたに何が何でも紹介したいと言うわけではないですが、会ってみて彼女についてのあなたの意見を聞いてみたいです」

「可愛らしいですか？」

「おそらくそう思うでしょうね」

ベルガルドは相手の腕を組んだ。「じゃあすぐにその娘に連れて行ってくださいよ！私の判断意見を可愛い女性に待たせるなんて恥ですからね」

ニューマンは静かに押されていくままに、さっきまで歩いていた方向へとまた歩みを進めていったが、その足取りは早くはなかった。彼は自分の頭で何かしきりに考えていた。二人の男はイタリアの巨匠たちが陳列されている長い画廊へと歩いていったが、ニューマンはその輝かしい光景を少し眺めてから、同じ学派の作品を専ら展示しているより小さな左側にある部屋へと振り向いた。その部屋には人はほとんどいなく、その向こうの端にニオシュ嬢が自分の画架の前に座っていた。作業しているのではなかった。パレットとブラシは横に置きっぱなしになっていて、彼女の手も膝の上で組み合わされていて、椅子にもたれかかりながら部屋の反対側にいる二人の夫人を凝視していた。その二人の女性はニオシュ嬢に背を向けていて、ある一つの絵画の前で佇んでいた。婦人たちはどうやら上流階級の人物のように思える。大いに華やかに身を包んでおり、彼女たちの長い絹製の裾と裾飾りが磨かれた床に広がっていた。その衣装をこそ、ノエミ嬢は見つめていたのだ。ただ具体的に何を考えていたのかまでは分からない。あの裾を磨かれた床にあのようにして広げて引きずっていくのは、いかなる代償を払っても価値のある幸福だと考えているとあえて言ってみよう。だがいずれにせよ彼女のそういう考えも、ニューマンと彼の連れが突然現れたことにより中断されたのである。彼らをちらっと見て、彼の方は少し顔を赤らめてから立ち上がって画家の前に立った。

「あなたに会うためにここにきたのですよ」とニューマンは相変わらず下手なフランス語で言って、握手のために手を差し出した。そして善良なアメリカ人らしい階級の分け隔てない態度でヴァランタンを紹介したのであった。

「失礼ですが、こちらがヴァランタン・ド・ベルグルド伯爵です。お見知り置きを」

ヴァランタンは会釈をしたが、それはノエミ嬢にとって称号に相応しい仕方であるとは思うものの簡素ながら優美さのある彼女のその会釈への応じ方は、相手の育ちの悪さを伺わせるだけの驚きの念を容赦なく引き出した。ニューマンの方を振り向いて、手を自分の髪に当てて荒いが繊細さもある髪の毛を撫でた。そして彼女は素早く自分の画架の上にあるキャンバスをひっくり返して言った。

「私のことを忘れていなかったのね」

「忘れるわけありませんよ」とニューマンは言った。「誓いますよ」

「あら」と若い女は言った。「随分とまた人を覚えるためのたくさんのやり方があるものね」と若い女性は言った。そしてヴァランタン・ド・ベルガルドを真っ直ぐ見た。彼は「判断」を下す紳士としての眼差しで彼女を見ていた。

「あれから私のために何かを書いていただけましたか。頑張ってくれましたか?」

「いえ、何も書いていないですよ」。そしてパレットを手に持って、適当な調子で絵の具を混ぜた。

「しかしあなたのお父上がここにいつも来ていると言っていましたよ」

「他に行くところがないのよ！ここだと夏の間は少なくとも涼しいですからね」

「じゃあここにいるから、何かをしようとしていたのでしょうね」

「前にも言ったじゃない、私は絵の描き方がわからないのよ」とそっと言った。

「でもあなたの画架には何か魅力的なものが乗っかっているじゃありませんか」とヴァランタンは言った。「見せてくれると嬉しいんですけどね」

彼女は両腕を広げ指も開いた状態で、カンヴァスの背を覆い隠したが、ニューマンが前にも綺麗だと言ったその手を、絵の具で汚れていながらもヴァランタンも感嘆した。

「私の絵に魅力なんてないわよ」と言った。

「じゃあ、あなたの身の回りにあるもので魅力的でないものはその絵だけということですね、お嬢さん」とヴァランタンが丁重に言った。彼女は小さなカンヴァスを取り上げて、それを無言のまま彼に手渡した。彼はそれを見てやがて言った。「あなた、絵が分かるの？」

「ええ、そうですよ」と言った。

「じゃあその絵がどうにも下手糞なのも分かるわね」

「*Mon Dieu!*[85]」とヴァランタンは肩をすくめた。「これから判断しますよ」

「私が絵を描くこと自体がもう間違っているのよ」と若い嬢は続けた。

「なら素直に申し上げるとしたら、お嬢さん、あなたは確かに絵を描くべきではありませんね」

　彼女は二人の壮麗な女性の衣装を再び見始めた。その時の考えについて私はあえてリスクを負って考察したのだから、もう一度やりたいと思う。彼女が二人の女性を見ている間に同時にヴァランタン・ド・ベルガルドの方も見ていて、さらに彼は彼で彼女の方をずっと見ていた。彼は荒々しく塗りたくられたカンヴァスを置いて、ニューマンに対して少し舌打ちをして眉をつり上げた。

「この数ヶ月間はどこに行っていたの？」とノエミ嬢はニューマンに言った。「あれだけの壮大な旅行をするって言っていたじゃない、十分に楽しめたのでしょうね」

「ええ、はい。十分に楽しみましたよ」

「とてもいいことですわね」とノエミ嬢は極度の優しさを込めて言った。そしてまた絵の具をいじり始めたのであった。真剣な共感の念を表情に湛えたその顔は、異様なほどに綺麗であった。ヴァランタンは彼女が目を伏せているこの瞬間をいいことに、ニューマンに対して再度合図を送った。そして彼はまたもや謎めいた表情を浮かべて、同時に指で素早く震える動作を加えた。明らかにノエミ嬢に興味津々であった。蒼い憂鬱な気分は彼から去っていき、晴れ晴れした気分が湧いてきたのであった。

「あなたの旅行について何か聞かせてちょうだいよ」と若い嬢は言った。

「ええ、まずはスイスに行きました。具体的にはジュネーヴとツェルマットとチューリッヒ、そしてそれと同じ感じの街ですね。その後はヴェネツィアへと降って、ドイツを端から端まで通ってライン河を降っていき、オランダとベルギーへと入りました。まあ定番の周遊方法ですね。ええと、定番の周遊というのはフランス語でなんて表現するのでしたっけ？」とニューマンはヴァランタンに聞いた。ニオシュ嬢は一瞬ベルガルドの方を見て、ちょっとした笑みを浮かべた。

「理解できませんわ、ムシューがそんなに一度に言われるとね。通訳していただけませんかね？」

「むしろ自分の考えていることを伝えた方がいいかと思いますよ」とヴァランタンははっきり言った。

「いや」とニューマンはその粗末なフランス語で真剣に言った。「ニオシュ嬢とは話さないでくださいよ、あなたの話し振りは人を落胆させますからね。むしろ働け、辛抱強くしろと彼女に言ってほしいものです」

「そんなことを言うから私たちは心にもないお世辞を言ってご機嫌をとるものとして非難されるのですよ。そうですよね、お嬢さん」

「私は機嫌取りなんて欲しくないわ、真実だけが欲しいのよ。でもその真実を私はもう分かっているのよ」

「私が言えることとしたらですよ、あなたには絵を描くことよりもましなことがいくらかあるだろうということでしょうね」とヴァランタンは言った。

「私は真実が分かっているわ、分かっているの」とノエミ嬢は繰り返した。そして筆を赤色の絵の具の塊に突っ込むと、未完成のその絵に大きな一本の横線を殴りかいた。

「何です、それは?」とニューマンは訊いた。それに応えることなく、なお女は垂直に長い一本の縦線を真紅の線を殴り書きし、十字を示す印を乱暴に一瞬にして書き上げてからやがて言った。

「これが真実の印」と彼女はやがて言った。

二人の男はお互いを見やって、ヴァランタンはまたもや雄弁的な表情を一瞬浮かべた。

「絵をめちゃくちゃにしましたね」

「分かっているわよ。でもこんなことくらいしかできないのよ。何一つ触らずにこの絵を一日中見て、嫌いになったの。何かが起きてしまいそうだったのよ」

「こっちの方が私には気に入りましたがね」とヴァランタンは言った。「こっちの方が面白い。何かを語っているよう。これは売る予定ですかね、お嬢さん?」

「私が持っているものはどれでも売るつもりよ」

「じゃあ、これはいくら?」

「一万フラン」と笑みを浮かべずに若い娘は言った。

「ニオシュ嬢が今ここで描いているものはあらかじめ私のものだという話がついていますよ」とニューマンが言った。「数ヶ月前にそういう注文依頼を出したんですよ。ですから、あなたのものにはなり得ません」

「別に買えないからと言ってそれで何か損があるとかではないじゃない」と若い娘はヴァランタンに言った。そして彼女は道具をしまい始めた。

「それでも私には心地よい思い出になったのですがね。今日はもう終わりで、帰るのですか?」

「お父さんが迎えに来ます」とノエミ嬢が言った。彼女がこう言い終わらないうちに、後ろにあるルーヴルの白い階段へと接続するドアが開いて、ニオシュ氏が現れた。いつものノロノロしたような足取りで入ってきて、娘の画架の前に立っている二人の紳士の深々とお辞儀をした。ニューマンは友情を込めて力強くその手を握り、ヴァランタンは相手のお辞儀を極度な敬意の念を持って応対した。老人はノエミ嬢が創作道具を片付けている間に、ボンネットをかぶって外套を着ているのを見つめているベルガルドを盗み見るかのようにその穏やかな眼差しを向けたのであった。ヴァランタンは娘をじっと見つめていることを隠そうと模していなかった。この若い娘を何かの小曲を聞いたかのような様子で目を向けていた。どちらの場合でも、その対象に注意を払うことが礼儀に適った作法である。ニオシュ氏は片手で娘の絵の具箱を取り、粛々と困惑とした眼差しで塗りたくられたキャンバスを見た後に、もう一方の手でそれを持ち、ドアへと歩いていった。ノエミ嬢はこの男性二人に公爵夫人に相応しいような会釈をし、父のあとをついていった。

「それで、彼女についてどう思います？」とニューマンは言った。

「驚くような女性ですね。*Diable, diable, diable!*[86]」ベルガルド氏は考え込むように繰り返した。

「実に驚きだ」

「ただ私としてはただ大したことのない野心を少しばかり持っているだけにも見えますがね」

「いえ、大したことない、なんてないですよ。むしろ大いに大したものですよ。素質があるのですよ」。そしてヴァランタンはゆっくりと歩いてその場を離れ、壁に展示されているものをぼんやりとだが考え深そうな輝きをはらみながら見ていた。彼女特有の「素質」が授けられた若きニオシュ嬢が抱きうる野心を想像するほど彼に訴えかけるものはなかった。ヴァランタンは続けた。「彼女はとても興味深い、美しいタイプの女だ」

「美しいタイプ？　それまたどういう意味です？」

「芸術的な観点からだよ。彼女は芸術家ですな、絵画を除いて。何せ彼女の絵は、それはもうひどいものですよ」

「でも彼女は美しくもないですね。そこまで綺麗とも思いませんね」

「自分の目的を叶えるためなら、十分綺麗ですよ、顔と体型に十分現れている。もし彼女がより綺麗であったなら、知性は逆に低くなる。彼女の知性は、彼女の魅力の半分です」

「一体どういう理屈で、彼女の知性がそれほど興味を惹くものだと思うのですかね？」と
ニューマンは同行者のニオシュ嬢への即座的な哲学的考察を面白がりながら訊いた。

「人生というものを知っているのですよ。そしてその経験をもとに何者かになろうとしているのですよ、あらゆる手段を問わずにね。絵はもちろん時間を稼ぐための単なる手段に過ぎないのですよ。自分のチャンスがやってくるのを待っているのです。自分を打って出るのを待っていて、世の中で成し遂げたいのですよ。彼女はパリをどういうものかは知っています。単なる野心という点では五十万の一人にすぎない、いわば平凡なものなんですよ。しかし決心したり野心を成就するための能力については稀有な素質を持っていることを私は断言しますよ。そ

してある一つの才分、つまり純粋なほど混じり気のない冷淡さ、という点では彼女を凌駕するものは誰もいないでしょうね。細々したことをやって終わるような人物ではないでしょう」

「そんな馬鹿なことってあるのかい！芸術的な観点がそこまで人を遠くまで持ち運んでいくとはね！しかしこの場合は、あまり遠くへは行かないように頼みますよ。ノエミ嬢についてはすでにこの十五分の間に驚くほどのことを知ったわけですが、それで事足りるべきですよ。そこからさらに研究を進めないようお勧めしますよ」

「いえね、あなた。私はこれでも礼儀正しいと心得ているのでこれ以上は首を突っ込んで立ち入らないようにしますよ」とベルガルドは興奮気味に言った。

「立ち入ってはいないですよ。彼女は私にとってなんでもありません。むしろ彼女のことが嫌いだというのが実際のところです。しかし私は彼女の貧しい老いた父は好きでして、その彼のために今述べたあなたの理論を確証するためのいかなる試みを差し控えてほしいのですよ」

「あの彼女を迎えに来たみすぼらしい老紳士のために？」とヴァランタンは訊いたが、すぐに言葉を止めた。それに対してニューマンが「いや、そうじゃないです」と言うと微笑みながら続けた。「あなたは間違えていますよ。彼のことは気に留める必要もありません」

「するとあなたは彼の娘が不名誉なことをすることを喜ぶような人物だと思っているということで？」

「*Voyons!*」[87] とヴァランタンは言った。「一体あの人は誰です?何だというのです彼は?」

「見た通りの人物ですよ。ネズミのように貧しいけど、とても偉さを感じさせる風格です」

「実にそうですよ。私は彼の本性を完全に見抜いていたというわけだ。そして私は彼に対して公平な判断を下す。彼には損失があり、我々の言葉で言うと *des malheurs*[88] があったのです。それで意気消沈していて、彼にとって娘は手に負えないものなのですよ。彼は立派な社会的地位を持って生まれていて、六十年間分の正直さをその背中に背負っているのです。こういったことは、私は全て正当に評価している。しかし私は自分の友人についてもそして自分と同じパリ人についても知っているわけだから、それを踏まえてあなたと一つ約束をしましょう」。ニューマンはその約束に耳を傾け相手が続けた。「父である彼としては娘が悪い娘よりはいい娘であることを願うが、いざどうにもならなくなった時は、ヴィルギニウス[89]のようなことはしないです。成功というのはあらゆることを正当化します。もしノエミ嬢が著名人として名を馳せることがあったのなら、彼女のパパは、まあ、一安心すると言っておきましょう。そして間違いなく彼女は名を馳せることでしょう。老紳士の将来は安定している、ということですよ」

「ヴィルギニウスが何をしたのかは知りませんが、ニオシュ氏はミス・ノエミを射殺するでしょうね」とニューマンは言った。「そしてその後は、彼の将来はどこかの快適な牢獄で安定ということになるのでしょう」

「私は皮肉屋ではなくてね、単なる観察者ですよ」とヴァランタンは応じた。「ノエミ嬢に私は興味を惹かれます、とても注目に値する人物です。名誉上にしろ礼儀上にしろ、もしちゃんとした理由があれば彼女に関する記憶を私から完全に消すことができるのであれば喜んでしましょう。あなたの彼女のお父さんの感受性についての評価は十分な理由になりますな。その根拠を無効になるまではね。あなたがお父さんについての考えを変えたと言わない限りは、私はあの若い娘をもう絶対に見ないことを約束します。しかしもし彼が自分が哲学者であるという確たる証拠を出してきたら、あなたのその禁令を解いてください。同意してくれますか？」

「つまり彼を買収しろと？」

「というとあなたは彼が買収される人物だと認めるわけですね。いえ、それだと彼には法外な要求になってしまうだろうし、公平なものとは厳密には言えませんからね。ただ、単に待つとだけということです。私の考えではあなたはこの興味深い二人の親子と会い続けるだろうから、彼らの情報をあなたから伝えて欲しいのですよ」

「まあもし老人がただのペテン師だと分かったなら、好きにしてもいいですよ。この件からは足を洗います」

「女自身については、私は何もしないよ。彼女が私にどんな害をもたらすかわからないし、もちろん私が彼女を傷つけることなんてできませんからね」

「どうやら、あなたがた二人はお似合いのようですね。二人とも扱うのが難しい人物で、二オシュ氏と私だけがどうやらパリにいる唯一の道徳的な人間みたいですからね」

このあとベルグルド氏はその軽率な振る舞いの報いとして、背中を先が尖った道具で強く突かれた。急いで振り向くとその道具はパラソルで、それを構えていた緑色の薄織のボンネットをつけた女性がいるのを見出した。ヴァランタンのイギリスの従姉妹たちは案内なしのまま歩き続けていたので明らかに不平を抱いていた。ニューマンは彼らをそのままにしつつも、ヴァランタンの言い訳をどこまでも信じた心持ちでその場を去っていった。

# 第十二章

マダム・ド・サントレの一家に紹介されて三日後、ニューマンは夕方近くに部屋に戻ると机の上にベルガルド侯爵の名刺が置いてあるのを見つけた。翌日、ベルガルド侯爵から夕食をご一緒いただければありがたいですという報せをニューマンは受け取ったのであった。予め結んでいた約束を破る必要があったとはいえ、無論招待に応じて出かけた。マダム・ド・ベルガルドが彼を以前案内した部屋へと通し、主人である老侯爵夫人とその彼女を取り巻く一家全員がそこにいた。部屋はカチカチ音を立てている火によってだけ灯されていて、その火は低い椅子に座っていて、つま先をその炉辺へと伸ばしている女性のとても小さいスリッパを照らしていた。この女性は、若い方のマダム・ド・ベルガルドであった。マダム・ド・サントレは部屋のもう片方の端に座っていて、膝に小さな女の子を抱いていた。子供は彼女の兄のユルバンの子供であり、どうやら彼女はその子に何かを聞かせているようだった。ヴァランタンはクッションの上に座っていて義妹と近い位置にいたが、彼に対してこの上ないほどくだらないことを耳打ちしていることに違いはなかった。侯爵は炉辺の前でじっとしていて、頭を真っ直ぐにして手は背中に回していた。儀礼的に客を待ち望んでいるかのようだった。

老マダム・ド・ベルガルドは立ち上がりニューマンに歓迎したが、その態度にはどの程度まで遜ったほうがいいのかを厳密に洞察しているかのようなところがあった。「私たちだけしかいないのですよ、ご覧の通りね」と彼女は飾り気なく言った。「その方がこちらとしても大変ありがたいです。ずっと気楽に振る舞えますからね」とニューマンは言い、「こんばんは」と侯爵へと手を差し出した。ベルガルド氏は愛想よくそれに応えた。しかしその威容にも関わらず、落ち着きがなかった。部屋を行ったり来たりし始めて、大きな窓から顔を出して外を見て、本を取り出してはそれをまた置いた。若きマダム・ド・ベルガルドはじっとしたままニューマンを見ない状態で手を差し出した。

「彼女の振る舞いは冷淡なものだと思うかもしれませんけど、そうではなく実際は暖かいのですよ」とヴァランタンは説明した。「彼女のその動作はあなたに心を開いていることを意味しているのですよ。実際に、彼女は私のことを嫌っているのに、いつも私のことを見ているのですよ」

「私があなたのことを見ていると嫌いになってしまうのも無理ないことだわ！」と叫んだ。「もしニューマンさんが私の握手の仕方がお気に召さないのなら、もう一度やりますわよ」

しかしこのニューマンにとっては魅力ある特権にもなんの意味をなすことはない。というのも、彼はすでにマダム・ド・サントレの方へと部屋を横切って歩いていたからである。彼女は握手しながら彼を見ていたが、そのまま小さな姪に話していた語りを続けた。後二、三の句だけを付け加えればいいだけの状態だったが、どうやらそれが非常に重要な瞬間らしい。彼女はその声を笑みを浮かべながら深めて、小さな姪は丸い目をしながら彼女を見つめた。

「しかし最後では若き王子様は美しいフロラベラと結婚して、王子様をピンク色の空の大地へと連れて行って一緒に暮らしたのです」とマダム・ド・サントレは言っていた。「そこでの生活はすごく幸せで、彼女が前の場所での困ったことも全て忘れたのです。そして毎日のように五百匹の白鼠がひく象牙の車に乗っては外へと出かけるのでした」。ニューマンに説明を始めた。「哀れなフロラベラは以前はとても苦しんでいたのです」

「彼女は半年の間何にも食べられるものがなかったのよ」と小さなブランシュは言った。

「ええ、でもその半年が過ぎると、彼女はあの長椅子ほどの大きさのプラムケーキを食べたんですよ」とマダム・ド・サントレは言った。「それでまた彼女は元気になれたの」

「随分と波瀾万丈な人生ですね！」とニューマンは言った。「子供がとても好きなのですか？」

ニューマンは、彼女が子供好きだと確信してはいたが、実際にこの旨の返事を口にして欲しかったのだ。

「子供たちと話すのは好きよ」と答えた。「むしろ大人よりも遥かに真剣に話すことができるわ。ブランシュに今話していたのはまるっきりふざけた話だけど、それでも私たちが世間で話すことのほとんどよりはずっと真剣なものよ」

「じゃあ私にも私がブランシュの年齢であるかのように話していただけると嬉しいですね」

とニューマンは言った。「この前の夜の舞踏会は楽しかったのですか?」

「それはもうすごく!」

「どうやら世間で話すようなふざけ方で今話されてますな。私には信じられませんよ」

「もし舞踏会が楽しくなかったらそれは私に責任がありますの。会場はとても綺麗で、みんなとても楽しい人たちでした」

「お母さんやお兄さんを困らせたのが頭から離れなかったのでしょう?」

マダム・ド・サントレは答えないまま彼を見ていた。やがて言った。「ええ、そうよ。私が実行できること以上のことまで引き受けてしまいましたからね。私にはほんの少ししか勇気がないのです。私はヒロインじゃないのよ」とこの言葉を穏やかな調子ながら強調していった。しかし声色を変えた。「あの美しいフロラベラの味わった苦しみは私なら耐えられないわ。譬えその後に彼女が味わった相応の報酬があったとしても、よ」

夕食が告げられ、ニューマンは老いたマダム・ド・ベルガルドの横席に座った。ひんやりとした廊下の終わりにある食堂は広大で薄暗かった。夕食は朴訥だが非常に美味であった。ニューマンはマダム・ド・サントレが今回の食事内容に関してなにかしら関わっているのかどうか考え、実際そうだったらいいと心底思った。代々長く続く家系をもつベルガルド一家の多彩な人々に囲まれつつ一旦席に着いたら、ニューマンは自分がどうして老いたマダム・ド・ベルガルドの横に配置されているのかを自問した。この老いた女性は、彼の申し出に応じているからだろうか。自分がただ一人の客として免れているのは、信用されているからなのだろうか、それとも信用されてないからだろうか。彼を他の客と会わせるのは恥だと思ったのだろうか、それとも最後に残っている好意に置いて自分を受け入れたいからこそなのか。ニューマンは警戒していた。用心深く、あれこれ予測を立てていた。しかし同時に自分が置かれている状況に漠然ながら無関心でもあった。彼らが自分を縛るロープが長いものだろうと短いものだろうと自分がここにいることに変わりはないのであり、そしてマダム・ド・サントレが自分の向かい側にいるのである。彼女は自分の両側に長い蝋燭を立てており、少なくとも向こう一時間はそこにいるのである。それだけでも十分であった。夕食は極めて厳粛であり整然としていた。ニューマンはこういったことは「代々の家系」においてはいつものことなのか自問した。マダム・ド・ベルガルドは自分の頭を大きく上げて、その上品に皺だった小さな白い顔の奇妙に鋭利な目線を、食器一式の上に凝視するように注いだ。侯爵がどうやら美術を会話の安全な題目として選んだようであった。というのもそれだと個人の内密事情を打ち明かさせることがないからである。侯爵はニューマンがヨーロッパ各地の美術館を回ったことを知ったので、時々ルーベンスの絵の肌色やサンソヴィーノの上品な嗜好についての洗練された箴言をいくつか述べた。その話ぶりや態度は、まるで何か非常に優れたことについて言及してこの場の空気を浄化させなければ、何か不愉快なことが生じ得ることに神経質なまでに恐れていることを示唆しているかのようだった。

「一体この男はなにをそんなに怖がっているんだ？」とニューマンは自問した。「俺がジャックナイフを使った決闘を申し込もうとでも考えているのか？」

侯爵の態度は彼にとってとても不愉快なものであったが、かといってニューマンは目を閉じてもなんの甲斐もなかった。ニューマンは元々他人に大きな嫌悪を抱くような性分ではなく、彼の神経は列席している人たちの不思議とも言える性質によって左右されることもなかった。しかしこの男については、反抗したいという気持ちをどうにも抑えることができなかった。形式的であり、口先だけであり、空いばりだけのこの人物。考えられる限りの厚かましさと裏切りを備えているこの男。ベルグルド氏は彼にとって、まるで自分が裸足の状態で大理石の上に立っている状態にあるような気持ちにさせたのであった。そしてそれでも、自分の望みを叶えるためなら、ニューマンはその状態で立つことが何ら問題なくできたのであった。マダム・ド・サントレは自分がこの一家に受け入れられていることをどう思っているのか考えた。尤も本当に受け入れられていたなら、だが。彼女の顔からはそれを判断させることはなにも伺えず、ただ上品な振る舞いをすることだけを望んでいるような様子で、それは多少注意払えば誰にでも気付けることであった。若いマダム・ド・ベルグルドはいつもそのような振る舞いをしていた。いつも何かに気を取られていて、注意が散漫な状態にあり、なににでも耳を傾けていて実際はなにも聞いておらず、自分の衣装や指輪や爪を見ていて、比較的退屈そうな様子で、それでもなおこの女性はどのような社交上の娯楽を理想として望んでいるのか彼女を見るものを気にならせては悩ませるのであった。ニューマンはこのことについて後になって知ることとなる。ヴァランタンですらもその考えをニューマンは完全に読み取ることができない。彼の活発さは衝動的なところがありどこか取り繕ったところがある。それでもニューマンは彼が話している間は興奮しているような様子をしていると思った。彼の目はいつもより激しく輝いている。これらの影響により、ニューマンは生まれて初めて我を失うような状態になった。自分の行動を測定し、言葉を数え、込め矢でも飲み込んだかのような状態に陥ったら、その非常事態に立ち向かわなければならないという切迫感を感じた。夕食の後、ベルガルド氏は自分の客に対し喫煙室に行こうと提案し、ニューマンを何処か煙臭い小さな部屋へと案内した。部屋はさまざまな模様を見せていた革の古い壁掛けや紋章の錆びた戦利品が壁に飾ってあった。ニューマンはタバコを吸うことは拒んだが、設置されていた長椅子の一つに座り込んで、一方では侯爵は炉辺の近くでタバコをふかし始め、ヴァランタンはタバコから発する薄い煙を通じて二人の顔を交互に見ていた。

「これ以上静かにじっとしていることなんてできない」とやがてヴァランタンは言った。「あなたにこちらで起きたことを教えて祝福しないとね。私の兄はどうもそのことについて触れることができないらしい。まるで牧師が説教壇をぐるぐる回るように決心をつけようとしつつ決断できない状態にあります。あなたは私たちの妹の結婚相手の候補者として認められたのです」

「ヴァランタン、もっと言葉を選びたまえ！」と侯爵は非常に神経質な様子でその突き出た鼻を縮めるようにしてつぶやいた。若い男は続けた。

「家族の協議がありましてね、私の母とウルバンが頭を合わせて話し合い、私の証言に関しても全く聞き入れられなかったというわけではない。母と侯爵は緑色のシーツが敷かれた机の椅子に座ったのです。そして私の義姉と私は壁に設置されていた長椅子に座っていました。それはあたかも法務局の委員会会議であるかのようでした。一人一人、私たちは召喚されては証言させられました。私たちはあなたのことについて非常な賛辞で褒め称えました。マダム・ド・ベルガルドはあなたがどういう人物なのかについて説明されなかったのなら、公爵、アメリカの公爵、カリフォルニアの公爵だと勘違いしたと言っていましたよ。私としても、あなたがどんな小さな親切にも恩を感じる、謙虚で慎み深く気取ったりしない人物だということを誓います、ということを伝えました。あなたが決して分をわきまえないような人物であるのは確信していましたし、私たちの置かれている立場の違いを気にしなければいけないことはないと言いました。結局のところ、あなたが公爵ではないのは別にあなたのせいではないのですよ。というより、あなたのアメリカにもそんな人はいませんね。そして仮にそういった貴族の爵位があったのなら、あなたのような利口で行動的な人物は好きな爵位を選ぶことができたことも間違いないでしょう。そしてこう言い終わると座るように言われましたが、あなたが一家から好かれるだけの印象を植え付けられたことでしょう。ベルガルド氏は危険とも言える冷淡さで自分の弟を見て、ナイフの先のように鋭い笑みを浮かべた。すると外套の袖から灰になったタバコの玉を取り除けた。部屋の蛇腹をしばらく見て、やがて彼の白い手の片方を自分のベストの胸に突っ込んでいった。

「私の弟の嘆かわしほどの軽薄さをお許し願います。そして彼の機転の効かなさは今回限りではなく今後もあるため大きく当惑されることも今後あることを述べておかなければなりません」

「そうだよ、僕には機転というものがないのさ。でもニューマンさん、あなたのその当惑はそんなにきついってわけでもないですよね？侯爵がなんとかしてうまくやってくれますよ。彼のとりなしかたはとても細くて気がききますからね」

「遺憾ですが、ヴァランタンは彼の置かれている立場としての若い男性にふさわしい話し方や振る舞いを持ったことは今までありません。それでそれが代々の伝統を好む母を大いに苦しめることになったのです。しかしあなたは弟がいつも自分だけのことを考えてしゃべっていることは覚えておいでください」

「いえ彼のことは構いませんよ」とニューマンは好意的にいった。「結局はどのような人物か私はよくわかっているつもりですから」

「懐かしい昔だと、侯爵や伯爵は予め道化師を雇っておいて彼らに冗談を言わせていたものですが、今では偉大で強そうな民主主義者が伯爵を雇っておいて道化役を演じさせています。

それは好ましいことですが、それなら私はどこまでも堕落した状態にあるということになります」

ベルガルド氏はしばらく床を見つめていた。そして言った。「私の母は、別の日の晩にあなたが彼女に申し込んだことを伝えてくれました」

「つまり私が妹さんと結婚したいという旨ですよね？」

「私の妹のサントレ伯爵夫人と結婚の話を取りまとめたいということです」と伯爵はゆっくりと言った。「その申し出は真剣なものであるゆえに、母としても大いに検討しなければならない必要があるのです。そして必然的に私にもこの件で相談し、これについてこれ以上ないほどの熱意で吟味検討しました。考えるべきことは多数ありました、あなたが想像している以上にね。そしてこれをあらゆる観点からやはり吟味し、あることと別のことを比較しました。我々の結論としてはあなたの申し込みを受け入れることにしました。そして私の母が我々の決断をあなたに伝えるようにお願いされました。また彼女自身もこのことについて光栄なことに幾つかのことをあなたに仰るでしょう。ともかく、あなたは我々一家の主が取り決めたことにより、あなたの求婚を受諾されたのです」

ニューマンは立ち上がり侯爵のそばに来た。「あなたは私を邪魔することは一切なく、助けられる限り助けてくれるわけですね？」

「妹にあなたの申し出を受け入れてくれるように説き進めます」

ニューマンは手で彼の顔をなで、彼の目にその手でしばらく抑えた。この約束は素晴らしいものだが、その喜びもベルガルド氏からパスポートを受け取るためにそこに立っていなければならないとなると苦々しいものとなってしまった。この紳士が自分の求婚と結婚について関わり合いを持っていることを考えれば考えるほどニューマンにとって不愉快であった。しかしどんな辛い経験も厭わないつもりでいたから、その第一撃が来たからと言って泣き叫んだりはしないと決めていた。彼はしばらく無言のままでいて、やがてかなりぶっきらぼうながらもヴァランタンが後に言うにはとても威容を兼ね備えた様子で言った。「大いに感謝します」

「約束内容については記述して残しておき、誓いを登録しておきます」とヴァランタンは言った。

ベルガルド氏はまたもや部屋の蛇腹を見つめた。どうも彼にはまだ言いたいことがあるようだ。

「私の母としても私自身としても公平のためにもうしておかなければなりませんが、私たちの決断は容易なものではなりませんでした。このような結婚を取り決めることは想像だにしていませんでした。私の妹が紳士と、その、実業に携わる紳士と結婚するというのは随分と珍しいことなので」

「ほら、言った通りじゃありませんか」とヴァランタンが指をちょっと上げて見せた。

「その珍しさという気持ちはまだ私が抱いている状態ですよ、正直に言えば。そして完全に消え去ることはないでしょう」と侯爵は続けた。「しかしそれも決して悔やむようなことでもないでしょう」。そしてか細い笑みを浮かべた。「ひょっとしたら、そういう珍しいものと何かしらの譲歩をしなければならない。一家にはそういう珍しいものはもう長年の間ありませんでしたからね。私がこのことについて母に言いましたら、それについても注意に払うだけの価値はあると認めてくれました」

「お兄さん、今のお兄さんの記憶力は少しだけ間違っていないかい？お母さんは、言ってみれば抽象的な考え方というやつには関心を持たないことで有名じゃないか。兄さんのその衝撃的な申し出に、母さんが、実際に兄さんが説明したような上品な態度で答えたというのは本当に確かなのかい？彼女が時にはとても恐ろしいくらいにきつく当たるのはよく知っているだろう？むしろ母さんはこう仰らなかったかい？『お黙り！もっとマシな理由があるはずじゃないのかい？』」

「他の理由についても議論されました」と侯爵はヴァランタンを見ずには言ったが、その声には聞き取れるだけの震えがあった。「いくつかについてはもっと理に適った理由であったでしょう。ニューマンさん、わたしたちは保守的ではありますが、かといって頭から否定するような頑迷というわけではありません。私達はこの件について公平に判断しました。そして何事もうまく進んでいくのは疑いないものという判断に達しました」

ニューマンは腕を組んで目線をベルガルド氏に向けたまま彼の言葉を立ったまま聞いていた。

「うまく進んでいく?」とかすかに冷酷で平坦な調子で言った。「うまく進んでいかない、なんてことがありますか?もし進まないのならそれはあなたに責任があるのですよ。私がうまく進めないなんてあり得ないのですから」

「兄さんは時が経過していくにつれあなたも変化に慣れていくのだ、という意味で言っているのですよ」とヴァランタンは言って、新しいタバコを蒸すために言葉を止めた。

「変化って?」とニューマンは同じような口調で聞いた。

「ユルバン」とヴァランタンはとても真剣な調子で言った。「ニューマンさんはどうもこの変化についてご存じないようだ。この点について強調して伝えないといけないね」

「弟の言い方は言い過ぎですな。また機転の気がないようなことをしていて直りそうもないな。私の母と私の願いとして、そのことについて仄めかすことはしないでほしいのだよ。そして頼むからお前もだ。我々の妹の夫になるうる人物として我々に受け入れられることが認められた以上、その人は我々一家の一員なのでいちいち説明する必要はない。双方の側において多少慎重に思慮あることをすれば、全てがトラブルなく進んでいくものと、私は考えております。厳密には、これこそが私の言いたかったことです。つまり我々が何に着手したのかを十分に理解し、そして我々の下した決断についてはどうか安心して信用していただきたい」

ヴァランタンは手を空で振って、その手に顔を埋めた。

「私は自分で思っている以上に機転が効かないのでしょうね。でも兄さん、兄さんが自分で何を言っているのかをわかっていたら！」そして彼は突然長い間笑い出した。

ベルガルド氏の顔は少し紅らめ、頭を高く上げ、あたかもこのような卑俗な邪魔者に対して譲歩する事実を拒んでいるかのようだった。

「どうか理解していただけたものと思っております」とニューマンに言った。

「いえ、皆目わかりません」とニューマンは言った。「しかしそのことを気にする必要はありません。私は構わないのですから。というより、むしろ分からない方がいいのでしょう。というのも私にとってそれが気に入らないこともあるのですから。だとしたら、私にとっても差し障りが出て来るというものです。私はあなたの妹と結婚したのであり、それが全てです。そしてそれをできるだけ速やかに行うことであり、粗探しなどしないことが大事なのです。私は結婚の進め方がどのようなものであろうと、私にはかまいません。別に私はあなたと結婚するわけではないのですからね。私は結婚の許諾を受け取ったのであり、そのことが全てです」

「最後の決定について母から受け取った方がよろしいかと思いますよ」と侯爵は言った。

「よろしい、今すぐに言って受け取ってきましょう」とニューマンは言い、客間へと戻る用意をした。ベルガルド氏は彼を最初に行かせるようにし、ニューマンが部屋を出ていった後、部屋のドアを閉めてヴァランタンと二人きりになった。ニューマンはヴァランタンの厚かましいような皮肉に多少当惑したものの、それでもベルガルド氏の優れた支援の言葉の意味を知るのに助けはいらなかった。彼においても、ヴァランタンの自分に投げた無礼の言葉の裏には丁寧なところがあることを見抜くだけの頭はあった。しかしヴァランタンの不躾な馴れ馴れしさの裏にも優しい共感があることに温かみを感じ、その馴れ馴れしさによって友人が嫌な目にあるのは彼にとって不本意であった。廊下で少し歩を進めると少しばし足を止めて、ベルガルド氏の不満げな声が聞こえてこないか耳に傾けた。しかし何も聞こえず完全な静けさがあるばかりであった。その静けさそのものは不吉に思えるほどである。しかしそもそも盗み聞きする権利がそもそもないと考え、結局客間へと進んでいった。彼が不在であった間に数人が客間に入ってきていた。集団で彼らは部屋に散在していて、その中にはその客間に隣接する明かりがついていてドアも開いていた小さな婦人の私室へと入っているものたちもいた。老いたマダム・ド・ベルガルドはいつもの炉辺のそばにいて、かつらを被り一八二〇年に流行した非常に老いた紳士に対して幅の広い白いネクタイをつけていた状態にいる非常に年老いた紳士を見ていた。マダム・ド・サントレは白いネクタイをつけていたその年寄りの妻だと思われる老婦人が語っている内密な昔話を聞くために頭を傾けていた。その老婦人は赤い繻子の衣装とエゾイタチのケープを身につけていて、額にはドバーズが散在している帯を巻いていた。若きマダム・ド・ベルガルドはニューマンが戻って来た時、一緒に座っていた人々をそのままにして夕食前に座っていた場所に腰を下ろした。そして傍に置いてあったクッションを少し押して、彼女のニューマンへと向けた一瞥はどうやら彼のためにそのクッションをそこに置いたのだということを示唆しているようであった。彼はそれを察知しそこに座った。侯爵の妻は彼を面白がらせると同時に当惑させた。

「私、あなたの秘密を知っているのよ」と粗末ながら魅力的でもある英語で言った。「別に隠す必要はなくてよ。私の義理の妹と結婚したいのでしょう? *C'est un beau choix*[90]。あなたのような男性は背が高くて細い女性と結婚すべきよ。私は家族があなたに好意を抱くように話をしたの。だからあなたは私のために豪華な蝋燭を用意しなければならないの、つまりこの国の意味であなたは私に大きな恩があるのよ」

「マダム・ド・サントレとは話されたので?」

「いいえ、そうではないのよ。変に聞こえるかも知れないけど、私の義理の妹と私は別にそこまで仲がいいわけではないの。そうじゃなくて、私は夫と義理の母にこのことを話したのよ。あなたを選んでも一家は問題なくやっていけると言ったのよ」

「大いに恩に着ます」とニューマンは笑った。「とはいえ確証はできませんよ」

「よく分かっているわよ。自分が言ったのだけど、それを自分で少しも信じていないの。でもあなたが私たち一家に加わって欲しかったの。友達になれるかと思ったの」

「ええ、確かにその通りだと確信しています」とニューマンは言った。

「あまり確信し過ぎてもね。もしあなたがマダム・ド・サントレを大いに気に入っているのなら、私のことは好きにはならないかもね。全然違った性格だからね。でもあなたと私だと何処か共通めいたものがあるような気がするの。私はこの一家に結婚して加わったのだけれど、あなたも同じやり方で加わろうとしているわね」

「いえ、決してそういうわけではありません」とニューマンは口を挟んだ。「私はただマダム・ド・サントレを連れ出したかっただけです」

「まあもしそうなら、網をはるには実際に水中へと入らないといけないわけね。私たちの立場は似ているものね。お互いに意見交換ができるというもの。私の旦那についてどう思うかしら？これは奇妙な質問ね、そうよね？でもさらに奇妙な質問を聞くつもりなの」

「もしかすると奇妙な質問の方が答えるのは簡単かもしれませんね。試しに質問してみてくださいよ」

「うまい具合に躱すわね、あそこにいるロシュフィデール老伯爵もそんなうまくできないわ。もしあなたに機会があれば *talon rouge*[91] に加えてもいいと彼らに伝えました。私は男性というものはある程度は知っています。それに、あなたと私は同じ陣営にいるわけだからね。私は熱心な民主主義者ですが、私は *vieille roche*[92] で生まれて、フランスの歴史と私の一家の歴史は相応に関わっておりますの。あら、もちろんあなたは私たちのことは聞いたことがないわよね。*Ce que c'est que la gloire!*[93] でも私たちの一家はベルガルド一家よりもはるかにマシな家系なのよ。でも私は自分の祖先なんて全然興味ないわ。私は私の時間に生きたいのよ。私は革命家で、急進的で、時代の子供よ！この点で私はあなたを凌駕するわ。私は利口な人が好きなの。彼らがどこから来ようと私には構いやしないし、どこで出逢おうとも一緒に楽しい時間が過ごせるわ。

私は帝政時代については決して嫌いではないわ、ここだと誰も彼もが帝政時代について悪口を言うけどね。もちろん、その時代について私なりに言いたいことがあるけれど、それはあなたと一緒に仕返しをしたいと思うわ」

マダム・ド・ベルガルドはこのような共感的な雰囲気でしばらく話し続けたが、それは自分の深遠な哲学を述べる機会が滅多にないことを示すかのような溢れるばかりの熱心さであった。彼女はニューマンが他の人にはどうであろうと、自分に怖気付くことはないことを期待し、実際かなり深いことまで彼に聞かせたのであった。「強き人々」――*les gens forts*――というのは、世界のどこでも皆同じなのだというのが彼女の意見であった。ニューマンは彼女に興味を覚えつつも同時に苛立ってもいた。自分が彼女のことに怖がらないという期待を抱いていたり強い人間は平等だと断言していることを踏まえ、彼女が一体全体何を狙っているのかを考えた。そして彼女を理解できる可能な範囲での彼の意見としては、彼女は間違っていると思っていた。ペチャクチャ滑稽に喋る女というのは野心的な情熱を心に占めている感性豊かな男と決して対等な者というのはあり得ないわけである。マダム・ド・ベルガルドは突然喋るのをやめ、扇を振らしながら鋭い目線で彼を見た。

「どうも私の言っていることを信じてくれていないみたいね。警戒していることね。攻撃するにせよ防御するにせよあなたは私と同盟を結ぶつもりはないということかしら？あなた完全に間違っているわ。私はあなたを助けることできるのよ」

ニューマンはとても恩を感じていると述べ、無論機会が来たら是非助けていただきたいと言った。

「しかし、最初に私は自分を助けなければなりません」。彼はそう言って、マダム・ド・サントレのグループへと加わっていった。

「マダム・ド・ラ・ロシュフィデールにあなたがアメリカ人であることを話していたのです」と彼がやってくると彼女は言った。「そのことに彼女はすごい興味を覚えているの。彼女の父は前世紀の独立戦争の時にフランスの軍隊に加わってあなたのアメリカを助けたことがあって、それ以来いつもアメリカ人ととても会いたがっていたのです。でも彼女の望みが叶えられることはなかったの、今晩まではね。あなたは彼女が知る限りでは彼女が初めて出会ったアメリカ人よ」

マダム・ド・ラ・ロシュフィデールは老いて痩せこけた顔をしていて、下顎が落ちていることによって唇の上下を合わせることはできず、その結果彼女は会話する際にも印象深いことを言っているのだけれども喉音でしか話せず発音が不明瞭であった。古風の銀の彫金が施された片眼鏡を上げて、ニューマンを頭から足まで見下ろした。そして彼女の喋ったことに丁寧な態度で耳を傾けたが、その内容をニューマンは全く聞き取れなかった。

「マダム・ド・ラ・ロシュフィデールは自分がそうとは知らずにアメリカ人と会ったことがあると確信していると仰ってますよ」とマダム・ド・サントレが説明した。ニューマンは彼女が実際に気づくことなく多数のアメリカ人と出会ったこともありうることだと考えた。そしてこの老いた婦人は再び喋り出して、マダム・ド・サントレの通訳によると、気づいていたらよかったのに、と話した。

この時、相手の老いた夫が老いたマダム・ド・ベルガルドと話していたが侯爵夫人の腕を借りながらこちらへとやって来た。彼の妻がニューマンを指差して、どうやら刮目すべき血縁についてて説明しているようであった。ロシュフィデール氏は赤ら顔で丸々と太っている老紳士であり、とても親切にわかりやすく話し、ニオシュ氏を思い出させるような上品な感じすらニューマンは受けたのである。説明の後に、ニューマンの方へと誰にも真似できないような老齢の優雅さを示しながら振り向いて目線を向けた。

「ムシューは決して私が見た初めてのアメリカ人というのではありません。私が初めて見た、というより注意を払った人物というのがアメリカ人です」

「そうなのですね」とニューマンは共感する形で言った。

「あの偉大なベンジャミン・フランクリン博士というのがその人なのですがね」とマダム・ド・ラ・ロシュフィデールが言った。「もちろんその時の私は若かったです。彼は monde[94] にいてとても人気のある人物でした」

「でもニューマンさんほどではないですけどね」とマダム・ド・ベルガルドは言った。「そのニューマンさんにお願いがあるのですけれどね、腕で私を別室へと運んでいてくれませんかしら。フランクリン博士にすらこれほどの特権を与えることはできなかったことよ」

ニューマンはマダム・ド・ベルガルドの要求に応じたのだが、二人の息子たちが客間へと戻ってきたことに気づいた。彼らの顔を伺いながら自分があの部屋から出て行った後に、どのようなことをしたのかを想像しようとしたが、侯爵をみる限りは彼はいつもと変わらぬ冷淡で尊大な様子をしているし、ヴァランタンはこの場の雰囲気に合わせるために我を殺す形で居合わせている女性たちの手に接吻した。マダム・ド・ベルガルドは長男に一瞥を与え、私室へと入ってきたその時に侯爵は彼女のそばへとやって来た。その部屋は今は誰もおらず、プライベートな空間を形成するには十分であった。老婦人はニューマンの腕から我が身を離し、彼女の手を公爵の腕へと休めた。そしてその姿勢のまま彼女はしばらく立った状態にいて、頭を上に上げて下唇を噛んでいた。この場面もどうもニューマンにとっては何の印象も与えなかったみたいが、マダム・ド・ベルガルドはこの瞬間では実際は、これほど老齢によって身が縮んだ小柄な老婦人であるのに、絶対的な権威と自分にとって都合の良い社会的理論の絶対性を習慣的に持っていることにより発散されるかもしれない威容を他者の心に刻印するほどに放っていたのである。

「私の息子が私の望んでくれたように話してくれたわ。そして私たちは決してそれを邪魔しないことも理解してくれたわね。そして残りのことついてはあなた次第というわけですよ」

「ベルガルド氏は数点私に理解できないようなことを仰っていました。しかしそのことはともかくとして、あなたは私を自由にしてくれました。大いに恩に着ます」

「私としては、私の息子が話すのが不本意だったであろうから、あなたに伝えなかったことを言いたいと思います」と侯爵夫人が言った。「そしてそれは私の心を落ち着かせるためにも言う必要があるのです。私たちは寛大に振る舞っていてあなたを大いに贔屓しているのですからね」

「いえ、あなたの息子さんはそのことをよく伝えていただきました。そうですよね」とニューマンは言った。

「母ほどは言っていないですね」と侯爵ははっきり言った。

「私としては私が感謝しているということを繰り返すばかりです」

「あなたに伝えた方が適切ね」とマダム・ド・ベルガルドは言った。「私はとても誇りを強く抱く人物で、頭を大いに高く上げていることをね。私のこの態度は間違っているかもしれないけれど、今更それを変えるにはもう年を取りすぎたわけ。でもこのことを自分でも承知しているし、自分がそのような人物ではないと誤魔化すこともないの。私の娘が誇りを見せないかといってそれで喜ばないように。彼女は彼女の仕方で誇りを持っているのよ、私とは違った仕方で。それでこの点に関してあなたは妥協しなければいけません。ヴァランタンですら誇りを持っているのよ、彼の適切な箇所あるいは間違った箇所に触れてみればわかるわ。ユルバンも誇りを持っていますす、それはあなたでもわかりますわね。時々、私は彼が誇りを持ちすぎると思ってしまうことがあるの。とはいえそれで彼をどうこうしようという気はないけれど。彼は私の子供たちの中で一番優良で、年をとった母からは離れようとしません。ともかく、私たち一家が全員誇り高い存在であることはこれで十分に認めてくれるでしょう。あなたが一緒にやってきた人たちがどんな種類の人かを知っておくかはいいことだわ」

「まあ私としては」とニューマンは言った。「その答えとして私は誇り高くないと答えられるばかりです。でも私は今のあなたの言葉を気にしませんよ。しかしどうもあなたはまるで自分が不愉快なことを言っているかのように話しますね」

「私はあなたが娘と結婚するのを快くは思っていないし、快いと思っている振りもしない。もしそのことを気にかけないのなら、それに越したことはないわ」

「お互いの取り決めについて、あなたがたが遵守してくれるのなら口論はするべきではないかと思います。私としてはそれだけが願いです。どうか手を出さず自由にさせてください。私は真剣に言っていて、落胆させるようなことや取り決めを不履行するという恐れはわずかにもありません。私はいつもあなたの眼前にいます。もしそれがお気に召さないというのならお気の毒にという他はありません。娘さんが受け入れてくれるのなら私は彼女に対して、男が女にやってあげることの全てをする所存でいます。このことを約束として、誓約として伝えることができるのは幸福の限りです。私としましてもそちら側も同等の誓約を行うものと考えています。決してそれを破ることはないでしょうな?」

「『破る』というのがどういう意味かはわからないわ」と侯爵夫人が言った。「そんなものはこのベルガルド一家が一度だって犯したことのない罪を表しているのよ」

「我々の言葉というのは我々の言葉だ」とユルバン言った。「すでにその言葉をお前に伝えた」

「ええ、なので今はあなたがたが誇り高いことをとても嬉しく思っています。それが絶対に破らないだろうということを確言しているものと私に信じさせます」

侯爵夫人はしばし無言になり、突然はっきり言った。「私はあなたに今後も丁重に接しはしますよ、ニューマンさん。しかし断言しますが、私があなたのことを好ましくなることはありません」

「そんなに断言することはないと思いますよ」とニューマンは笑った。

「そうかもしれませんけど、私はこれからさっきの肘掛け椅子へと戻るために手を貸してくれることをお願いしますが、そう助けてくれたからといって私の気持ちが変わるわけではありません」。そしてマダム・ド・ベルガルドは彼の腕を取って、客間と彼女がいつもいる場所へと戻って行った。マダム・ド・ラ・ロシュフィデールと彼女の夫もそこから退出しようとして、マダム・ド・サントレとモグモグと喋る老婦人との対談は終わっていた。マダム・ド・サントレは立ちながら彼女を見て、どうやら次は誰と話すべきかについて考えているようだったが、その時ニューマンが彼女のそばに来た。

「あなたのお母さんが、非常に厳粛な様子で度々ここにきてもよろしいという許可を出してくださいました。そして私はそのつもりでいます」

「あなたと会えるようになると嬉しいです」と彼女はあっさり言った。そしてやがてこう言った。

「おそらくあなたはここに出入りする許可をもらうにあたって、仰るようにそのような厳粛さがあることをとても奇妙なものだと考えていると思います」

「ええ、はい。どちらかと言うとそうです」

「私の兄のヴァランタンが言ったこと覚えています、か。あなたが初めて私に訪ねてきて下さった時のこと。私たちが奇妙で、奇妙な一家だということを?」

「それは初めての時ではなく、二回目の時でした」

「ええその通りです。その時にヴァランタンの言葉で私はかなり気が動転していましたが、今ではあなたのことをよく存じ上げているので申し上げますが、彼の言っていたことは正しいことです。あなたがここに繁くに通うようになりましたら、その意味するところが分かるようになります!」と言ってマダム・ド・サントレは離れていった。

ニューマンは彼女が他の人たちと話すのをしばらく見ていて、その後立ち退こうとした。最後にヴァランタン・ド・ベルガルドと握手をし、階段の最上段のところへと一緒に行って彼は言った。「まあこれで許可をもらったということですね」とヴァランタンは言った。「事の進行が気に入ってくれるといいんですけどね」

「あなたの妹さんが今まで以上に好きになりました。しかし私のためにこれ以上兄に負担をかけないでほしいです」とニューマンは付け加えた。「私は彼のことは気にはしていないのだから。私がさっきあの部屋から出た時、どうも喫煙室でひどく言われたようですね」

「私の兄が私にきつく叱る時は、本当にきつい調子になりますね。私は彼の態度に応じるための独特な方法をとっているのですよ。事の進行が、私が予期していたよりもはやく進んだことは認めざるを得ない状態です。どうにも理解できないな。どうも無理やり押し進めていった気がする。やはりあなたの莫大な財産に惹かれたのでしょう」

「まあ、それほどまでに彼らが受け取ったその贈り物は価値があったのでしょうね、人生で一番と言っていいほどに」とニューマンは言った。彼がお暇しようとしたのをヴァランタンが引き留めて、優しい皮肉がいっぱいの眼差しで見た。

「あなたの尊敬すべき友人であるニオシュ氏とここ数日以内にお会いしたかどうか聞きたいのですが」

「彼は昨日私の部屋にいましたよ」とニューマンは言った。

「彼はあなたに何と?」

「特に何も」

「彼のポケットから銃口が出ているのに気づきませんでした?」

「一体何を言っているんだ？　むしろあの人はいつもより陽気な気分でいると思ったのだが」

ヴァランタンは突如笑い出した。「そう聞けて嬉しいですな！　賭けは私の勝ちということです。ノエミ嬢は水車の向こう側に帽子を投げたのですよ、つまりここの国の表現で我が道をいくようになったという意味で、要はお父さんの家から出てしまったということです。彼女は放たれたのだ！　そしてニオシュ氏も彼にしては陽気でした。そんなふうにトマホークとか振り回してやろうという気持ちにならないでくださいよ。私はルーヴルのあの日以来、彼女と何かやりとりしたことも会ったこともないのですから。アンドロメダは私より他のペルセウスを見つけたんですよ。この情報は正確ですよ。こういうことはいつでも正確なのですからね。それで、何か抗議があるのですよね？」

「俺の抗議なんてもうどうでもいいさ！」とニューマンはうんざりした気分でつぶやいた。しかしその声色は、ドアに手をかけ母の部屋に戻ろうとしているヴァランタンの次の叫び声にはなんら反響することはなかった。「でもこれから彼女に必ず会う。彼女は素晴らしい、とても素晴らしい女なのさ！」

# 第十三章

ニューマンはユニヴェルシテ通りへと繁くに足を運ぶという約束を守り、というより脅迫に従い、次の六週間はマダム・ド・サントレを数えきれないほどの回数で訪れた。彼自身としては恋愛に陥ってはいないというつもりであったが、伝記作家ならばそんなことはないと主張するだろう。少なくともロマンティックな情熱に由来する免除や報酬については何も主張しなかった。彼にとって恋愛というのは男を愚かにするものであり、彼の現在の感情は愚かなものではなく、叡智であり、知性に基づいて健全であり、平穏であり、正しい方角を向いていたということであった。彼が感じていたのはどこまでも一途な優しさなのであり、セーヌ川の左の辺りに立てられている大きな灰色の家に住んでいる極度に上品で繊細で同時に印象深い女性にそれが向けられていたのである。このような優しさは強い心の痛みへと変わる事が頻繁にあったが、ニューマンとしては彼のそういった感情の作動について科学によって与えられている名称を知っておくべきであっただろう。心が重荷を背負っている時は、その重荷が金でできているか鉛でできているかはどうでもいいことなのだ。いずれにせよ、幸福というものが苦痛と等しい存在へと変化していく際、その時は英知の君臨が一時的に支配力を失っている状態にあると認めてもいいだろう。ニューマンはマダム・ド・サントレをあまりに想っていたので、将来に彼女のためにやってあげられることが何も考え付かなかったので、自分の今現在のその気持ちが高い水準を自分に課すことになったのである。ニューマンにとって彼女は自然と境遇が産出した非常に幸福な人物であるように思え、彼の想像力が将来起こりうる可能性について考えてみれば、彼女の美しい人格的な調和も何かしらの野蛮な圧縮や破壊を被ったりはしないのかという恐怖に耐えず息を呑ませるのであった。私の言うニューマンの優しさはこのような代物であったのだ。マダム・ド・サントレはまさに今あるその状態で彼を喜ばせたので、彼女と人生の困難に自分が干渉したいという気持ちは、若い母親が自分の第一子の睡眠を誰にも邪魔されないよう守ってあげたいという気持ちと通じるものがあった。ニューマンは至極単純に彼女の魅了されているのであり、そして魅了を揺さぶると曲が停止してしまうオルゴールとして看做したのである。全ての人間の気質に隠されていて、神聖な同盟者の内部を自分が覗き込んでも許されるような状況を切望していない享楽主義者というのはあり得ないものだ。ニューマンはやがて純粋に、自由に、深く楽しむようになった。マダム・ド・サントレの個人的な性質、つまり彼女の眩い優しさ、繊細な動きを見せるその顔、その深く流動性のある声色、これらがニューマンの意識を占有したのであった。燦然と輝いている知性に満足しながら大理石の女神を眺めている薔薇の冠を被った老いたギリシア人でさえも、これほどに知性それ自体が静かな調和へと楽しみに没入している状態を完璧に体現してはいなかっただろう。

彼は彼女に対して激しく愛情を示すようなことはしなかった。何か恋愛的な言葉も彼女に言ったことはなかった。現在彼女が彼に対して許している領域を、彼は決して超えたことはなかった。しかしそれでもなお、自分が彼女をどれほど賛美しているかについて日数が経過していくにつれて理解してくれる用ようになっていくことに嬉しく思った。一般的には喋り屋というのではなかったが、それでも今回はたくさん喋り、彼女もたくさん喋らせることに見事に成功した。喋るにせよ沈黙するにせよ、彼女を退屈がらせることも厭わなかった。そしてたとえ彼女が退屈しようとも、総合的には彼が当惑したためらいを見せないためにより好意を抱くようになった。ニューマンが彼女の家で腰掛けている際に彼女の訪問者は頻繁に訪れたものだが、それらの訪問者は背が高くて痩せている無言の男性が半分くつろいだ状態でいるのを見かけ、さらにその人が誰も冗談めいたことを言ったりしてもいないのに突然笑ったり、おそらく適切な教養を身につけていないことから、誰かが意図的にニューマンに機智めいたことを言っても、彼はずっと真面目くさった状態でいる男を目にしたものであった。

ニューマンにとっては何も理解できないと思われる話題が莫大な数に上っていたことは告白しなければならないし、そしてそれらのほとんどが理解できないどころか言葉を挟むことすらできないものであったこともやはり言っておかなければならない。彼が会話の題目を変えられることは滅多になく、あらかじめ知っていた言葉や決まり文句の蓄えは乏しいものであった。その一方で彼は注意を十分に払うことができ、彼が話されている話題の重要性を見積もるにあたって、それは決して彼自身が聡明にどのくらい言えるかどうかは関係なかった。彼自身はそういった会話に加わっていても決して退屈したことはなかったし、その人が沈黙した状態にあるからといって不愉快な気分であるという推測は彼ほどそれが見当違いなものはいなかっただろう。彼が無言の状態においてもなお楽しんでいたその具体的な内容に関しては私では決定しかねると述べなければならない。多くの人にとっては昔の難度も聞いてきた事柄も彼にとっては新鮮な魅力として映ったし、もしそこで受けたその新たな印象を一覧にして見てみると、私たちはその内容に大いに驚くことだろう。マダム・ド・サントレに対してたくさんの長い話を聞かせた。彼女にアメリカ合衆国について聞かせるにあたって、地方の幾多もの制度や商業上の慣習等について聞かせてあげたのだった。結果としてみれば彼女はそれに興味を持っていたと思われるが、実際に興味をもつかどうかはあらかじめ誰も保証することができなかった。彼女の話しぶりから判断するに、ニューマンは彼女が自分の話を楽しんでいたということを確信していた。このことはトリストラム夫人が彼女について描写していた人柄像を正す必要があることであった。彼女には快活さというのが十二分生まれつき備えわっていることを見出すのであった。彼女は内気な女性だと最初に言ったことは正しかった。その内気さは育った環境と平穏な美しさが折よく気品のある頑なさを育成された女性においては、より一層その人に魅力を添えるだけであった。ニューマンにとってもそのような作用を受け、受けなくなった後でもしばらくの間はそれと似たような働きを彼に及ぼし続けた。トリストラム夫人が友人を見てその慎ましさや高い教養や深遠さに関して、やや重苦しい輪郭を描いた際にどこかそれに悲しげな秘密が込められていたのはこれが原因だったのだろうか？ニューマンはそうだと思ったが、日に日にマダム・ド・サントレの秘密が何であるのかは気にならなくなっていき、それらの秘密そのものが憎むべきものだという確信を得るようになった。彼女という女は光に属しているものであり、決して影に属するものではない。そして彼女の生まれつき備えている性格は美しい慎み深さや神秘的な憂鬱さではなく、むしろ素直で楽しく眩いような動作にあり、それには必要なだけの沈思があるだけでありそれ以上のものはわずかにもなかった。こうした彼女の本来の姿を、彼は取り戻すことに成功したみたいであった。彼自身は自分がそういった抑圧されていた神秘を解放させるための解毒剤だと看做していた。彼女に対して提供していたのは、秘密など抱える必要のない太陽が広々と輝くような免除であった。

マダム・ド・サントレがあらかじめ取り決めた日の晩をニューマンはいつもマダム・ド・ベルガルドの寒々とした炉辺で過ごし、その部屋を狭い瞼で一望に見渡しつつ自分の恋人を見ては満足していた。そして彼女の方は家族の前でいると誰か別の人物に話すようにしていた。マダム・ド・ベルガルドは座っている炉辺のそばで近づいてきた者と誰でも丁重にだがよそよそしく話し、そのゆっくりとだが停止することのない目で部屋を見回していて、その目線がニューマン自身に向けられると、彼にとって湿った空気が突然吹き出したかのような感覚に陥るのであった。彼女と握手をした時は、彼はいつも彼女に笑いながら自分と別の晩にご一緒するのを「我慢してくれる」かどうかを尋ね、それに対して彼女は笑いもせずにいつも自分の義務を果たせたことを神に感謝しますと言った。ニューマンは一度トリストラム夫人に侯爵夫人のことを話したが、その際最終的には彼女とやっていくのはとても簡単だった、全くのならず者とやっていくのはやはりいつも簡単なことだ、と言った。

「それでそのような随分と雅やかな言葉でマダム・ド・ベルガルドのことを呼んでいるわけ？」とトリストラム夫人は言った。

「まあ、彼女は邪悪で老いた罪人ですからね」

「どんな罪を犯したの？」

「誰かを殺したとしても私は驚きませんよ、もちろん人を殺すというのは彼女の場合義務観念に起因することですが」

「どうしてあなたはそんな恐ろしいことを言えるの？」とトリストラム夫人はため息をついた。

「別に恐ろしいことなんて言っていませんよ、私は彼女に好意を持って言っているのですよ」

「それだと厳しく非難するときはどんな感じで言うの？」

「私のその厳しい非難は別の人のためにとっておこうと思います。侯爵のためにね。私にはどんなに混ぜ合わせても飲み込めないほどに好きになれない人がいるのです」

「それでその人はあなたに何をしたの？」

「うまくは説明できないですが、それは何かとても悪いことで、とても卑しくイカサマで、無礼な行動なんかではとてもそれらの償いが出来ないほどです。彼の母の非行ですら償いができるのに。たとえ殺人を犯したことはないにしても、誰かがそれを犯しているときに顔を背けて見て見ぬふりをしていたことでしょう」

このような不当な仮説を述べていたが、それは「アメリカ人のユーモア」による気まぐれなユーモアの一例に過ぎなかったわけだが、それでもニューマンはベルガルド侯爵と以前からある気楽で友好的な関係を築き続けるのに最善を尽くした。ニューマンが人々と交際をし続けている限りは、彼を許さないといけないことがあるのを極度に嫌い、相手が当座においてはいい交際仲間だと看做すために即興的な想像力を大いに保つこと（それは彼個人の快適さのためのものではあった）には長けていた。そして侯爵もそのうちの一人のだと看做すためにやはり最善を尽くした。そして彼が見かけほどどうにもならぬくらいの馬鹿ではないということを誠実に信じていた。ニューマンの友好的な態度も決して厚顔なところはなかった。彼の人間の平等さについての思いは決して攻撃的な調子は備わっておらず美学的な理論でもなかった。そうではなく先天的で自然な、乏しい量には決して向けない肉体的な食欲のようなものであり、結果として礼儀を欠いた熱心さとは無縁のものであった。

社会での自分の置かれている立場についても決して疑問視することなく落ち着いて受容している姿勢がベルガルド氏にとっておそらく苛立たせるものであった。ベルガルド氏は将来義理の弟になり得、自分の一生的な鏡に映される印象深い像とは不愉快なほどに姿形が違うこの男の精神に、粗野で精彩の欠けた調子の自己を投影した。彼は我を忘れたことは一瞬たりともなく、ニューマンの「言い寄り」だと看做した相手の行動を機械的な丁重さを以て応じた。ニューマンは逆に我を忘れることが絶えずあり、無責任な質問や推測を際限なくするので、時々自分の主人たちの明らかに意図的な皮肉を込めた笑みを見出してしまうのであった。そしてベルガルド氏は一体何に笑みを浮かべているのかニューマンは皆目検討がつかなかった。ベルガルド氏自身にとってはその笑みはいくつもの感情の妥協点として浮かべられていたものかもしれない。微笑んでいる間は少なくとも丁重に接してくれ、そのように丁重なのは理に適ったことであった。その上、丁重さ以上の意味合いは込められていないその笑みは、その丁重さの度合いもまた曖昧なものとしたのであった。その笑みは決して異議を立てるわけでもなく、なぜならもし立てるならそれは相当な深刻な事態となってしまうわけであり、賛成しているわけでもなく、これももし賛成するなら事を非常に錯綜して混乱させる事となり得たからであった。そしてその笑みはベルガルド氏の個人的な威厳をも覆い、というのもこのような重大な状況においてはその威厳はほんのわずかでも損なわれてはならなかったのだ。彼一家の栄光に翳りが差されるだけで十分であった。彼とニューマンの間において、ベルガルド氏の態度全ては彼との間にいかなる意見の交換もあり得ないことを示唆しているかのようだった。彼は息を呑んでいたが、それはあたかも民主主義の香りを吸い込まないようにしていたかのようだった。ニューマンはヨーロッパ的な政治について精通しているとはとても言えなかったが、実際に自分の身の周りには何が起きているかを知りたがってはいたし、そして彼はベルガルド氏に対して数回公の出来事についてどう思っているのかを聞いたりもした。ベルガルド氏は、それらは限りないゴミであり、今では政治は粗悪なものから最悪なものへと変わっていって、今の時代は芯まで腐敗していると上品な簡潔さで述べた。このことを聞いたニューマンは侯爵に対してほとんど好意的な感情を抱くに至った。これほど快活さの欠けている世界に置かれているこの男を憐れみ、ベルガルド氏と次会った際は、今の時代の素晴らしい幾つかの部分について注意を向けようとさせた。それに対してベルガルド氏は、自分はただ一つの政治的信条を持っていてそれだけで十分なのであり、ブルボン家の第五番目のアンリが神聖な権利の座に就くのが正当であると考えているとした。ニューマンは呆然としてそれ以後彼はベルガルド氏と政治について話すことは控えるようになった。かといって別に怖気付いたわけでも気分を害されたわけでもなく、また面白がっているわけでもなかった。ただベルガルド氏が食べ物に対する奇妙な好み、たとえば魚の骨やくるみの殻を好んで食べるのがわかった時と同じような気持ちになっただけであった。こういった場合、ニューマンは食事に関する話を彼とは一緒にしなかったわけだが、それと同じなわけである。

ある日の午後、ニューマンがマダム・ド・サントレを訪問した際、給侍は女主人から今は手が離せない状態にあるから、しばし待ってくださいと言われた。彼は部屋をしばらくウロウロ歩き回っていて、彼女の本を取り上げたり花の香りを嗅いだり、版画や写真を見たりして（それらが実に綺麗だとは思った）、やがてドアが開くのが聞こえ彼は後ろを振り向いた。入り口には、この家を訪問したり退去したりするときに数回会った記憶のある老いた女性が立っていた。彼女は背が高く直立していて、黒の衣装に身を包み、もしニューマンがこういった謎について手ほどきを受けていたら、彼女の被っていた帽子がフランス人ではないことを示す十分な証拠であったことに気づいただろう。つまり純然たるイギリス製の帽子だったというわけである。彼女の顔は蒼白で、上品ではあるが落胆していたような様子であり、そしてその目は澄んでいるが鈍そうなイギリス的な眼であった。ニューマンはしばし見つめるようにしかし臆病な様子で見て、その後彼女は少しだけまっすぐなイギリス風の会釈をした。

「マダム・ド・サントレはもうしばしお待ちいただくようにお願いしております。ただいま帰宅したばかりで、着替えももう間もなく終わります」

「いえ必要ならいくらでも待ちますよ。どうか急がないようにと伝えてください」とニューマンは言った。

「ありがとうございます」とその女性は穏やかに言った。そしてこういってその部屋から出て行く代わりに、逆に部屋の中へと入っていった。彼女はしばらく自分の周囲を見渡し、そして机の方に行って特定の本や小間物を整頓し始めた。ニューマンは彼女の外見が極めて上品であることに心打たれて、その人を召使いと呼ぶのに躊躇した。机を正しく整頓しカーテンを真っ直ぐにするのに手間をかけていたが、その間にニューマンはゆっくりと部屋の中を行ったり戻ったりした。やがて歩きながら鏡に写っている彼女の姿を見て、彼女の手はゆっくりとしか動かしておらず彼をじっと見つめていることに気づいた。彼女は明らかに何かを言おうとしていたわけであり、それに気づいたニューマンは彼女がそれを切り出せるようにした。

「あなたはイギリス人ですよね」と尋ねた。

「はい、そうです」と彼女は穏やかに素早く言った。「ウィルトシャーで生まれました」

「それでパリについてどう思いますかね」

「いいえ、私はパリについては考えたりはしません」と相手は同じ口調で言った。「ここにきてから長い時間が経ちました」

「つまりもう長い間ここに住んでいると?」

「すでに四十年以上経過しております。エメリーン奥様とご一緒にこちらへきました」

「エメリーンというのは老マダム・ド・ベルガルドのことですよね?」

「はい、その通りでございます。彼女がご結婚なさった時にご一緒してこちらへ参りました。私は奥様の侍女でございました」

「そしてそれ以来ここに彼女と一緒に住んでいるというわけですね?」

「それ以来こちらの家に住まわせていただいております。以前の奥様の侍女としての立場はもっと若い方がそれにつくようになりました。ご覧の通り私はもうとても老いているのです。

今では決まったことはしておりませんが、それでもこちらに住まわせていただいております」

「それでもあなたはとても強そうで健康そうに見えますが」とニューマンは彼女の真っ直ぐな体格とその風格を表しているような赤い色の頬を見て言った。

「私がまだ健康な体でいられるのはありがたいことでございます。家を動き回って仕事をするにあたって息切れしたり咳をしたりするような体では務まらないことはよく存じ上げております。しかしそれでも私は老いた女性なのであります。そしてあなたに敢えて申し上げますが、それが老いぼれのいうこととしてお許しください」

「いえ、遠慮なく仰ってください」とニューマンは興味深そうに言った。「怖がる必要はないですよ」

「ご親切にありがとうございます以前私はあなたをお見かけしたことがあります」

「階段で、ということですかね?」

「左様でございます。伯爵夫人にお会いにこちらへ来られた時のことでございます。が、あなたはこちらへは頻繁に参られますよね」

「ええ、とても頻繁にいらっしゃいますね」とニューマンは笑った。「そんなこと誰でもすぐに気付きますな」

「それを知って私は喜んでおります」と老いた侍女は厳かに言った。そしてニューマンを奇妙な表情を浮かべつつ見つめた。服従と謙りの昔からの本能がそこにあった。上品な自己の滅私と「己の分」を弁える術という今までの習慣が見られたのだ。しかしなおそこにはおそらくニューマンの接しやすさに予期せずに出会ったことと考えたと起因するある種の薄めな厚かましさも混ざっていて、さらにそれ以上に古くからの礼儀作法に対しての漠然とした無関心さもまたそこにあったのだ。あたかも自分の女主人が、自分の侍女を別の人物に入れ替えたためわずかながら彼女に「復帰財産権」を行使することが許されたというようであった。

「あなたはこの一家について大きな関心を持っているのですか？」とニューマンは言った。

「はい、非常に深い関心を持っております。特に伯爵夫人さまに対しては」

「それは安心しました」とニューマンは言った。さらに笑みを浮かべながらこう付け加えた。

「私も関心を持っているのですよ」

「私もそう思いました。失礼ですがこういったことを察知し、自分の考えを抱くことはどうにもならないことであります。宜しいですよね？」

「それは給侍として？」とニューマンは言った。

「はいその通りでございます。こういった件について私めなりに考えると私はもはや侍女ではなくなるのです。しかし私は伯爵夫人様に対して何もかもこの身を捧げている所存でありまして、あの方がもし私自身の子供でありましたなら、これ以上不可能なほどに彼女を愛することになります。こういったことゆえに失礼ながらこうして厚かましくも申し上げているのでございます。彼らが仰るにはあなたは伯爵夫人様とご結婚なさりたいということですね」

ニューマンは話している相手の方をじっと見て、単なる噂好きの女ではなく熱狂的な信奉者であることを見て満足した。不安げで訴えるような様子をしているが、それでいて思慮分別も備えているように思える。

「その通りですよ、私はマダム・ド・サントレと結婚したいと思っています」

「そして彼女をアメリカへと連れて行くのですか？」

「彼女が行きたい所ならどこへでも連れて行きますよ」

「なら遠ければ遠いほど好ましいものですよ！」と老いた女は突然激しい調子で叫んだ。しかし自制しモザイクの文鎮を取り上げると、それを彼女が掛けている黒色のエプロン吹き始めた。

「私は決してこの一家や家族のことに関して何か悪いことを申し上げているのではありません。しかし、哀れな伯爵夫人様に大きな環境の変化をお与えになることは彼女にとって良いことかと思われます。ここはとても物憂げな所でございますから」

「そうですね、全然活気が感じられませんね」とニューマンは言った。「しかしマダム・ド・サントレ自身は快活な人間ではありませんか」

「彼女はこの上ないほどによき方であります。あの方が数ヶ月前だとそれより前の日々よりももっと快活でいらっしゃったことを聞けば、驚きなさることでしょう」

ニューマンは自分の求婚が順調に進んでいることを証言することを聞けて嬉しい気持ちに

なったが、歓喜の気持ちが勢いよく外に出るのを完全に抑え込むように努力をした。

「マダム・ド・サントレは今回の件より前は精神が優れない状態にあったのですか？」

「哀れな彼の方がそうなったのには、もっともな理由がございます。サントレ主人はあのような甘美な女性にとってはとても似つかわしい夫ではありませんでした。そして私が先ほど申し上げた通り、この家は悲しい空気に包まれたのです。私めなりの意見としては、あの方はここから出て行かれた方がよろしいかと思っております。ですので、恐れ多くもこう申し上げてよければ、あの方があなたとご結婚なさってくだされればいいものと思っております」

「ええ、私もそれがいいと思っていますよ！」

「しかし、譬えあの方がすぐに結婚する決心に至らなくとも気落ちなさらないでください。このことこそあなた様にお願いしたかったのです。どうか諦めなさらないでください。結婚というのはいつの時代もどの女性にも大きな危険が孕んでいると申しましても、あなたさまならそれを悪く取りますまい。特にあの方の場合、悪い主人と結婚契約を結んでしまって片付けられてしまったのですから。しかしもしあの方が、善良で、親切で、尊敬すべき紳士とのご結婚に至れるのなら、あの方もなるべく早く決心なさるべきでしょう。一家の方々はあなたについてよく仰っておりますし、敢えてこう申しても宜しいのでしたら、私めはあなた様のお顔を好んでおります。あなた様は亡くなった伯爵とは全く異なったご様子をお持ちです。百五十センチほどの身長もありませんでした。そして一家の方々はあなた様の財産が最優先されるべきこと仰っております。それには何もやましいことはありません。そのために、どうかご辛抱なさることを強くお願いいたします。そして時の到来を忍耐強くお待ちください。私がこのことをあなた様に申し上げることがなければ、誰もあなた様にこのようなことを申し上げることはないでしょう。もちろん、私の身分では約束をあなた様と交わすことはできません。その約束を守っていただいたからといって私が何かあなた様にできることもございません。しかしあなた様のご運は決して悪い物ではなさそうです。私は疲れ果てて片隅で静かに暮らしている老婆以外の何者でもありませんが、女のことは女がよく分かっているのでして、私ほど伯爵夫人様を理解している人もいないと思っております。この誕生なさったその時から私はあの方をこの腕で抱いていたのでして、最初の結婚式の日は私の人生で最も悲しい日なのでした。あの方は私めにもう一回結婚式を、それもより輝かしいものを見せてくださる義務があるのです。あなた様がしっかりなさってくれれば、そして実際にしっかりしていそうに思われます、それをこの目で見られるものと思っております」

「そのように激励してくれて非常にありがたいものです」とニューマンは心から言った。「そうした激励はどれくらいされても十分であるということはない。私もしっかりと行動していくつもりです。そしてもしマダム・ド・サントレが私と結婚してくれれば、あなたも一緒に来て彼女と暮らしを共にしなければいけませんね」

老婦人は彼をその柔和で生気のない目で妙な目線でニューマンを見た。

「このように申し上げると心無いことと思われますが、四十年も同じ家に生活している身分ですがそれでもその場合はこの場所を立ち去りたいと思っております」

「そうでしょうね、今こそがそう言える最適なタイミングというわけです」とニューマンは熱心な勢いで言った。「それに四十年も同じ場所で過ごしたなら、変化を欲しがるのも尤もなことでしょう」

「非常に親切でございます」。そしてこの忠実な侍女はもう一度会釈してそこを引き退くかの様子を見せた。しかし実際はしばらくその場でいて、内気な喜びのない笑みをニューマンに与えた。ニューマンは落胆し、指は半分恥ずかしそうに半分苛立っているように外套のポケットの中へと突っ込んだ。彼に貴重な情報を伝えてくれたその相手が言った。

「私がフランス人の女性でなくて、非常に幸運な存在です。もしそうであったなら、歳をとっている身分ゆえに図々しい作り笑いを浮かべながら『こう申して差し支えなければ、旦那様、私の与える情報にも多少なりとも価値がありましょう』というように申し上げることになるでしょう。私の上品な英国風で伝えた方がよろしいでしょう。そちらの方が価値があるのですから」

「どのくらい、でしょうか?」とニューマンは言った。

「単純にこういうことです。私が今まで申し上げたことを伯爵夫人様には決してお伝えにならないようにお願いしたいのです」

「単にそれだけなら、何の心配も入りませんよ」

「それなら結構でございます。誠にありがとうございます。良い日を」。こう言ってもう一度その短いスカートの中へ望遠鏡を畳み入れるかのように滑り込ませ、老婦人は退去した。同時にマダム・ド・サントレは反対側のドアから入ってきて、もう片方の *portière*[95] が動いているのに彼女は気づき誰と楽しく話していたのかをニューマンに気づいた。

「イギリス人の女性ですよ！黒い服と帽子を着ていて、忙しくお辞儀をして、実に上手に自己表現をする方でした」

「お辞儀をして自己表現をする老いた夫人？あらもしかしてかわいそうなブレッドかしらね。どうやらあなたは彼女を魅了してしまったようね」

「ブレッドさんという名前みたいですけど、私としてはパンではなくケーキさんと呼びたいですね。彼女はとても甘美で、美味しい老婦人ですね」

マダム・ド・サントレは彼をしばらく見ていた。「一体あの人はあなたに何と言ったの？彼女はとても素晴らしい人ではありますけど、私たちはむしろ彼女を陰気な人物だと捉えていますの」

「もしかすると私が彼女を気に入ったのは、あなたが若い時から彼女と長い間一緒に暮らしていたからでしょうね。あなたが生まれた時から一緒に住んでいると、あの人は言っていました」

「ええ」とマダム・ド・サントレはそっけなく行った。「とても誠実よ、信頼できる人だわ」

ニューマンは彼女の母と兄ユルバンについて自分がどう思っているかは伝えたことは一度もなかったし、彼らがニューマンにどのような印象を受けているかを何かしら仄めかすこともなかった。しかしもし彼女が彼の考えていることに推測を働かせてみたら、彼女は恐らくニューマンが彼らについて話さないようにあらゆる注意を払ったであろう。実際、母の家庭内での命令について言及したこともないし、兄のユルバンの言葉をニューマンに伝えたこともなかった。しかし二人ともヴァランタンについては話したことがあり、彼女が自分の若い方の兄に対しては大きな愛情を持っていることは一切隠そうとはしなかった。ニューマンは時々それをある種の無害な嫉妬心を抱き、彼女のその愛情のこもった表現を幾分か自分にも向けて欲しいと思いながら聞いていた。ある時、マダム・ド・サントレは彼に対して少し勝ち誇ったような様子で、ヴァランタンがそれを行ったことが彼にとって大変な栄誉になることについて何か語ったことがある。それは一家との古くから交際のある人物に対して彼がとった献身的な行動であり、ヴァランタンがそのような「真剣な」ことをできようとは平素の彼では到底想像できないことであった。ニューマンはそのことを聞けて嬉しいとは言ったが、ヴァランタンについていつもより気にかけていたことについて何か言い始めた。マダム・ド・サントレはそれに耳を傾けたが、しばらくしてからこう言った。

「そういう風に私の兄ヴァランタンについて話すのは好きになれないわ」

この言葉を聞いてニューマンは驚き、自分としては好意的に言っただけと言った。

「あまりに好意的に過ぎますわね」とマダム・ド・サントレは言った。「そのような好意で語るというのは何の価値もないものですよ。子供に見せるような好意なのです。あたかもその好意を抱いている相手に何ら敬意を持っていないという風にね」

「敬意を持つ？ いや私は持っているものと思いっていますがね」

「と思っています？ 確信していないのならそこには敬意というものはないわ」

「あなたは彼を尊敬しているので？ もししているのなら、私も同様にしているのですよ」

「もしその人を愛しているのなら、そんなふうに聞くはずがないのです」とマダム・ド・サントレは言った。

「じゃあ私に聞かなければよかったじゃないですか。私はあなたの兄がとても好きですよ」

「確かに彼はあなたを面白がらせるでしょうが、彼のような人物になりたいとは思わないでしょう」

「別に私は誰とも似たような存在にはなりたくはないですよ。そもそも自分自身に似ることすらとても難しいものですからね」

「どういう意味、その自分自身に似ているというのは？」

「いいえ、自分が自分に期待していることをするというわけです。要は自分の義務を成すということですよ」

「でもそれはその人がとても善良である時だけしていいことよ」

「でも、多くの人々は善良ではありませんか。ヴァランタンは私にとって十分善良な存在ですよ」

マダム・ド・サントレはしばらく黙った。「彼は私にとっては善良とは十分には言えない存在ですわ」とやがて口を開いた。「彼は何か立派なことをしてくれればいいのに」

「彼には何ができるというのですか？」

「何も。それでも彼はとても賢いのですけれど」

「それこそが賢い人物である証拠ですよ。つまり何もしないのに幸福でいられるということです」

「実際のところヴァランタンは幸福であるとは思えません。彼は賢いし、親切で、勇敢ですけれど、かといってそれを他者に示せるだけのことを彼は何ができるのでしょうか？私としては彼が何らかの悲しみを抱いていて人生を送っているような気がして、悪い予感すら感じますの。どうしてかはわからないけれど、彼がいつか大きな災難を被るような気がしてならないの、不幸な終わりを迎えてしまうような」

「彼のことなら私に任せてくださいよ」とニューマンは陽気に言った。「私が彼のことを見守って、災難から遠ざけるように努めますから」

ある晩、マダム・ド・ベルガルドの客間において、誰もが認めるほどに会話がだらけてしまった。侯爵は黙ったまま礼儀という正面から入りやすい城の入口の歩哨であるかのように部屋をいったり来たりしていて、彼の母は火を見つめながら座っていた。若きマダム・ド・ベルガルドはすごい大きな綴織の帯の一片の手作業に勤しんでいた。通常なら三、四人の訪問者がそこにいるものだが、最も常連者としてここを訪ねる人たちですら欠席するほどの暴力的な嵐が吹いていたので訪問者は誰もいなかった。長い沈黙が客間を支配していて、風の嗎きや雨の叩く音ははっきりと聞こえていた。ニューマンも完全にじっと座り込んで時計を見ていて、十一時になるまではそこにいようと決めていて、それがすぐにお暇しようと考えていた。マダム・ド・サントレは輪になっている人たちに背を向けてカーテンが上へと捲し上げられていた窓を覗き込むようにしてしばらく立っていて、額を窓ガラスにくっつけたまま豪雨が降り注ぐ暗闇を見詰めていた。突然彼女は義理の姉へと振り向いて奇妙な情熱を込めて言った。

「どうかお願いだから、ピアノのところに行って、何か弾いてちょうだい」とマダム・ド・ベルガルドは持っていた綴織をもちあげ縫ってある小さな白い花を指した。「このままの状態で止めろなんて言わないでよ。私は今、傑作を作っている真っ最中なんだから。私のこの花はとても甘い香りをするようになるわ。それをこの金色の絹で入れているところよ。だから息を殺しているところですので、今はこの場を離れることはできないわ。ご自分で演奏したらいいじゃない」

「あなたがこの場にいるのにピアノを演奏するなんてだめなのよ」とマダム・ド・サントレ

は言ったが、その次の瞬間に彼女はピアノの方に行き、鍵盤を熱烈な勢いで叩き始めた。しばらくの間、迅速な勢いで素晴らしい演奏を続けた。演奏を停止するとニューマンは彼女のところに行って、もう一回演奏してくれとお願いした。彼女は頭を揺らし、彼の要望を踏まえてこういった。

「私は別にあなたのために演奏していたのではないわ。自分のために演奏していたのよ」

そしてまた窓の方へと戻って外を覗き込んだ。そしてしばらくして部屋から出ていった。ニューマンも暇を告げると、ユルバン・ド・ベルガルドがいつもするように彼と一緒に階段を三段降りるまでついていった。階段の一番下には彼のオーバーコートを持っていた給侍がいたのであった。それをちょうど着終わった時、マダム・ド・サントレが玄関を横切って自分のところへと近づいてくるのを気づいた。

「金曜日は家にいるのですか？」とユルバンは訊いた。

彼女はそれに答える前に相手の方を見た。「あなたは私の母と兄を好きではありませんね」と言った。

彼はしばらく押し黙ったが、やがて穏やかに言った。「はい、好きではありません」

彼女は片手を手すりに置いて、階段を登ろうとした。そして目を階段の一段目に固定した。「ええ、金曜日にはいるわよ」そう言って広くて埃っぽい階段を登っていった。

金曜日にニューマンが訪問しにくるや否や、どうして自分が彼女の家族を嫌っていると言ったのか説明するように頼んだ。「あなたの家族を嫌っているって？」とニューマンは叫んだ。「それは恐ろしい響きですね。そんなこと言っていませんよね？仮にそうだとしても本当に嫌っていることを意味していったのではないですよ」

「じゃあ、彼らについてどう思っているのか聞かせてほしいですね」とマダム・ド・サントレは言った。

「私は一家についてはあなた以外には何とも思っていないのですよ」

「それはつまり彼らが嫌いだからでしょう。真実を言いなさい。いったとしても私は気分を悪くしないわ」

「まあ、正直に言えばあなたの兄のユルバンは好きではありません。確かにそのようなことを言った覚えがありますが、それが何だというのです？もう詳しくは忘れてしまいましたよ」

「あなたはあまりにもいい人すぎるわ」とマダム・ド・サントレは深妙な面持ちで言った。そしてあたかも彼を侯爵についての悪口を言わせないような素振りで彼女は振り向いてニューマンに座るようにいった。しかし彼は彼女の前に立ち続けやがて言った。

「それよりも重大なのは彼らが私を好きではないということでしょう」

「ええ好きではありませんね」

「そしてそれについては彼らに問題があるとは思わないのですか？私は決して嫌われるような人間ではないと自負していますが」

「私なりの考えでは好かれるような方は同様にして嫌われるものとも思っています」。マダム・ド・サントレは付け加えた。「そして私の兄と、私の母、彼らはあなたを怒らせるようなことをしましたか?」

「はい、時々」

「でもその怒りをお見せになったことはありませんね」

「ならより一層それはいいことではありませんか」

「ええ、より一層いいことですよ。彼らとしてはあなたをとてもよく世話してやっていると考えています」

「彼らが私をもっと不躾に取り扱ってもおかしくはないと考えています。正直言えば、私は彼らに大きな恩があるのですから」

「優しいわね。不愉快な境遇に置かれているのに」

「彼らにとってはということですよね。私ではなくて」

「私にとってよ」とマダム・ド・サントレは言った。

「彼らの犯した罪が許されない限りはそうでしょうね!彼らは自分達と同じほどに私が立派な人物だとは看做さないのですよ。しかし、このことについて口論するのはやめておきましょう」

「私は何か不愉快なことを言わない限りあなたの仰っていることに同意することはできませ

んわ。『法的推定』はあなたにとって不利なものでしたのよ、何を言っているのかわからないでしょうけど」

ニューマンは座ってしばらく彼女を見つめた。

「ええ、実際よくわかりませんね、仰っていることが。しかしあなたがそういうのなら、そうなのだと信じますよ」

「ずいぶん下らない理由で信じるのね」とマダム・ド・サントレは微笑んだ。

「いいえ、大層立派な理由ですよ。あなたは気高い精神を持っていて、優れた水準に達しているのです。ともかくあなたといれば全ては自然的なもので見せかけや気取ったものなどないのですよ。あなたは礼儀作法の写真を撮るために頭を固定するように、悪徳へと身を置いたことを全く感じさせない方だ。あなたは私を、金を稼いだり狡猾に取引をするくらいしか人生に見出していないような輩として看做していますね。確かにそれは正しい説明と言えばそうです。かといってそれが私の全部ではありません。人というのはそれ以外のことについても注意を向けるべきでありますが、ただ私にはそれが具体的に何なのかが分からないのでしょう。私は金稼ぎについて労力を払ってきましたが、実際は金というものに特別に気にかけたというのではありません。他にやることがなかったのであり、かといって怠惰でいるのも無理でした。私は他人に対しても、自分に対しても寛大に接してきました。私は他人が頼んできたことはほとんど全てやりました。もちろん悪い奴らとなると話は別ですがね」。さらにニューマンは言った。

「あなたの兄と母に関しては、ある一点に限り彼らと喧嘩になる可能性があると懸念しています。別に彼らにあなたに対して私を褒めるようなことを言えとは言いませんが、あなたを一人にさせてほしいのです。もし彼らがあなたに対して私の悪口を言っていると私が感じたら、こちらも相応に攻撃しますよ」

「あなたが仰るように、彼らは私を一人にしてくれます。それにあなたのことについて彼らは悪口を言ったことはないわ」

「それなら、彼らは誰にも増して本当に素晴らしい方達ということになりますね！」とニューマンは叫んだ。

マダム・ド・サントレはニューマンのその感嘆の言葉に何か不意を打たれるような感じがしたようで何かに応えようとしただろうが、その時にドアが勢いよく開いた。そしてユルバン・ド・ベルガルドがそこから入ってきたのである。ニューマンがそこにいたのを発見して驚いたようではあったが、その驚きも彼のいつも見せない陽気な表情の表面に束の間に浮かんでは消えていく影のようなものに過ぎなかった。ニューマンは侯爵がこれほどに陽気な気分でいるのを今まで見たことがなかった。彼の蒼白で陰鬱気味な容貌に僅かな変容が生じていた。彼は続いて入ってくる人のためにドアを開けっぱなしにするようその手で押さえていて、やがてマダム・ド・ベルガルドが、ニューマンが未だかつて見たことのない紳士の腕に彼女が寄りかかって入ってくるのが見えた。彼はすでに身を起こしていて、そしてマダム・ド・サントレもいつも母の前にいるとするように身を起こした。愛想いいと言っていいほどにニューマンに挨拶をした侯爵は、ゆっくりと手を擦りながら離れて立った。彼の母は見たことのない紳士と一緒に部屋へと入って言った。彼女はニューマンに対して威厳を感じさせつつ小さく頷き、そして彼女は娘にお辞儀をさせるためにその見慣れぬ紳士を放したのであった。

「娘よ、お前にとっては初めて会う親戚のディープミア卿をお連れしたわ。ディープミア卿は私たちの従兄弟ですけど、とうの昔にやるべきだったことを今日になってやりにきたのよ。つまり私たちと知り合いになるというわけ」

マダム・ド・サントレは微笑んで、ディープミア卿に手を差し出した。

「とても変わったことですが」とのろまな貴族は言った。「三、四週間以上パリに滞在するのはこれが初めてのことですからね」

「となると今はどのくらいパリに来てから滞在にしているのですか？」とマダム・ド・サントレは訊いた。

「ええ、ここ二ヶ月くらいですよ」とディープミア卿は言った。

この二回の言葉にはどこか無礼なところがあったのかもしれない。しかしディープミア卿の顔を少し見てみれば、それは *naïveté*[96] から出たものだということでマダム・ド・サントレが実際したように安心することだろう。同行者が席に着くと、会話には入っていなかったニューマンは新たに来た客の方に目を注いで観察した。だがディープミア卿の外見についてはそこまで広く観察するようなことではなかった。小柄で痩せた男で、三十三歳くらいの年齢で、頭は禿げていて、鼻は短く、上顎には前歯が欠けていた。丸くて純真そうな青い両眼をしていて、下顎にはニキビがいくつかあった。明らかにとても内気な性格で、大いに笑うが落ち着きを装うための最も好都合な方法として奇妙な不意をつくような音を立てながら息を呑むのである。顔つきは非常に単純でありながらも、野蛮さも一定の度合い秘めていて、教育上の稀有な恩恵を過去に施されつつもそれを役立てるには至らなかっただろうことが読み取れるのであった。彼はパリをとても楽しいところではあるが、実際のところは徹底的に楽しむのならダブリンには及ばないとした。ロンドンよりもダブリンの方が好きですらある。マダム・ド・サントレはダブリンに行かれたことはおありですか？みなさんあそこにいつか全員で来た方がいいですよ、そうすればアイルランドのスポーツというものを何かしらお見せしますから。いつも釣りをするためにアイルランドに行くのであり、そして今回はオッフェンバックの新作オペラを見るためにやってきたのだ。いつもはそのオペラ作品もアイルランドでも上演されるのだけど、待ちきれなくて来たのだ。「パリのリンゴ」を観るためにパリに九回も来たことがある、とか言うのであった。

マダム・ド・サントレは後ろにもたれ腕を組みつつ、ディープミア卿をいつもの社交の場で見せる以上に明確な困惑した様子で見たのであった。マダム・ド・ベルガルドは他方では、ずっと笑みを浮かべていた。侯爵は喜歌劇の中ではロッシーニの『泥棒か詐欺』が好きだと言った。侯爵夫人は公爵と枢機卿、老伯爵夫人とバーバラ夫人についての一連の質問を投げかけ、ニューマンはそれらの質問とそれに対するディープミア卿のいささかとんちんかんな回答を十五分ほど聞いた後、立ち上がって暇を告げた。侯爵は彼について行って階段を三段まで降りた。

「彼はアイルランド人で？」とニューマンは訪問者の方を見ながら尋ねた。

「彼の母はフィヌケイン卿の令嬢でして、アイルランドで大きな地所を持っています。ブリジェット夫人は男性の相続者が直系にしろ傍系にしろ全く一人もいないという極めて異例なことが起きたので、全財産を手に入れることになったのです。しかしディープミア卿はイギリスの貴族なのであり、イギリスの土地を莫大に有しています。彼は魅力的な若い男性です」

ニューマンはそれに何も答えなかったが、侯爵は礼儀正しく去ろうとしていた所を彼は引きとどめたのであった。

「今が適切な時間ですので、お礼を言いたいと思います。私たちの約束をしっかりと守っていただき、あなたの妹さんに関して私に助けていただいたことに感謝しております」

伯爵は相手を見つめた。「いえ、私には自慢できるようなことは何もしていませんよ」と言った。「いえ、謙遜しないでください」とニューマンは笑って答えた。「こうもうまく進んでいるのは私だけの力というくらいに自惚れることはできませんよ。そしてあなたのお母さんにも私の感謝の気持ちをお伝えください」

そして彼は振り向いて、ベルガルド氏が後ろから見送りつつ彼は立ち退いた。

## 【注】

1 Bartolomé Esteban Perez Murillo（1617-1682）：十七世紀スペインの画家。スペイン黄金時代芸術を代表する画家である。『無原罪の御宿り』などの作品がある。

2 Verlag Karl Baedeker：旅行案内書の草分け的存在である出版社、またその旅行案内書の名称。原文では Bädeker 表記。一八二七年創立。

3 ここではフランス語で「いくらですか」の意味。

4 ここではフランス語で「素晴らしい」の意味。

5 ここではフランス語で「気分を害したりとかしていない」の意味。

6 ここではフランス語で「貸してください！」の意味。

7 ここではフランス語で「あまり高くない？」の意味。

8 ここではフランス語で「磁器」の意味。セーヴルは磁器の産地として知られている。

9 ここではフランス語で「分かりますか」の意味。

10 ここではフランス語で「確かに！」の意味。

11 ここではフランス語で「たくさん」の意味。

12 ここではフランス語で「非常に優れた」の意味。

13 ここではフランス語で「芸術家」の意味。

14 ここではフランス語で「理由はない！」の意味。

15 ここではフランス語で「才気」の意味。

16　ここではフランス語で「ああ、その通りだ！」の意味。
17　ここではフランス語で「上流階級の人」の意味。
18　ここではフランス語で「商売人」の意味。
19　ここではフランス語で「もちろん」の意味。
20　Nozze di Cana：ルネサンス期の画家パオロ・ヴェロネーゼ（注二一）によって一五六三年に描かれた作品。『ヨハネによる福音書』二章が題材となっている。
21　Paolo Veronese（1528-1588）：十六世紀イタリアの画家。ルネサンス期にヴェネツィアで活躍し、『カナの婚礼』以外にも『レヴィ家の饗宴』などの作品でも知られている。
22　ここではフランス語で「いい年齢だ」の意味。
23　ここではフランス語で「王子様の気まぐれ」の意味。
24　København：デンマークの首都。原文では Copenhagen 表記。日本ではおもにコペンハーゲンと呼ばれる。
25　ここではフランス語で「売春婦」の意味。
26　Comanche：ネイティブ・アメリカンの一部族。現在もおもにアメリカ南部に住んでいる。
27　ここではフランス語で「これがいわゆるお喋りってわけね」の意味。
28　Sardanapalus：アッシリア最後の王とされている人物。一八二七年にドラクロワが描いた絵画『サルダナパールの死』（La Mort de Sardanapale）に描かれたことで著名。
29　ここではフランス語で「世界」の意味。

【注】

30 ここではフランス語で「貴族」の意味。
31 ここではフランス語で「冷静さ」の意味。
32 ここではフランス語で「出来栄え」の意味。
33 ここではフランス語で「さあ！」の意味。
34 ここではフランス語で「よき時代」の意味。
35 ここではフランス語で「カフェ」の意味。
36 ここではフランス語で「新聞」の意味。
37 ここではフランス語で「豚肉屋」の意味。
38 ここではラテン語で「一日あたり」の意味。
39 ここではフランス語で「厚顔無礼な浮気者」の意味。
40 ここではフランス語で「軽はずみ」の意味。
41 ここではフランス語で「近隣」の意味。
42 ここではフランス語で「侍女」の意味。
43 ここではフランス語で「ばかげたことを！」の意味。
44 ここではフランス語で「立派な」の意味。
45 ここではフランス語で「まるで王族みたい」の意味。
46 ここではフランス語で「それがいいと思っているよ！」の意味。
47 ここではフランス語で「持参金」の意味。

48 ここではフランス語で「カフェの主人」の意味。
49 ここではフランス語で「好事家」の意味。
50 ここではフランス語で「現地で雇う従僕たち」の意味。
51 ここではフランス語で「定食」の意味。
52 ここではフランス語で「不快感」の意味。
53 ここではフランス語で「持てば持つほど欲が出る」の意味。
54 ここではフランス語で「自分の母」の意味。
55 ここではフランス語で「家長」の意味。
56 ここではフランス語で「世界の中」の意味。
57 ここではフランス語で「高慢な所」の意味。
58 ここではフランス語で「紳士」の意味。
59 ここではフランス語で「平民」の意味。
60 ここではフランス語で「一家と同じ政治的な立場にあり」の意味。
61 Castelfidardo：イタリア中部のコムーネ。
62 ここではフランス語で「名誉」の意味。
63 ここではフランス語で「そうであっても」の意味。
64 ここではフランス語で「安宿」の意味。
65 Ὀρέστης、Ἠλέκτρα：いずれもギリシア神話の登場人物。ミケーネ王アガメムノンと王妃クリュタ

【注】

イムネストラの子供。父殺しの復讐をしたことで知られる。

66 ここではフランス語で「貴婦人」の意味。

67 ここではフランス語で「当たり前ですよ！」の意味。

68 ここではフランス語で「中流階級」の意味。

69 ここではフランス語で「身分の低い家柄」の意味。

70 ここではフランス語で「ああ！」の意味。

71 ここではフランス語で「貴族」の意味。

72 ここではフランス語で「高潔」の意味。これ以降、次の注までのnobleはすべてこの意味。

73 ここではフランス語で「貴族」の意味。

74 כְּרֻבִים：『旧約聖書』に登場する天使の一種。エデンの園の東において命の木を守ると書かれている。

75 ここではフランス語で「あなたは私に押し付けている」の意味。

76 ここではフランス語で「ありえぬ」の意味。

77 ここではフランス語で「これで決まりですな」の意味。

78 ここではフランス語で「純然なる」の意味。

79 ここではフランス語で「色々と多彩な個性」の意味。

80 ここではフランス語で「その兄」の意味。

81 ここではフランス語で「実業をしておられる」の意味。

82 ここではフランス語で「随分と衝撃的なこと！」の意味。

83　ここではフランス語で「落ち着かない」の意味。
84　ここではフランス語で「彼らの召使いの役」の意味。
85　ここではフランス語で「とんでもないですよ！」の意味。
86　ここではフランス語で「全く、全く、全く！」の意味。
87　ここではフランス語で「というのもさ！」の意味。
88　ここではフランス語で「不幸」の意味。
89　Virginius：ギヨーム・ド・ロリスによって十三世紀に書かれた『薔薇物語』の登場人物。
90　ここではフランス語で「いい目の付け所ね」の意味。
91　ここではフランス語で「貴族の一員」の意味。
92　ここではフランス語で「古くから続く家系」の意味。
93　ここではフランス語で「自慢話はその辺にしておくといいわ！」の意味。
94　ここではフランス語で「社交界」の意味。
95　ここではフランス語で「ドア」の意味。
96　ここではフランス語で「純真さ」の意味。

訳者紹介
高橋 昌久（たかはし・まさひさ）
哲学者。
Twitter: @mathesisu

カバーデザイン　川端 美幸（かわばた・みゆき）
e-mail: bacxh0827.miyukinp@gmail.com

アメリカ人（上）

2024年2月9日　第1刷発行

著　者　ヘンリー・ジェイムズ
訳　者　高橋昌久
発行人　大杉　剛
発行所　株式会社 風詠社
〒553-0001　大阪市福島区海老江 5-2-2
大拓ビル 5 - 7 階
Tel 06（6136）8657　https://fueisha.com/
発売元　株式会社 星雲社
（共同出版社・流通責任出版社）
〒112-0005　東京都文京区水道 1-3-30
Tel 03（3868）3275
印刷・製本　小野高速印刷株式会社

ISBN978-4-434-33026-1 C0098